追放された最強令嬢は、新たな人生を自由に生きる

Tohno
灯乃

ill. 深破 鳴

登場人物紹介
デズモンド
東の国境を守る
辺境伯家の当主。
アレクシアの実の祖父。
ウィルフレッド
アレクシアの
たったひとりの従者。
クールかつ優秀だが、
主のやらかしに翻弄されがち。
アレクシア
辺境伯家を追放された
本作の主人公。
賢くて腕が立つ最強の
お嬢さまだけれど、
平民としてはまだまだ勉強中。

ローレンス
ランヒルド王国の王太子。
お人好しで、ちょっと
思い込みが激しい。
エリック
シンフィールド学園の教師。
アレクシアたちの担任で、
頼りがいがある。
ジョッシュ
明るく素直な性格の
アレクシアのクラスメイト。
ツッコミ気質。
キャスリーン
アレクシアのクラスメイト。
商会の娘で、姉御肌。

序章　世間知らずの『元』お嬢《じょう》さま

ランヒルド王国王立シンフィールド学園。

そこはランヒルド王国の王都中心部にある、全寮制《ぜんりょうせい》の学園である。

身分を問わず、魔力を持つすべての子どもに門戸《もんこ》を開くその学び舎《や》は、王宮警護を担《にな》う人材の育成を目的として設立された教育施設だ。己の魔力を操《あやつ》り、敵と戦う術《すべ》を身につけるため、生徒たちは日々厳《きび》しい訓練を重ねている。

そんなシンフィールド学園の訓練場で、ひとりの少女がじっと地面を見つめていた。

「……アレクシアさま」

困惑しきった声で、少女――アレクシア・スウィングラーを呼んだのは、彼女の従者であるウィルフレッド・オブライエンだ。

今年の春、シンフィールド学園に入学したアレクシアは、あと一ヶ月ほどで十六歳になる。もともとは貴族の生まれである彼女だが、諸事情《しょじじょう》によりウィルフレッドとともに平民としてこの学園に在学していた。

生家で幼い頃から受けていた教育の結果、アレクシアとウィルフレッドはともに人並《ひとなみ》外れた戦闘能力を備えている。実際のところ、戦闘実技系の科目に関しては、すでに実戦経験もあるふたりが学ぶべきことは、さほどない。

そのため、魔導実技《まどうじつぎ》の授業においては、そんな彼女らの事情を知る担任教師の計《はか》らいで、ほかのクラスメートとは異なるカリキュラムを組んでもらっている。

その日、いつものように指定されたカリキュラムを一通りこなしたアレクシアが時計を確認すると、まだ少し授業時間が残っていた。

そのため、訓練場の隅《すみ》で以前から考えていた新たな魔術の検証をしてみよう、と思ったのだが――。

「失敗した」

「ええ。それは、見ればわかります。いったい何をどうすれば、そのように愉快《ゆかい》な事態――ではなく、なかなかの惨事《さんじ》が発生するのですか？」

穏《おだ》やかな口調でそう問うたウィルフレッドは、アレクシアにとって唯一心を許せる存在である。

主《あるじ》として、自分の失敗した姿はあまり見せたくなかったアレクシアだが、やってしまったものは仕方がない。みっともなく言い訳をするよりも、潔《いさぎよ》く説明する道を選ぶ。

「今度、野外訓練実習があるだろう？　そのときに、携帯食料を簡単に温められたら便利だろうと思ったんだ」

「そうですか。それはたしかに便利かもしれませんが、大火力の攻撃魔術で加熱する必要はありませんよね？」

にこやかに問い返され、アレクシアは素直に頷《うなず》く。

「どうやら、そのようだな。この攻撃魔術は、出力縮小の調整が思いのほか難しかった。効果範囲を限定するところまではうまくいったんだが……」

ふう、と息をついた彼女の目の前には、両腕で作った円よりも少し小さなサイズで、底が見えないほどに深い穴が空《あ》いていた。底では超高温の蒸気《じょうき》が渦巻《うずま》いているらしく、シュウシュウという危険な音が聞こえてくる。

「これでは、携帯食料が蒸発してしまうな」

「アレクシアさま。そもそも、携帯食料を温めるために攻撃魔術を使おうとなさらないでください。術式の使用用途に幅《はば》を持たせすぎです」

アレクシアは、首を傾げた。

「しかし、軍事技術を生活魔導具に転用すれば、一般市民の生活の質を大幅に向上させることができる、と王立魔導武器研究開発局の研究者も言っていたじゃないか」

「……なんということでしょう。オレの主が、変人研究者の影響を受けてしまいました」

ウィルフレッドが頭痛を堪《こら》えるように額を押さえた。

そこに、少し離れたところで通常のカリキュラムを受けていたクラスメートたちと、彼らを指導していた担任教師――エリック・タウンゼントが駆け寄ってきた。

彼らは、地面にぽっかりと空いた穴を見て目を丸くしたあと、無言のまま揃《そろ》ってアレクシアに視線を向ける。

やがて、深々とため息をついたエリックが口を開く。

「おい、アレクシア。いくらこの訓練場に破壊された設備を復元する自己修復魔術が施《ほどこ》されているからって、こんな大火力の攻撃魔術をぶっ放《ぱな》すやつがあるか」

「ぶっ放したわけではないぞ。ただちょっと、攻撃魔術の応用で携帯食料を温めることができないかと思っただけだ」

エリックが、ウィルフレッドを見る。

「……なんだって?」

「……オレに聞かないでください」

ぼそぼそと言い合うふたりをよそに、アレクシアはクラスメートたちに謝罪した。

「騒がせてしまって、すまなかったな。どうやら、攻撃魔術を調理に活《い》かすのは難しそうだ。次は、防御魔導フィールドを転用できないか検証してみようと思う」

アレクシアは、攻撃系の魔術よりも防御系の魔術のほうが得意なのだ。

これならば失敗する心配はないと思っていると、なぜかウィルフレッドが半目になった。

「一応お尋ねしますが、アレクシアさま。防御魔導フィールドを、どのように調理に使うおつもりなのです?」

「うむ。以前行ったカフェに、半球状の窯《かま》を使っているところがあっただろう? 地面におこした火の上を、少し形状設定をいじった防御魔導フィールドで覆《おお》ってやれば、現地調達した食材を窯と同じように調理できるのではないかと思ったんだ」

これならどうだ、と胸を張って説明すると、一拍置いて、ウィルフレッドが眉間《みけん》を指先で軽く揉《も》んだ。

「なるほど、了解しました。でしたら実際に検証実験をしてみる前に、調理用の窯の正しい形状について調べてみることにいたしましょうか」

「そうだな。次の休息日にでも、街の図書館で窯の構造について記した書籍を探してみよう」

ウィルフレッドの同意を得て嬉しくなったアレクシアだったが、そこでエリックがひとつため息をついて言う。

「アレクシア。残念ながら、今回の野外訓練実習は基本的にソロで行うことになっている」

「む？」

つまり、とエリックは重々しい口調で告げた。

「おまえは、ウィルフレッドとは別行動になる。そして俺は、ウィルフレッドというお目付け役がいない状態で、おまえに魔術の使用許可を出すつもりはねえ」

なんということだろう。アレクシアは、心の底からガッカリした。

「……ええー」

「ええー、じゃない。そもそも、一年時の野外訓練実習は基礎体力とサバイバル能力の向上が目的だ。魔術が必要になる状況なんて、はじめから用意されてねえんだよ」

腕組みをしたエリックに、ウィルフレッドがほっとしたような笑顔を向ける。

「それは、よかったです」

心底安堵《あんど》した様子の彼を、エリックは憐憫《れんびん》の眼差《まなざ》しで見た。

「おい、ウィルフレッド。あまりアレクシアを甘《あま》やかすなよ？　おまえはアレクシアの従者かもしれんが、同じこの学園の生徒でもあるんだからな」

その言葉に、ウィルフレッドは少し考えるようにしてから答える。

「お気遣いありがとうございます。ですが、アレクシアさまがこうして自由に振る舞っていらっしゃるのは、オレにとって非常に喜ばしいことなので……。あまりご迷惑をおかけすることのないよう努めますので、今後もご寛恕《かんじょ》いただければ幸いです」

穏やかな口調で言うウィルフレッドに、アレクシアはおそるおそる問いかけた。

「ウィル。攻撃魔術を調理に転用するというのは、そんなに迷惑なことだったのか？」

周囲に大きな被害が出るようなことではないのだし、さほど問題にならないだろうと思っていたのだ。

とはいえ、アレクシアは自分が世間知らずであることを自覚している。

少々不安になった彼女に向かって、ウィルフレッドはほほえんだ。

「迷惑ではありませんが、オレの中にそういった発想がなかったもので驚きました。野外食の調理を魔術で簡単に行いたいのでしたら、次の休息日には調理用魔導具も見に行ってみましょうか。分解して解析すれば、そこに組みこまれている術式を屋外でも応用できるようになるかもしれません」

「調理用魔導具……？」

そういったものが世の中に存在していることは、知識としては知っている。だが、いったいどういうものなのかはまったくわからない。

首を傾げたアレクシアに、ウィルフレッドは笑って頷く。

「はい。業務用の調理用魔導具の中には、食材を投入しただけで目的に応じたサイズにカットするものや、一度単位で温度調整が可能な加熱調理用魔導具などもあるようです」

(かわっ……)

一瞬、ウィルフレッドの笑顔の可愛らしさに、「わたしの従者が、今日も可愛いー!」と全力で叫びたくなってしまったアレクシアだが、どうにか堪える。

もうすぐ十七歳になるウィルフレッドはすっかり体も大きくなり、大変残念なことに『可愛い』という褒《ほ》め言葉を向けられても嬉しくないらしいのだ。

いくらアレクシアがウィルフレッドのことを、『世界一可愛くて賢《かしこ》くて強くて立派な従者』だと誇《ほこ》らしく思っていても、本人がいやがることをわざわざ口にする趣味はない。

よって、ぐっと両手を握りしめて内なる衝動《しょうどう》を抑えたアレクシアは、重々しく頷いた。

「それは、素晴らしいな」

「ええ。この国の生活魔導具は大変レベルが高いですし、いろいろと興味深いものがあると思いますよ」

楽しそうにそんなことを言うウィルフレッドは、近頃よく笑うようになった。

肩の力が抜けている、というのだろうか。以前に比べると表情が格段に柔らかくなって、主の欲目もあるだろうがものすごく可愛い。

（あの家で暮らしていた頃のウィルは、本当に表情のない子どもだったからな……）

ほんの半年ほど前まで、アレクシアとウィルフレッドはランヒルド王国の東の国境を守護するスウィングラー辺境伯《へんきょうはく》家の後継者と、その従者だった。

さまざまな責務としがらみに縛《しば》られた日々を生きるのに精一杯で、いつも気を張っていたのだと、今ならわかる。

あの頃の自分たちを思い出すと、本当に変わったものだとしみじみ思う。

ウィルフレッドも、そしてアレクシア自身も。

そして、心から思うのだ。

半年前のあの日、スウィングラー辺境伯家の当主に捨《す》てられたことは、自分の人生において最高の幸運だった――と。

第一章　旅立ちの日

教育というものは、子どもの人格を決定づけるうえで、大変重要なファクターである。

その点、ランヒルド王国の東の国境を守護するスウィングラー辺境伯の孫娘、アレクシアは幼い頃から非常に高度な教育を施されてきたと言えよう。

彼女は、淡い金髪とマリンブルーの瞳《ひとみ》を持つ、非常に愛らしく可憐《かれん》な少女だ。

十五歳ながら、王宮で大きな発言権を持つスウィングラー辺境伯の掌中《しょうちゅう》の珠《たま》として、国内外の社交界ですでに知られた存在になっている。

「ごきげんよう、アレクシアさま。本日はお招きいただき、ありがとうございます。こちらの冬の雪深さには、いつも驚いてしまいますわ」

ここは、スウィングラー辺境伯家本邸《ほんてい》の大広間。

世界が氷雪に閉ざされる真冬であっても、有力貴族であるスウィングラー辺境伯家が主催《しゅさい》するパーティーには、多くの貴族が足を運ぶ。そしてそれが、未成年の子どもたちでも参加できる昼間に開かれるものとなれば、辺境伯家の後継者であるアレクシアと友誼《ゆうぎ》を結ぼうと、毎回多くの少年少女がやってくる。

大人の男性たちが領内の森で鹿狩《しかが》りを、女性たちが茶会を楽しんでいる間、子どもたちは美味《おい》しいお菓子《かし》を食べながら彼らなりに社交するのだ。

そんなゲストたちを迎えたアレクシアは、ふわりと柔らかな花のような笑みを浮かべた。

白絹《しらぎぬ》の手袋をはめた手でドレスを軽く摘《つ》まんで一礼し、朗《ほが》らかに口を開く。

「ようこそいらっしゃいました。今日は、異国から取り寄せた珍《めずら》しいお茶をご用意していますの。ぜひ、楽しんでいらしてくださいね」

鈴《すず》を転がすような声で歓迎《かんげい》の言葉を口にしたのち、アレクシアは少しだけ悪戯《いたずら》っぽい表情になって続ける。

「実はこの茶は、『健康にいいから』という理由で、おじいさまが特別に取り寄せたものだったのですけれど……。香《かお》りが甘すぎて、お気に召《め》さなかったのですって」

まあ、と彼女の近くにいた令嬢が楽しげに笑って言う。

「それで、辺境伯さまの代わりに、アレクシアさまがお茶を楽しんでいらっしゃるのね」

「ええ、そうなんですの。でも、これはわたくしにお茶を譲るための建前だったのかもしれません。おじいさまには、今もわたくしが体の弱い幼子《おさなご》のように見えていらっしゃるようですわ」

少し困った表情を浮かべたアレクシアを、ゲストの少年が諫《いさ》める。

「アレクシアさま。辺境伯さまのお気遣いは、正しいと思いますよ。先月の我が家でのお茶会の際、あなたが体調を崩《くず》してしまい参加できないと伺《うかが》って、我々はとても心配したのですから。どうぞ、お体は大切になさってください」

幼い頃のアレクシアは、貴族階級の子どもたちが集まる場を欠席してばかりだった。まれに茶会に出席することがあっても、顔色悪く、言葉少なに語る彼女に対し、周囲が庇護欲《ひごよく》を抱くようになったのは、当然の結果だろう。

成長するにつれ、社交の場にも徐々に出てくるようになったアレクシアだったが、それでも他家の招待に対して欠席の返事をすることも珍しくない。

可憐で儚《はかな》げな容姿も相まって、同世代の貴族の子どもたちは彼女を『美しくも薄幸《はっこう》の辺境伯家後継者』と評価していた。

『薄幸の』と言われてしまうのは、アレクシアを見た者すべてが彼女に対して抱く、繊細《せんさい》でか弱そうな印象ゆえのことではない。彼女の父であるエイドリアン・スウィングラーが、まさに放蕩《ほうとう》息子と評するに相応《ふさわ》しい人物であるからだ。

東西南北の国境を守護する辺境伯たちが、強大な権力と広大な領地を有しているのは、それだけ彼らが重い責任を負っているからである。

しかし、エイドリアンは若い頃から王都の華《はな》やかな暮らしに染まり、社交や遊興に耽《ふけ》るばかり。政略結婚で迎えた妻との間にひとり娘をもうけたのちは、滅多《めった》に領地へ帰らず、王都の別邸で愛人たちと退廃《たいはい》的な日々を過ごしている。

己の責務と、親としての情愛の間で苦悩した当代のスウィングラー辺境伯デズモンドは、エイドリアンを跡継ぎとすることを断念した。そして、家名を汚《けが》すばかりの息子に代わり、孫娘のアレクシアを完璧な後継者とするべく育ててきたのだ。

淑女《しゅくじょ》としての洗練されたマナーと教養。

何より、スウィングラーの名を受け継《つ》ぐ誇りを、彼は孫娘に徹底的に教えこんだ。

その結果アレクシアは、公《おおやけ》の場で挨拶を交わした者たちが、こぞって賞賛するほど魅力的な少女となったのである。

アレクシアは、ふわりと笑った。

「お気遣いありがとうございます。ところで、つい先月まで王都の『オルフェ』というお店で修業していた職人が、新たに我が家のお菓子作りを担当することになりましたの。みなさんに楽しんでいただければ、嬉しく思います」

彼女の言葉に、少女たちが頬《ほお》を紅潮《こうちょう》させて声を弾《はず》ませる。

「まあ、オルフェで学んだ職人が？　あの店のお菓子はとても人気で、予約をしても半年ほど待つのが普通ですのよ」

「さすがは、スウィングラー辺境伯家ですわね！」

少女たちが盛り上がっていたところに、淡々《たんたん》とした少年の声が割って入った。

「ご歓談中申し訳ありません、アレクシアさま。先ほど、異国からの特別なお客さまがいらしたそうです。お館《やかた》さまはすぐに狩り場から戻られないため、アレクシアさまが当主名代《みょうだい》としてご挨拶するように、とのことでございます」

アレクシアにそう語りかけたのは、彼女より一歳年上の少年、ウィルフレッド・オブライエンだ。すらりとした長身、短く整えた黒髪に、深いフォレストグリーンの瞳。お仕着せの従僕服に身を包み、両手には白手袋をはめている。

地味な従僕服を着せておくのが惜しいほど端整な顔立ちをした彼に、アレクシア以外の少女たちはうっとりとした視線を向けた。

それを見た周囲の少年たちの顔に、一瞬面白くなさそうな表情が過《よぎ》る。しかし、みなすぐに元どおりの朗らかな笑みを取り繕《つくろ》う。

そんな少年少女たちの様子など知らぬように、小首を傾げたアレクシアは、ウィルフレッドに向かって言った。

「まあ……。それは、仕方がありませんわね。——みなさん、申し訳ありませんが少々離席させていただきます。どうぞ、我が家のパーティーを楽しんでいらしてくださいね」

軽くドレスの裾《すそ》を摘まんで挨拶すると、少年少女たちから残念そうな声が上がる。

彼らに笑みを残し、アレクシアはウィルフレッドを伴い、その場を辞去《じきょ》した。


広間を出て、ゲストたちがやってこないプライベート空間まで進んだアレクシアは、ひとつ息を吐《は》いてから、隣に並ぶウィルフレッドを見上げる。

「ウィル。お客人は、今どこにいる？」

可憐さ、朗らかさ、たおやかさ。

そういった淑女らしい美徳をすべて脱《ぬ》ぎ捨て、代わりに抜き身の刃のような鋭い空気をまとった彼女の問いかけに、無表情のウィルフレッドが簡潔に答える。

「リベラ平原です。正確な数は不明ですが、報告から中隊規模と推測されます。全員、中長距離対応型の魔導武器を装備していますが、所属は不明。現在、こちらの国境警備担当部隊の第二小隊が対応中です」

リベラ平原は、ランヒルド王国最大の穀倉《こくそう》地帯として知られており、常に隣国をはじめとする列強から虎視眈々《こしたんたん》と狙われている豊かな土地だ。

古くから、他国の侵略者が大挙して現れ、この土地に住む者たちの生活を乱《みだ》そうとすることは珍しくなかった。

宣戦布告なしに他国の領土を侵犯《しんぱん》し、支配する。それをもって、国境の変更を一方的に宣言するという無法を行う国が、この大陸にはまだ数多く存在するのだ。

なるほどと頷き、それまでの倍の歩幅で歩きながら、アレクシアはウィルフレッドから手渡されたイヤーカフ型の通信魔導具を装備した。

「状況によっては、我々も出るぞ」

「はい、問題ありません」

落ち着いたウィルフレッドの返答からして、自分たちの戦闘服と装備品はすでに準備されているのだろう。

頷いたアレクシアは、通信魔導具に向けて口を開く。

「第二小隊隊長、聞こえるか。わたしは、アレクシア・スウィングラー。状況を説明せよ」

――アレクシアは、スウィングラー辺境伯家の後継者。そして、スウィングラー辺境伯家は、このランヒルド王国の東の国境守護を担う家だ。

そのため彼女は幼い頃から、淑女教育のみならず、将来辺境伯家の兵士たちの指揮官となるべく徹底した兵士教育を施されてきた。

体術や戦闘系魔術の訓練だけではない。

人の上に立つ者としての矜持《きょうじ》と責任。虫も殺せぬ淑女としての顔と、眉《まゆ》ひとつ動かさず敵勢力の殲滅《せんめつ》を命じる指揮官の顔。それらを同時に身につけ、そして磨《みが》き上げるために、気の遠くなるような努力を続けてきたのだ。

アレクシアがなかなか社交の場に出てこないのは、実際に彼女が病弱だからというわけではない。今回のように祖父に代わって兵士を指揮したり、ウィルフレッドを伴って戦場に出たりせねばならない事態が起こるたび、都合のいい断り文句として、療養を使っていたにすぎないのだ。

『こちら、第二小隊隊長。……アレクシアさま、状況を報告いたします。現在、国境近辺にて敵勢力と交戦中。味方の損害は軽微。斥候《せっこう》の報告によれば、敵勢力は三方に兵力を分散、こちらを包囲したのち一斉攻撃に入る模様』

「了解。デズモンドさま不在のため、本件はわたしが指揮を執《と》る。総員、ポイントアルファまで後退せよ」

ふんわりと下ろしていたロングヘアを後頭部でひとつに括《くく》りながら、アレクシアは司令室に辿りついた。

そのまま部屋の中央に置かれた、巨大な魔導具であるテーブルに手を置く。

直後、彼女の魔力に反応したテーブルの表面に、スウィングラー辺境伯領の地図が浮かび上がる。

地図上には友軍の魔力が青い光、それ以外の者の魔力が赤い光として表示されている。これにより、本邸にいながらにして、アレクシアは戦況を把握できるようになっていた。

戦場の様子をリアルタイムで表示するこの魔導具は、スウィングラー辺境伯家に代々伝わるものである。『伝承魔導具《でんしょうまどうぐ》』と呼ばれる稀少品《きしょうひん》で、スウィングラーの血を引く者にしか使用することができない。

伝承魔導具の多くは、かつて大陸の国々が、高度な魔導具を作ることで他国に対する優位性を高めようとしていた時代に生み出されたものである。

現在の価格に換算すると、目玉が飛び出るほど高価な魔力の源《みなもと》――巨大魔導結晶を惜《お》しみなく使用しており、今では有力貴族が威信財《いしんざい》として死蔵《しぞう》してしまっているものも多い。

だが、東の国境守護を担うスウィングラー辺境伯家において、先祖が遺《のこ》したこの伝承魔導具は、有用な武器のひとつとして代々活用され続けてきた。

リベラ平原を拡大表示するように魔導具を操作したあと、ざっとそれを確認したアレクシアは、再び通信魔導具に向けて口を開く。

「個別防御魔導フィールドを展開する。発砲を控《ひか》えよ。三、二、一。――展開確認。敵の攻撃が来るぞ」

『了解』

直後、テーブル上の地図が敵方からの魔導攻撃に反応して激しく明滅した。

スウィングラー辺境伯家の兵士たちはみな、出撃する際には揃いの徽章《きしょう》を装備している。

なんの意匠《いしょう》もない、小さな魔導結晶をはめ込んだだけのその徽章は、アレクシアが防御魔導フィールドを遠隔《えんかく》展開させるための魔導具だ。

これを身につけている者であれば、アレクシアは己が制御する防御魔導フィールドで、スウィングラー辺境伯領内のどこにいても守ることができる。

鋭い眼差しで地図を見つめ、アレクシアは低く命じる。

「第一分隊は東、第二分隊は北、第三分隊は南に向かって移動せよ。十秒後に、防御魔導フィールドを解除する。雪煙《ゆきけむり》に紛《まぎ》れて敵の包囲を抜け、側面から一斉掃射《そうしゃ》」

『了解』

スウィングラー辺境伯家の兵士たちは、当主であるデズモンドの貴重な財産だ。当主の名代として指揮を執っているだけのアレクシアに、彼らをそこなうことは許されない。

とはいえ、三つの分隊で構成されている第二小隊は、各分隊十二名の総勢三十六名。

それだけの数の防御魔導フィールドを一度に操るのは、防御系魔術に高い適性があるアレクシアであっても、なかなかの負担だ。

敵へ攻撃するときだけ防御魔導フィールドを解除し、すぐさま再展開という作業を繰り返すのは、すさまじい集中力を必要とする。

アレクシアは、内心で舌打《したう》ちをした。

(お客人たちは、おじいさまが森へ入ったのを確認してやってきたんだろうが……。わたしが人前に出る前に来てくれていれば、ウィルとともに直接殲滅しに行ってやったものを)

もちろん、必要とあれば出撃するつもりではあるけれど、そうなると辺境伯家のパーティーに参加している子どもたちをごまかすのが面倒になる。

アレクシアとしては、現在対応中の戦力だけで、お客人にお引き取りいただきたいところだ。

そっと息を吐き、気合いを入れ直す。

——自分の背中を守るウィルフレッドの魔力を感じていると、怖いことなど何もないように思えるのは、いつの頃からだっただろう。

表向きは従者としてスウィングラー辺境伯家に在籍しているウィルフレッドだが、彼の主な役目はアレクシアの護衛である。

魔術による〈主従契約《しゅじゅうけいやく》〉を交わしている彼は、主であるアレクシアを守ることを義務づけられている。

彼は今、味方への指揮と防御魔導フィールドの操作に集中し、無防備になっているアレクシアの安全を確保するべく、魔導武器を装備して油断なく立っていた。

魔導武器は、大地の魔力が鉱物化した魔導鉱石を精錬《せいれん》した、魔導結晶を核《かく》として作られる。特殊な訓練を受けた魔導兵士——魔力を持つ兵士のみが扱うことができる兵器だ。

今回の敵もそれぞれ多彩な魔導武器を装備しているようだが、どれも大陸中で一般流通しているモデルであるため、そこから彼らの所属を推測するのは難しそうである。

名乗りを上げることなく領土を侵犯してくる相手に対し、今さら不快感を覚えることはない。

しかし、敵の正体がわからないことには根本的な解決は不可能だ。敵が侵入してくるたび、ひたすら追い返すことだけが今のアレクシアにできる対処法だった。

「第一分隊、三秒後に北北西に向けて一斉掃射。――敵魔力反応消失。状況終了だ。みな、よくやってくれた。総員、帰投せよ。怪我人への対処を最優先に」

『了解。……アレクシアさまに感謝を』

戦闘指揮にかかった時間は一時間弱。

ようやく肩の力を抜いたアレクシアは、深々と息を吐く。

そんな彼女に、ウィルフレッドが香り高いお茶を差し出してくる。

「お疲れさまでございました、アレクシアさま」

「ああ。ありがとう、ウィル」

淡々と声をかけてくるウィルフレッドは、いつの間にか見上げないと視線を合わせることもできないほどに背が高くなっていた。

アレクシアにはそれを誇らしく思う権利などないのに、彼の成長に気づくたびどうしようもなく嬉しくなる。

ずっと、ウィルフレッドが大人になったとき、ひとりでも生きていけるように願ってきた。

そして、今の彼は充分すぎるほどの力を身につけている。これなら、いずれ彼が自由を得てスウィングラーから出ていくときが来ても、身の振り方に困ることはないだろう。

(……すまない、ウィル。あと少しだけ、我慢《がまん》してほしい。わたしが成人してこの家の実権を握った暁《あかつき》には、必ずおまえを自由にする)

アレクシアのことを、スウィングラー辺境伯家の後継者としか見ていない祖父。そして、親子らしい会話など一度も交わしたことのない父母。

幼い頃には、彼らの愛情を求める気持ちが、アレクシアにもあったように思う。

だがそんな甘ったるい感情は、とうの昔に消え失《う》せている。

アレクシアの立場を知りながらも気遣いを見せてくれたのは、ウィルフレッドだけだった。

それはほんの数えるほどのことだし、ひどくぎこちないものではあったけれど——アレクシアの体が厳しい訓練に悲鳴を上げたとき、高熱に苦しむ彼女の手を握ってくれたのは、いつも彼だけだったのだ。……たとえ、それが〈主従契約〉による繋がりにすぎないとしても。

魔術による〈主従契約〉は、主となった者が死ぬか、自らの意思で解除するまで効力を失わない。

——契約を解除しなければ、ウィルフレッドは自分が死ぬまでそばにいてくれる。ずっとそばにいて、必ず守ってくれる。

その誘惑《ゆうわく》に、何度負けそうになっただろう。

ウィルフレッドが、たったひとりの味方が、自分のそばからいなくなってしまうのは、怖い。想像するだけで、心臓が凍《こお》りつきそうになる。

幼い昔、アレクシアとウィルフレッドが〈主従契約〉を結んだとき、そこに彼の意思は存在しなかった。なのに、彼が最期《さいご》までそばにいてくれないかと望む浅ましさに、自嘲《じちょう》する。

アレクシアはひとつに結んでいた髪を解いた。

（次はまた、令嬢モードで子どもたちのお相手か。……なぜだろうな。戦闘指揮と違って、命の駆

け引きなどまるでない時間だというのに、終わった瞬間にものすごく疲れた気分になるのは)

アレクシアが最優先で教わったのは、この土地を守るための戦い方だ。兵士として指揮官として、己の思考から一切の甘さを削《そ》ぎ落とすよう叩きこまれてきた。

そのため、彼女にとっては今の口調、振る舞いのほうが素に近い。

淑女としての顔を完璧に制御できるように厳しく躾《しつ》けられてきたけれど、口調も振る舞いもがらりと変えるため、演じているという感覚は拭《ぬぐ》えない。

それでも、ゲストをもてなすのは、スウィングラー辺境伯家の後継者たるアレクシアの大事な務めだ。

改めて子どもたちの待つ広間へ戻り、それから三日間のパーティーを乗り切った。

◇❖◇

季節ごとに一度、本邸で開かれるパーティーは、終わったあとも片付けやお礼状のやり取りなどで忙《いそが》しい。

ようやくパーティーに参加したゲストからの手紙に返信を終えたある日、アレクシアは祖父のデズモンドからの呼び出しを受けた。

領主として忙しい日々を過ごしている彼が、予定外の面会を求めてくるのは珍しい。

不思議に思いながら、アレクシアは屋敷の中央棟最上階にある祖父の執務室《しつむしつ》へ向かった。

廊下《ろうか》を歩きながら、ふと、違和感を覚える。

屋敷の雰囲気が、どことなく浮き足立っているのだ。領内に侵略者が入り込んだときとはまた違う、緊迫感の欠けた落ち着きのなさ。

いったい何があったのか、というアレクシアの疑問に答えたのは、デズモンドだった。

自室の執務机に座り、彼は孫娘に言った。

「エイドリアンが、離縁することになった」

「……は？」

アレクシアは、目を丸くした。

エイドリアンというのが、自分の父親の名前だというのはわかっている。けれど、彼女の記憶が正しければ、彼の妻——つまり、アレクシアの母親ブリュンヒルデは、妾腹《しょうふく》とはいえ、北の隣国エッカルト王国の先王の娘であるはずだ。

ふたりの婚姻《こんいん》には、ランヒルドとエッカルト両国の関係をより強固にするという思惑があった。完全な政略結婚である両親が離縁するなど、普通ならば考えられない。

少しの間思案し、アレクシアは祖父に問う。

「エッカルトと、戦《いくさ》がはじまるのですか？」

しかし、デズモンドは渋面《じゅうめん》のまま首を横に振った。

「いや。そんな物騒《ぶっそう》な話ではない。しいて言うなら、エッカルトに貸しを作るためだ」

それからデズモンドが語ったところによると——。

エッカルト王室でも随一《ずいいち》の美貌《びぼう》を誇るブリュンヒルデは、嫁《とつ》いでくる前、多くの信奉者《しんぽうしゃ》がいたのだという。中でも、彼女の母方の遠戚《えんせき》である騎士とは、よく親しく言葉を交わしており、その様子はまるで仲睦《なかむつ》まじい恋人のようだったそうだ。

その騎士が、半年ほど前に武勲《ぶくん》を挙げた。そして報奨《ほうしょう》として、彼の『運命の女性』であるブリュンヒルデとの婚姻を求めたらしい。

頭痛を覚えたアレクシアは、片手を挙げて発言の許可を求めた。

「……申し訳ありません、おじいさま。そのような一騎士の、頭の沸《わ》いた――失礼、感情的な理由で、エイドリアンさまとブリュンヒルデさまの離縁を、本当に認められたのですか？」

「エッカルトにとって、件《くだん》の騎士はなくてはならん存在なのだそうだ。『ブリュンヒルデを与えられないのであれば、エッカルト王国に仕《つか》える意味はない』とまで言い切っておるらしい」

そのため、エッカルト王国上層部からランヒルド王国上層部に、エイドリアンとブリュンヒルデを離縁させられないものか、と密《ひそ》かに打診されたようだ。

両国ともに、今の友好的な関係を維持したいという思いは変わらない。実際のところ、ふたりの夫婦関係は破綻《はたん》しているのだし、婚姻関係を無理に継続する必要はないと言える。

しかし、やすやすと離縁を認めては、夫であるエイドリアンが『エッカルトの英雄に妻を奪われた』という、大恥をかくことになる。

両親の冷え切った関係を知るアレクシアからすれば、「それがどうした」と思うところだが、外交上は無視のできない大問題だ。

そこでデズモンドは、はじめてほんのわずかながら、言いにくそうな様子で口を開いた。

「……アレクシア。エイドリアンには、ブリュンヒルデとの結婚前から付き合いのある愛人がひとりおる。その愛人との間には、おまえよりひとつ年上の娘と、年子《としご》の息子がいるのだ」

アレクシアは、眉をひそめた。

父親が婚外子をもうけていたことについて、今さら驚きはしない。好色な男だから、アレクシアの腹違いの兄弟姉妹は、ほかにも大勢いるのだろう。

しかし、血筋にこだわる祖父が、その子どもたちの存在を認めるような発言をするということは――。

「エイドリアンさまは、ブリュンヒルデさまと離縁したのち、その愛人の方と再婚する。そして、おふたりの息子が、将来スウィングラー辺境伯の地位を継ぐ。……そういうことですか？」

彼女が口にした推察に、デズモンドは我が意を得たりという顔で頷く。

「ああ、そうだ。幸い、その愛人は男爵《だんしゃく》家の生まれらしいからな。エイドリアンの新たな妻として据《す》えるのに、問題はなかろう。我がスウィングラー辺境伯家には、やはり男子の後継者が望ましい」

ゆったりと腕組みをした彼は、当然のような口調で続けた。

「何、騒がしい世論など、どうとでもなる。エイドリアンとブリュンヒルデを政略結婚の犠牲者《ぎせいしゃ》とし、エッカルトの英雄の言葉をきっかけにそれぞれが本当に愛する者の手を取った、という筋書きにすればよい。甘ったるい美談が大好きな民衆は、きっと大喜びするだろうよ」

そうですか、とアレクシアは呟いた。

幼い頃から何度も、密《ひそ》やかに、ときにはあからさまに聞こえてきた言葉があった。

――アレクシアさまが、男児であらせられたらよかったのに。

――辺境伯という地位を、女児に継がせるのはいかがなものか。

――いくら優秀であろうと、うら若い娘を指揮官と仰《あお》ぐのは、兵たちには難しかろう。

ランヒルド王国では、女性にも爵位《しゃくい》の継承権が認められている。それでも、武門貴族の家は男子が継ぐのが一般的だった。

他家の後継者たちに引けを取らぬよう、アレクシアに徹底した教育を施したのはデズモンドだ。その結果、彼女は同年代の子どもたちの中でも、抜きん出た知識と、卓越《たくえつ》した戦闘能力を持つに至《いた》っている。

他家の後継者の中で、実戦を経験している者はいない。同年代の子どもたちで、彼女とまともに勝負できる者はいないだろう。

そうなるまでは、決して容易な道のりではなかった。ほんの幼い頃からアレクシアは、己が持つすべてを『スウィングラーの名に恥じない後継者となること』のために費《つい》やしてきたのだ。

少女らしい喜びも楽しみも、何ひとつ知らないままに生きてきた。将来、この家を継ぐために――デズモンドがそう望んだからこそ、彼女はそういうふうに作られてきたのだ。

なのに今さら、すべてをなかったことにしようというのか。

まるで、世界が足下から崩れていくような心地がする。指先が、冷たい。

「ああ、そうだ。アレクシア」

いつもどおりの態度で、デズモンドが視線を向けてくる。彼は自身の言葉を、アレクシアが黙《だま》って受け入れると考えているのだろう。

デズモンドにとって、彼女はそういうものだから。彼がスウィングラー辺境伯家を守るために作り上げた、都合のいいお人形。だからこれほど簡単に、アレクシアの努力のすべてを否定して、捨てられる。

改めてそう思い知った瞬間、頭が煮《に》えた。なのに、心は凍りついたように冷《ひ》え切っていて、やけに視界がクリアに感じる。

(全部……無駄《むだ》、だったのか)

これまでのアレクシアの人生のすべてが、無駄だった。

彼女はずっと、スウィングラー辺境伯家の後継者に相応しい存在であれと求められてきたのに、今さらどうやってほかの生き方を選べというのか。

そんなことは、知らない。教わっていないから、わからない。

立ち尽くすアレクシアに、わずかに眉根を寄せたデズモンドが言う。

「おまえはブリュンヒルデの子。その事実をエッカルト王家に利用されては、のちのち面倒なことになりかねん。よって、おまえの継承権は適当な理由をつけて剥奪《はくだつ》することとした」

「……はい」

エイドリアンの新たな妻となる女性には、子どもがふたりいる。すでに、後継者の『予備』まで作ってあるとは、なんとも用意周到《よういしゅうとう》なことだ。

他人事《ひとごと》のように考えていると、デズモンドが一段声を低めた。

「おまえには、領地の西の外《はず》れにある別邸を与える。こうなった以上、エイドリアンにも、もはやくだらぬ甘えは許さん。やつが新たな妻子を伴ってここに戻れば、おまえは居辛《いづら》かろう。従者の小《こ》僧《ぞう》とともに、早々にそちらへ移れ」

スウィングラー辺境伯家にとって、アレクシアはもはや厄介な邪魔者でしかない。早急に出ていけ。そして、二度と戻るな。

デズモンドが言いたいのは、そういうことか。

今後この家の後継者が、アレクシアの腹違いの兄だか弟だかになるというのなら、人々の耳目《じもく》を集める離婚劇のあとだ。父親のエイドリアンも、王都で無責任に遊びほうけているわけにはいかないのだろう。

北の大国エッカルトから迎えた妻を、ないがしろにしていたツケが、ようやく回ってきたわけだ。デズモンドが語ったように、彼が愛人との『純愛』を貫《つらぬ》いたという体《てい》にするなら、今までのようにあちこちの美女と浮名を流すわけにもいくまい。

本人にとってはさぞ不本意だろうが、同情する気はさらさらない。彼が己の責務を完全に放棄《ほうき》していたからこそ、アレクシアがそのすべてを背負わされていたのだから。

——けれどもう、それも終わりか。

継承権を剥奪される以上、彼女がスウィングラー辺境伯の地位を継ぐことはない。そして、この屋敷からも追放される。

ブリュンヒルデがエッカルトの英雄に嫁ぐことで、アレクシアの立場は非常に微妙なものとなった。政略結婚の駒《こま》にするのも難しい、ということなのだろう。

そもそも、エイドリアンとブリュンヒルデの婚姻は、これから『祝福されなかった結婚』となるのだ。そんなふたりの間に生まれた娘など、あまりに縁起が悪すぎる。

貴族の家において、家督《かとく》を継ぐでもなく、政略結婚の駒になるでもない子どもの価値は、ゼロだ。

アレクシアは、重たい体を動かしてどうにか頷く。

「了解、いたしました。……失礼いたします」

デズモンドに向けて一礼し、アレクシアは執務室をあとにした。

執務室を出た彼女は、そのままウィルフレッドの私室へ向かった。

しんと静まりかえった東翼《とうよく》に、使用人たちの姿はない。おそらく、エイドリアンたちの居住区を整えるために奔走《ほんそう》しているのだろう。

ウィルフレッドの部屋の扉をノックすると、すぐに開かれた。

「入っていいか？」

「はい。アレクシアさま、どうかなさいましたか？」

一瞬、ひどく驚いた顔をしたウィルフレッドに向けて曖昧《あいまい》に頷き、扉を閉める。

一度深く息を吐いたアレクシアは、彼のフォレストグリーンの瞳を見上げた。

「ウィル。わたしとおまえは、この屋敷を出ることになった」

「……は？」

ウィルフレッドの目が、丸くなる。それからアレクシアは、デズモンドの言葉を一通り伝えたうえで、彼に告げた。

「おじいさまは、わたしとおまえに領地の西の外れにある別邸に移るようにとのおおせだが……。考えてみれば、これはいい機会だ。わたしとの〈主従契約〉を解除すれば、おまえは自由の身となる。――手を出してくれ。契約を、解除しよう」

ウィルフレッドの右手の甲《こう》、普段は手袋で隠されているそこには、アレクシアの右手にあるものと対《つい》の紋章がある。〈主従契約〉を交わした際に、アレクシアが己の血を用い、魔力を込めて刻んだものだ。

それに触れて契約解除の魔術を行使すれば、ウィルフレッドは自由になれる。祖父の関心が失われた今、彼との契約を解除しても咎《とが》める者はない。

――アレクシアがウィルフレッドとはじめて出会ったのは、彼女が十歳のときのことだ。

誕生日を迎えた翌日、アレクシアは祖父の命令で屋敷のエントランスホールに赴《おもむ》いた。

そこにずらりと居並ぶ子どもたちを示したデズモンドは、彼女に対し「この中から選んだ者を、己の側近として育ててあげろ」と告げたのだ。

アレクシアは驚き、そして困惑したのち、恐怖に震えた。

子どもたちは、みな高い魔術の才を秘めているという。身分に関係なく、スウィングラー辺境伯領で暮らす子どもたちの中から、彼女に年齢が近く、かつ強い魔力を持った、将来を期待できる者を選抜してきたのだそうだ。

きれいな服を着た子どもたちの中には、両親から何か言い聞かされたのか、キラキラと期待に満ちた目をしている者もいた。だが、ほとんどの子どもはひどく不安そうにしている。

当然だ。幼い子どもが、訳もわからず『お館さま』の屋敷へ連れてこられて、平静を保《たも》てるほうがおかしい。

側近候補に選ばれた者は、今後よほどのことがない限り親元には帰れなくなる。今まで過ごしてきた環境から問答無用で引き離され、この屋敷で暮らすことになるのだ。

アレクシアの側近として相応しい技能を身につけるのは、並大抵のことではないだろう。アレクシアは毎日のように苛烈《かれつ》な教育を受けているからこそ、その苦痛を誰よりも理解できた。

最高の淑女教育と、最強の兵士教育。

上を目指せばどこまでも終わることのない、幼子には拷問《ごうもん》にも等しい時間だ。

ずっとそれに耐《た》え続けてきたアレクシアは、スウィングラー辺境伯家の義務とは無関係な子どもたちを、自分の運命に巻き込みたくなかった。彼らには、自らの意思で未来を選ぶ権利があるはずだ。

なのに、そんなひどいことをしろと命じるデズモンドに、アレクシアははじめて不信を抱いた。

デズモンドは、領民たちからよき領主として崇拝《すうはい》されている。幼いアレクシアにとって、祖父は神にも等しい存在だった。

彼の言葉は、常に絶対の命令として彼女に届き、それを疑うことなど想像すらしなかったのだ。

けれどそのとき、彼女は「違う」と強く思った。

アレクシアは、スウィングラー辺境伯家の後継者として、飢《う》えることも、着るものや住むところに困ることもない生活を享受《きょうじゅ》している。その対価として、自身がこの土地に生きる者を守る義務を背負うのは理解できた。

だが、彼女の側近となるべく集められた子どもたちは、本来みな守られるべき存在だ。

なのに、これからアレクシアが選ぶ子どもは、その瞬間から彼女と同じ、守る側の人間になる。

そして、自分自身の楽しみなど何ひとつない人生を、無理矢理歩かされるのだ。

――無力な子どもを、逃れようのない地獄《じごく》に引きずり込む。

それは、絶対にいやだった。

そんな悪魔のごとき所業など、絶対にしたくなかった。泣きわめいてこの場から逃げ出したいと思うのに、骨の髄《ずい》まで叩きこまれた後継者教育が、祖父の命令に抗うことを許さない。

目の前が暗く歪《ゆが》んで吐き気を覚えたとき、彼女はエントランスホールの隅でぼんやりと立っている、痩《や》せっぽちの小さな少年に気がついた。集められた子どもたちの中で最も小柄で、ぶかぶかの粗末《そまつ》な衣服を着ている。

そばにいた教育係に尋ねると、孤児院《こじいん》で暮らしていた子どもながら、デズモンドすら驚くほどの膨大《ぼうだい》な魔力を持つ少年だという。

貧しい地区の孤児院で暮らしていたため、発育は少々遅れているようだが、まともな食事を摂《と》るようになれば、すぐに大きくなるだろう、と。

――両親がおらず、食事も満足に与えられずに生きている、哀《あわ》れな子ども。

教育係に命じられて、のろのろとアレクシアを見た少年の目には、なんの感情も浮かんでいなかった。

絶望、というものを、彼女は言葉でしか知らない。

けれど、彼はそれを本当の意味で知っているのではないかと思った。

この少年ならば、アレクシアを憎《にく》まずにいてくれるだろうか。彼女が「ともに生きろ」と命じても、絶望の種類が変わるだけのことだと、すべてをあきらめてはくれないだろうか。

きちんと働いてくれない頭で、浅ましいにもほどがあることを考える。

けれど、すぐにそんな望みは断《た》ち切った。

アレクシアはスウィングラー辺境伯家の後継者として、この少年を己の側近とし、その人生をめちゃくちゃにする。ならば、彼には彼女を憎む権利がある。

いつか、アレクシアが己の責務をまっとうしたとき、命をかけて詫《わ》びよう。それまでは、何があろうと彼のことを守ってみせる。

そうして、十歳になったばかりのアレクシアは、ウィルフレッドを生け贄《にえ》に選んだ。彼に自らの血を与えて魔術による〈主従契約〉を交わし、衣食住が確保された生活を保証する代わりに、己の意思で未来を選び取る自由を奪ったのである。

それから、五年。

ウィルフレッドは、本当に優秀な子どもだった。乾《かわ》いた大地が水を得て、草木を芽吹《めぶ》かせていくかのように、学んだことを余さず自らの力に変えていく。

アレクシアの側近として、たまに少々無茶をする彼女を問題なくサポートできるよう、彼はありとあらゆる知識と技術を身につけていった。

立ち尽くすウィルフレッドを見上げ、アレクシアはぎこちなくほほえんだ。

「突然こんなことを言われて、信じられない気持ちはわかる。おまえがわたしを憎んでいるのも、わかっている。だが、わたしは――」

「……憎む？」

それまでずっと黙っていたウィルフレッドが、掠《かす》れた声で口を開いた。

昨年、声変わりをした彼の声は、驚くほど低くなった。普段はほとんど感情の感じられないその声に、今はたしかに驚愕が滲《にじ》んでいる。

「オレが……あなたを？」

「言い訳をするつもりはない。わたしはおまえに、それだけのことをした。〈主従契約〉でおまえの自由と時間を奪い、尊厳《そんげん》を踏《ふ》みにじって従えたんだ。おまえには、わたしを憎む権利がある。――さあ、手を出してくれ」

そう言ったアレクシアがしばらく待っても、ウィルフレッドは何も答えなかった。訝《いぶか》しみ、小首を傾げる。

「どうした？　ウィル」

「あなた、は……」

ぐっと眉根を寄せた彼が、きつい眼差しで睨《にら》みつけてくる。はじめて出会ったときから今まで、彼が従順に従う姿しか見たことがなかったアレクシアは、少し驚いた。

「だからオレと、必要以上に関わろうとしなかったのですか？　オレがあなたを……憎んでいると、思っていたから？」

よくわからない問いかけに、アレクシアは困惑した。

「まあ……そうだな。わたしになれなれしくされては、おまえが不快なだけだろう」

だからこそ、彼に知識と力を与える間も甘い顔は一切しなかったし、彼がひとりで立てるようになってからは、必要最低限の接触に留めたのだ。

本当は、それがずっと辛《つら》かった。

できることなら、一度でいいから目の前で彼が笑うところを見てみたかったけれど——そんな夢想は、願うことさえ浅ましいというものだ。祖父の命令に抗えず、無力だったウィルフレッドを支配して、彼から笑顔を奪ったのはアレクシアなのだから。

「はじめから、いずれわたしがスウィングラーの実権を握ったときに、おまえとの契約は解除するつもりだった。想定外の形ではあるが、予定よりもずいぶん早くおまえを自由にできることになって、よかったと思う。……なあ、ウィル」

もう一度、アレクシアはほほえんだ。先ほどよりは、マシな笑顔だと思う。

だが、ウィルフレッドが再び固まったところを見ると、やはり相当みっともないのだろうか。

社交用の可憐で優雅な笑みならば、いくらでも浮かべられるのに、普段の生活ではあまり笑うことがなかったから、どうにもうまくできない。

「こんなことを言われても、おまえには迷惑なだけだろうが……。わたしはおまえに、本当に感謝している。今まで、ありがとう。おまえの幸福を、心から祈《いの》っているよ」

アレクシアはなぜか動こうとしないウィルフレッドの右手を掴《つか》み、〈主従契約〉を解除しようとした。

だが、そうする前に伸ばした手を捉えられ、強い力で握り込まれる。

困惑し、彼女はウィルフレッドを見上げた。

「どうした？　ウィル」

「……あなたは、何もわかっていない」

いつもより、ずっと低く掠れた声。至近距離にあるフォレストグリーンの瞳に、見たことのない激情が浮かんでいる。

彼に掴まれた手が、少し痛い。

「あなたは、泣いていい」

唐突に告げられた言葉を咄嗟《とっさ》に理解できず、アレクシアは首を傾げる。

そんな彼女に、ウィルフレッドは続けて言った。

「泣いて、いいんだ。……あなたみたいな女の子が、ほんのガキの頃から、家を継ぐための道具として育てられて。ずっとこの家の連中に、いいように利用され続けて。その挙《あ》げ句、連中の勝手な都合で、いらなくなったら捨てられるとか……っ。そんなの、ひどすぎるだろうが！」

「……ひどい？」

意味が、わからない。

「わたしは、スウィングラー辺境伯家の娘として生まれた。跡継ぎとなるべく育てられるのは、当たり前のことだ。よりよい後継者が現れたなら、そちらの教育に注力するのも当然だろう」

淡々と答えると、ウィルフレッドの眼差しがすっと鋭くなった。

「アレクシアさま。あなたの腹違いの兄弟とやらは、この土地でなんの基盤も築いていない。いくら領主の決定とはいえ、領民の中には不満を抱く者もいるでしょう。スウィングラーの未来を憂《うれ》うるデズモンドさまが、将来的に火種となりうるあなたを、このまま生かしておくと思うのですか？」

（あ……）

アレクシアは、目を見開いた。

新たな跡継ぎとなる少年は、おそらくアレクシアと同い年の十五歳だ。これからの努力次第で、スウィングラー辺境伯家の後継者と呼ばれるに相応しい実力を身につけることはできるだろう。

だが、彼は今までこの土地で暮らす者たちと、一切関わっていないのだ。アレクシアが『理想的な後継者』として振る舞っていた分、彼が領民から信頼を得るまでには相当苦労するに違いない。

また、エイドリアンが新たに迎える妻は、男爵家の出だという。その子どもたちと、エッカルト前国王の娘を母に持つアレクシアでは、血筋の尊《とうと》さは比べものにならない。

そういうことを気にする連中は、スウィングラー一門の中にも腐《くさ》るほどいる。アレクシアがこれからどういった立場に置かれようと、その体に流れる血に利用価値を見出す者はいるだろう。

いずれにせよ、アレクシアがスウィングラー辺境伯家の娘である限り、余計な揉《も》め事が起こる可能性はかなり高そうだ。

もしそうなれば——。

「エイドリアンさまの離縁と再婚が無事に済むまでは、デズモンドさまも迂闊《うかつ》な動きはしないでしょう。今、あなたの身に不幸が起これば、一族がみな喪《も》に服さなければならなくなる。エイドリアンさまの愛人の子が、正式にスウィングラーの後継と認められるまでは、あなたが唯一の嫡子《ちゃくし》であることには変わりないのですから。ですが、すべてがつつがなく済んだあとなら、あなたが事故死したところで、さほど問題になりません」

アレクシアがウィルフレッドとともに向かうよう命じられた西の別邸は、深い山間にある小さな屋敷だ。かつては一族の者の静養に使われたというそこは、人里から遠く離れた場所にある。

彼の言うとおり、あそこならば何が起きたところで——アレクシアが不慮の事故に遭《あ》って死んだとしても、外部の人間に詳細を知られることはない。

ウィルフレッドが、押し殺した声で続ける。

「あなたが死ねば、オレは『主を守れなかった大罪人』として、死ぬまでスウィングラー辺境伯家に縛られる。自分で言うのもなんですが、オレはこの家の者たちからそれなりに評価されているんです。新たなスウィングラーの後継者の補佐となり得るオレを、僻地《へきち》で腐らせるなどしないでしょう」

「……たしかに、そのとおりだな」

アレクシアは顔を伏せた。

魔術による〈主従契約〉により『従者』となった者は、『主』となった者に絶対的に従う。

追放されるアレクシアが、最後の盾《たて》であるウィルフレッドを自ら手放すなど、誰も想像すらしないに違いない。

それなり、どころか、ウィルフレッドの優秀さは領外にも知られるほどである。〈主従契約〉を解除させるか、もしくはアレクシアの死をもって契約を強制破棄《はき》し、彼を得ようとしてもおかしくない。

ウィルフレッドが実戦で通用するだけの力を身につけて以来、アレクシアは何度も彼を伴って前線に出ている。そのたびに、彼の働きについてはデズモンドにきっちり報告していた。

この一年、スウィングラー辺境伯領を守るための最重要戦力は、間違いなくウィルフレッドだった。

おまけに、アレクシアの従者でもある彼は、屋敷の事務作業にも精通している。新たな後継者の補佐役にするのに、彼ほど相応しい人材はない。

――アレクシアを殺して〈主従契約〉を強制破棄し、ウィルフレッドに責任を押しつける。そのうえで、彼女の兄弟と新たな〈主従契約〉を結ばせれば、彼は生涯スウィングラー辺境伯家から逃げられない。

デズモンドが描いている筋書きは、そんなところだろうか。

アレクシアは、顔をしかめた。

「おまえの優秀さを認められるのは、育てた身としては誇らしいところだが……。この状況では、さすがにそうも言っていられないか。これ以上、わたしのせいでおまえがこの家に縛られるなど、冗談ではないぞ」

ふむ、と頷き、アレクシアは改めてウィルフレッドを見上げた。

「ならばなおのこと、さっさと契約を解除せねばならんな。手を離せ、ウィル。これでは、おまえの紋章に触《さわ》れない」

アレクシアが生きているうちに〈主従契約〉を解除してしまえば、ウィルフレッドだけはどこへでも自由に行けるはずだ。

なのに彼は、苛立《いらだ》たしげに口を開いた。

「あなたは、どうするのですか？　これからオレを、自由にして。……たったひとりで」

「さてな。わたしはずっと、スウィングラー辺境伯家を継ぐべくして育てられた。そのために必要なことは可能な限り身につけたつもりだが、それ以外のことは何も知らない世間知らずだ。今後の身の振り方さえ、想像もできん。まあ、西の別邸に行ってから、ゆっくり考えるさ」

エイドリアンとブリュンヒルデの今後がきちんと定まるまでは、アレクシアの身に危険が及ぶ可能性は低い。

これほどの大事《おおごと》となれば、今日明日に決まるということはまずないだろう。

〈主従契約〉を解除すれば、おまえがわたしを守る必要もない。できるだけ早く、スウィングラーの手が届かないところに行け。……ああ、そうだ」

そこでふと、大切なことを思い出す。アレクシアは頷き、言った。

「おまえがわたしを殺したいほどに憎んでいるのなら、そうしてくれ。どうせ、もう誰にも必要とされない身だ。それでおまえの気が晴《は》れるのであれば、好きにしてくれて構わない」

そう告げた途端、アレクシアの手を掴むウィルフレッドの手の力が強くなった。

少しの沈黙のあと、彼は掠れた声で言う。

「……オレは、欲しい」

そのまま、引き寄せられた。

互いの体温が伝わるような至近距離で、ウィルフレッドが低く囁《ささや》く。

「誰も……いらないと、言うのなら。あなたのすべてを、オレにください」

「……ウィル？」

アレクシアが目を瞬《またた》いて見上げた先、フォレストグリーンの瞳が、いつもよりも鮮《あざ》やかに映った。

「オレには、あなたが必要です。……お願いします、アレクシアさま。あなたさえそばにいてくれれば、オレは誰よりも自由になれる」

低く響く彼の声が、凍《い》てついていたアレクシアの心を震わせる。

「〈主従契約〉は、このままで結構です。オレは生涯、あなた以外の人間に従うつもりはありません」

震わせ、溶かす。

「はじめて会ったときから、あなただけがオレの希望だったんです。あなたさえいてくれれば、オレはなんでもできる。また、夢を見られる。……アレクシアさま。オレと一緒に、生きてください」

――自分とともに生きてほしい、と。

そう願っていたのは、アレクシアのほうだった。

掠れた声で、彼女は問う。

「おまえは……わたしを、憎んでいないのか？」

「はい。憎む理由が、ありませんから」

そんなバカな、とアレクシアは首を横に振った。

「わたしは無理矢理、おまえと〈主従契約〉を結んだんだぞ。そして、過酷《かこく》な戦闘訓練と教育を押しつけた。なのになぜ、わたしを憎んでいないんだ？」

「……そうですね。相手がほかの人間なら、憎んでいたかもしれません」

ウィルフレッドが、少し声を和らげる。

「アレクシアさま。どうか、ご理解ください。あなたは、オレよりも可哀相《かわいそう》な子どもなんです。生まれたときから、何ひとつ自由を知らない籠《かご》の鳥。……まあ、それにしてはずいぶんと物騒《ぶっそう》な爪《つめ》を持っていらっしゃいますが。あなたとの戦闘訓練は、一瞬たりとも気が抜けなくて、いつも必死でしたよ」

そのとき、ほんのわずかながら彼が笑ったように見えて、アレクシアは目を見開いた。

「ままならない毎日を必死に足掻《あが》いて生きる、自分よりも哀れな子ども――それも、年下の女の子を憎むほど、オレは狭量《きょうりょう》ではありません。それにあなたは、理不尽なことは決して強《し》いなかった。オレに、生きるための知恵と力を与えてくれたんです。感謝こそすれ、恨《うら》む理由などありませんよ」

そう言ったウィルフレッドは、強い意思を感じさせる瞳で彼女を見た。

「スウィングラー辺境伯家は、エイドリアンさまの愛人の子を選んで、あなたを捨てた。だったら、あなただってこの家を捨てていいはずだ。……お願いです、アレクシアさま。オレと一緒に、あなた自身もこの家から解放してください。あなたはもう、自由に生きていいんです」

「……自由」

アレクシアはずっと、ウィルフレッドをスウィングラー辺境伯家から解放し、自由にすることだけを夢見て生きてきた。自分が彼と同じように自由になることなど、想像さえしたことがなかったのだ。

彼女は紛れもなくこの家の娘で、スウィングラーに関わるすべてを守る義務があったから。

けれど――。

(わたしには、もう何もない)

デズモンドに「継承権を剥奪する」と伝えられたときから、本当は怖くてたまらなかった。

決して親しみを持てる相手ではなかったけれど、祖父はアレクシアにとって絶対的な庇護者だった。デズモンドの意思に従って動く人形のような自分が、彼の手を離れて生きていくなど、できるわけがない。

今もそう思うのに、ウィルフレッドの瞳が「それは違う」と、言葉よりも雄弁《ゆうべん》に伝えてくる。彼の体温と混ざり合う自分の熱が、アレクシアは人形ではないのだと教えてくる。

その熱が、彼女を突き動かす。

「ウィル。わたしは……スウィングラーの地を守ることしか、知らないんだ」

「そうですね。でも、知らないことなら、これから学んでいけばいいんです」

当たり前のようにそう言って、ウィルフレッドはほほえんだ。

――笑顔。

ずっと見てみたかったそれに、鼓動が乱れる。

「誰がなんと言おうと、オレにはあなたが必要です。大丈夫ですよ、アレクシアさま。オレが生きている限り、あなたを必要とする人間が、この世に必ずひとりはいます」

必要だ、なんて。

「……なぜだ？」

わからない。

すべてを失った自分には、もうなんの価値もないのに。

アレクシアはひどく混乱していた。なのに、自分を見つめるウィルフレッドの瞳から目をそらせない。

彼は、ふっと笑みを深めた。

「あなたが、オレを大切に思ってくれているからですよ。……アレクシアさま。たぶん、あなたが思ってくれているほど、オレは強くなんかない。オレはもう、ひとりになるのはいやなんです。あなたと一緒に、生きていたい」

——ひとりは、さびしいからいやだ。一緒に生きたい。

そんなふうに甘えたことを願ってしまうのは、自分だけだと思っていた。

「わたしで……いいのか？」

「はい。オレは、あなたがいいんです」

震える声での問いかけに、ウィルフレッドは迷うことなく頷いた。

「……ウィル」

十五年間生きてきて、こんなにも泣きたくなるほどの喜びを感じたことはない。

「わたしも、おまえがいい。おまえと生きたい。おまえと一緒に、生きてみたい」

人はきっと、誰かに必要とされなければ生きられない生き物なのだと思う。

アレクシアは今まで、『スウィングラー辺境伯家の後継者』だったからこそ、多くの人々に必要とされてきた。けれど、その肩書きを失った今、彼女を必要としてくれているのはウィルフレッドだけだ。

「はい。……嬉しいです。アレクシアさま」

少し震える声でそう言ったウィルフレッドに、アレクシアは抱きしめられた。思っていたよりもずっと大きな体が、熱い。

アレクシアの味方はウィルフレッドだけで、ウィルフレッドを守れるのはアレクシアだけ。自分たちはまだまだ何も知らない子どもで、頼れる大人は誰もいない。

この広い世界を、これからはたったふたりで生きていく。

「ふ……ぅ……っ」

「……泣いていいんですよ。言ったでしょう、アレクシアさま。あなたは、泣いていいんです」

怖い。悲しい。悔しい。

マイナスの感情で蓋《ふた》をされていた心が、歓喜に満たされて、涙となって溢《あふ》れ出す。

「ウィル……ウィル、ウィル……ッ」

「はい、アレクシアさま」

律儀《りちぎ》に答える彼の背中に、力の限りしがみつく。あの痩せっぽちだった小さな子どもは、いつの間にかこんなに大きくなった。

物心ついて以来、こうして声を上げて泣くのは、はじめてだ。しゃくり上げるアレクシアの背中を、ウィルフレッドの手が優しく撫《な》でる。

「今まで、がんばりましたね。……でも、もういい。もう、いいんですよ」

「うん……っ」

本当はずっと、誰かにそう言ってほしかった。

努力をしたら、褒めてほしい。

成果を出したら、認めてほしい。

けれど、アレクシアに与えられたのはいつだって『それくらい、スウィングラーの後継者ならばできて当たり前だ』という、冷たい言葉だけだったのだ。

それから泣きたいだけ泣いて、アレクシアはようやく落ち着いた。袖口《そでぐち》で目元を拭う。

「……ふむ。声を上げて泣くというのは、なかなか気分がスッキリするものなのだな」

はじめての発見に感動していると、ウィルフレッドが小さく笑った。

「それはよかったです。濡《ぬ》らしたタオルを持ってきますので、少々お待ちください」

そう言って洗面所へ向かった彼は、やはり従者としても優秀な少年なのだった。

ソファに腰《こし》かけたアレクシアは、彼が持ってきてくれたひんやりとしたタオルで顔を拭《ふ》いた。しばしの間、その心地よさを味わった彼女は、さっぱりした顔でウィルフレッドを見る。

「なあ、ウィル。このまま西の別邸へ向かったところで、いずれわたしは人知れず殺される可能性が高いわけだ」

「そうですね。今となっては、この件の関係者にとって、あなたは非常に目障《めざわ》りな存在ですから」

有能なウィルフレッドは、主に対しても遠慮なくものを言う。

アレクシアはその言いように驚くでもなく、至極冷静に頷いた。

「まあ、そうだろうな」

エイドリアンにとってのアレクシアは、望まない政略結婚をした妻との間に生まれた娘。

ブリュンヒルデにとっては、まったく自分を顧《かえり》みない、放蕩三昧《ざんまい》な夫の娘。

エイドリアンの新たな妻子にとっては、エッカルト王家の血を持つ継子《ままこ》。

ブリュンヒルデの再婚相手――エッカルトの英雄にとっては、運命の女性を奪った男の血を引く娘。

……一番あたりがきつくなりそうなのは、これからエイドリアンが迎える女性と子どもたちだろうか。

スウィングラーに連なる誰かが、継承権を剥奪されたアレクシアを担《かつ》ぎ上げれば、息子の立場を脅《おびや》かす。その不安は、おそらく消えることはない。

エイドリアンの新たな家族が平穏に過ごすため――ひいては、スウィングラー辺境伯家の安泰《あんたい》のためには、アレクシアの存在は排除しなければならない。そう判断すれば、デズモンドは容赦《ようしゃ》しないだろう。

それが、彼女とウィルフレッドの知る、デズモンドという人物だ。

うんざりしながら、アレクシアはため息をつく。

「わたしは、おまえ以外の人間に殺されたくはない。今のわたしには、おまえが無事に成人するまで見守って、いつか可愛いお嫁《よめ》さんを迎えたときに、結婚式で号泣しながらお祝《いわ》いを述べるという夢がある」

「……アレクシアさま。いったいどうしてそんな素《す》っ頓狂《とんきょう》な夢を持ちはじめたのかは知りませんが、オレはあなたより弱い女性を嫁に迎えるつもりはありませんよ」

なんと、とアレクシアは目を丸くした。

「その条件は、さすがに難しいんじゃないか？」

「お疲れなのはわかりますが、今はあなたのしょうもない夢の話はどうでもいいです。まず、あなたの身の安全を確保するために、これからどうするべきか話し合いましょう」

ウィルフレッドが、半目になって言う。アレクシアは、首を傾げた。

「そう言われてもなあ。今のわたしにとって、生きる理由はおまえだけなんだ。人生の目的がなければ、いまいちやる気が出ないだろう？　将来の夢の話は大切だ」

「……ソウ、デスカ」

何やらぎこちなく応じたウィルフレッドが、視線をそらした。

そんな彼に、彼女は問う。

「おまえは？　ウィル。何か、やりたいことはないのか？　もしあるのなら、言ってくれ。わたしのすべては、おまえのものだ。おまえの望みを叶えるためなら、なんでもするぞ」

ソファから立ち上がり、アレクシアはウィルフレッドを見上げて笑う。

「わたしの強さは知っているだろう？　わたしがそばにいる限り、おまえが傷つくことはない。安心しろ。おまえが誰を敵に回しても、必ず守ってみせる」

「……ハイ。あなたがそれだけの力をお持ちであることは重々承知しておりますが、今はちょっと……いろいろな意味で頭がパーンと破裂《はれつ》しそうなので、しばしお待ちいただけますか」

視線をそらしたまま、ウィルフレッドが早口で答える。

なんだかよくわからないアレクシアだったが、待てと言われたのでおとなしく待つ。

ややあって、ウィルフレッドは深呼吸をしてからこちらを見た。

「アレクシアさま。オレの望みは……いずれお話しさせていただきます。まずは、屋敷の者たちに気取《けど》られないよう、西の別邸へ向かいましょう。そちらの状況を見てから、今後の動き方を決めるのがよろしいかと」

「ああ、そうだな」

ふたりは必要最低限の荷物を行軍用のバックパックにまとめ、屋敷の前で落ち合うことにした。


バックパックを背に、アレクシアとウィルフレッドはスウィングラー辺境伯家の屋敷を出る。

アレクシアにとっては、物心つく前から育った場所だ。二度と戻れないとなればそれなりの感慨《かんがい》が湧くものかと思ったが、門を出る瞬間でさえ、彼女の心は凪《な》いでいた。

一応、デズモンドに最後の挨拶をしようとしたけれど、取り次ぎの執事から「御前《ごぜん》さまはお忙しいそうです」と断られ、別邸の鍵《かぎ》だけ渡された。もしかしたら祖父にとって、もはやアレクシアは無価値な孫娘どころか、すでに死んだも同然の者になっているのかもしれない。

見送りに立つ者はひとりもいなかった。

アレクシアはウィルフレッドとともに飛行魔術を展開し、大空へ飛び立つ。

（あ……）

――美しかった。

アレクシアが今まで、命じられるままに守り続けてきたスウィングラーの大地は、眩《まばゆ》いばかりの白雪に覆われ、息を呑《の》むほどに美しく光り輝いていた。

ようやく、気づく。

ここは、紛れもなく彼女の故郷。アレクシアは、息苦しいばかりだったあの屋敷も含め、この豊かな土地のすべてを愛していた。

だから、こんなにも胸が痛む。

アレクシアはもう二度と、故郷を守るために戦うことはない。これからはウィルフレッドとともに、ふたりだけで生きていく。

「……ウィル。少し、いいか？」

「はい」

アレクシアはウィルフレッドに断りを入れ、空を飛べない者には決して到達できない、雪深い山頂に降《お》り立った。

森林限界を越えたそこは、見渡す限り純白の世界。

眼下に広がる景色を眺めたアレクシアは、震える指先をぐっと握りしめた。

目の奥が、熱くなる。

胸が、痛い。なんだか、また泣いてしまいそうだ。

けれど今、彼女の心を満たしているのは――。

「……っ。自由だあああああーっっ!!」

生まれてはじめて、腹の底から叫んでしまうほどの、途方もない解放感だった。

◇
❖
◇

スウィングラー辺境伯家が所有する別邸は、有事の際に領民の収容・保護ができるよう造られたものがほとんどだ。

しかし、ウィルフレッドとアレクシアが目指す屋敷は、領地の西の果て——深い森と急峻《きゅうしゅん》な山々に囲まれた場所にあった。人目を避けるようにぽつんと建つそこはかつて、辺境伯家に生まれた病弱な者や、精神を病《や》んだ者が療養するための場であったという。

その屋敷は、小規模ながらも贅《ぜい》を尽くされていた。頑丈な鉄柵《てっさく》付きの塀《へい》でぐるりと取り囲まれ、外部からの侵入、そして内部からの逃亡をも困難なものとしている。

だが、そんな頑強な塀も、空を飛べる者たちにとってはただの飾《かざ》りだ。

アレクシアが塀の内側にふわりと降り立つ。

ついで雪に覆われた地面を踏んだウィルフレッドは、荘厳《そうごん》ささえ感じる別邸を見上げ、口を開いた。

「アレクシアさまは、こちらの屋敷へいらしたことはあるのですか？」

「いや。ここへ来るのは、わたしもはじめてだ。話には聞いていたが、よくもまあこんな山奥に、これほど贅沢な屋敷を建てたものだな。麓《ふもと》からの道もかなり険《けわ》しそうだし、建築資材を運ぶだけでも大変だったろうに」

そう呟いた彼女は、幼い頃からの教育で質実剛健《しつじつごうけん》をよしとする価値観の持ち主だ。淑女として振る舞う際には、もちろんスウィングラー辺境伯家の名に恥じないよう華やかに着飾っている。

だが、それらは彼女にとって『令嬢モードにおける必要物資』にすぎない。

普段の生活で、アレクシアが少女らしいドレスや装飾品に執着《しゅうちゃく》しているところを、ウィルフレッドは見たことがなかった。

(どちらかといえば、新型の魔導武器を手に入れたときのほうが、嬉しそうな顔をしていたし……。アレクシアさまに、婚約者の座狙いの貢《みつ》ぎ物――じゃない、可愛らしい贈り物をしていたガキどもは、さすがにちょっと気の毒《どく》だったな)

そんなことを考えながら、ウィルフレッドは周囲の様子を窺《うかが》った。が、やはり人の気配はない。

鍵《かぎ》を使って、扉を開く。光が差し込んだそこに、ずっと閉め切られていた空間特有の埃《ほこり》っぽさはなかった。

ウィルフレッドがざっと確認してみた限り、どうやらこの別邸は、数年単位で居住者がいなかったらしい。空気の入れ換えは定期的にしていたようだし、照明や水回りも問題なさそうだが、ところどころ日焼けした壁や床は修繕《しゅうぜん》された様子がない。

そんな寂《さび》れた別邸の玄関ホールの片隅には、テーブルと長椅子《ながいす》があった。そこに、飾り気のない封筒《ふうとう》が置いてある。

それを手に取ったウィルフレッドは、興味深そうにあちこちを眺めているアレクシアを振り返った。

「アレクシアさま。ここの管理人が残した置き手紙のようです。封はされておりません」

「そうか。手紙には、なんと書いてある？」

主に促されて封筒を開くと、質のいい紙に簡潔に事情が書かれていた。

曰《いわ》く、老齢《ろうれい》の自分が人里離れた山中に建つ屋敷に常駐《じょうちゅう》するのは難しい。月に一度は様子を見に来るので、何かご用件があれば、山の麓の村にある自宅まで来られたし――。

文末に記された日付からして、次に管理人がこの屋敷を訪れるのは、半月後になりそうだ。

デズモンドに呼び出されてからのあれこれで、アレクシアはよほど疲れていたのだろう。小さく苦笑すると、玄関ホールの長椅子に腰かけた。

「まあ、誰もいないほうが自由に動けていいかもしれんな。……すまない、ウィル。少し、眠りたい。四時間ほど仮眠を取っても構わないか？」

「はい、もちろんです。寝室を探してまいりますので、少々お待ちください」

屋敷はある程度清掃されている。この様子であれば、おそらく寝室も問題なく使えるだろう。

しかし、アレクシアはゆるりと首を横に振った。バックパックから野営用の断熱シートを取り出し、いつもより少しぼんやりとした眼差しでウィルフレッドを見る。

「ここで眠る。おまえも好きなところで、少し休め」

そう言って長椅子で横になるなり、アレクシアは眠りに落ちてしまった。

寝室を準備する時間すら待てないとは、彼女の疲労は、ウィルフレッドが想像していた以上に深いものだったのだろう。

（アレクシアさま……）

ほんの数時間前まで、触れることなど叶わないと思っていた少女の髪。細く柔らかく、艶《つや》やかな輝きを放つ金の一房《ひとふさ》に、ウィルフレッドは軽く指を絡《から》めてみる。

それでも、『主』はまるで目を覚《さ》ます気配がなかった。

アレクシアは、ウィルフレッドを警戒しない。ふたりの間に〈主従契約〉が存在している以上、その必要がないからだ。

もし今、ウィルフレッドが害意を持って彼女に触れていたら、即座に契約によるペナルティーが発動し、彼は耐えがたい痛みに襲われていたはずだ。呼吸すらままならなくなっていただろう。最初の警告を無視してなお触れ続ければ、すぐさま魔力の楔《くさび》が心臓を貫くことになる。

だが、害意のない接触であれば、そんなペナルティーは発動しない。

もっとも、ウィルフレッドがアレクシアに対して害意を抱くことなど、天地がひっくり返ったとてありえない話なのだが。

（守りますよ。アレクシアさま）

〈主従契約〉の有無に関係なく、ウィルフレッドは己の命に代えてもアレクシアを守ると決めている。ほかの誰に命じられたわけでもない。自分自身で、そう決めた。

五年前、スウィングラーの本邸でアレクシアに出会うまで、ウィルフレッドは薄暗い闇《やみ》の中でうずくまっているだけの、愚《おろ》かで無価値な子どもだった。

与えられる粗末な食事を感謝さえなく口にして、すべきことも望むこともなく、ただぼんやりと過ぎていく時間を見送るばかり。

自分自身が、両親から受け継いだ強い魔力を備えていることは知っていた。

だが、そんなことはどうでもよかった。たとえどれほど膨大な力を持っていても、本当に欲しいものはとうの昔に、ウィルフレッドの指から零《こぼ》れ落ちてしまっていたのだから。

けれど――。


「おまえの、名前は？」

「……ウィルフレッド・オブライエン」

あの日、はじめてアレクシアと出会ったとき。

まるでよくできた人形のように美しく愛らしい姿と、底知れない苦悩に染まった声のアンバランスさに、ひどく戸惑ったことを覚えている。

すべてを失って孤児となり、己を取り巻くあらゆるものを拒絶して生きていた。そんなウィルフレッドの心を、ふいに感じた戸惑いが小さく揺らした。

「ウィルフレッド・オブライエン。これからおまえは、わたしの従者になるんだ」

凛《りん》と響く言葉から、どうして深い悲しみを感じるのだろう。

「おまえはきっと、わたしよりも強くなる。わたしが、必ず強くしてやる。それまでは、わたしがおまえを守ろう」

差し伸べられた手は、とても小さくて華奢《きゃしゃ》だった。なのになぜ、戦うことを知る者のそれなのか。

「強くなれ、ウィルフレッド。おまえの命は、わたしのものだ。わたしの許可なく、勝手に投げ出すことは許さない」

傲慢《ごうまん》に命じるその声に、なぜか「ともに生きろ」と懇願《こんがん》されたような気がした。


わからない。

……ずっと、わからなかった。

だが、いったい、誰に想像できるだろう。

空を自由に駆ける歴戦の兵士であると同時に、完璧な淑女と賞賛される『アレクシア・スウィングラー辺境伯令嬢』。そんな彼女が、自分の意思では生きることすら選べない、壊《こわ》れた子どもであるなんて。

無防備に眠り続ける少女の頭を、そっと撫でる。その感触が心地よかったのか、額《ひたい》をすり寄せてくる幼い仕草に、心臓が甘く締めつけられた。

——本当に、信じられない。

この、誰よりも気高く美しく、そして悲しいほどの強さを秘めた少女が、これからはウィルフレッドとともに生きるという。ほかの誰でもない、紛れもなく彼女自身の意思で、そう望んでくれたのだ。

ウィルフレッドは、アレクシアに対して抱く感情が、主に向けるべきものではないことくらい、とうの昔に自覚していた。

常に最前線に立つ兵士として、完璧な辺境伯令嬢として、必死に生きている彼女を、助けてやりたい。守ってやりたい。はじめは、そんな憐憫《れんびん》の気持ちだったと思う。

けれどいつしか、欲が出てきた。

アレクシアが社交の場で浮かべる、美しいばかりの仮面のような笑顔ではなく、心から笑う姿を見てみたい。

彼女はたとえ辛いことがあったとしても、ウィルフレッドの前で『主』としての凜とした姿勢を崩すことはない。

けれど本当は、弱音を吐いてほしかった。

触れたい。

悲しいときには抱きしめるから、自分の胸で泣いてほしい。

そんな口にすることは許されない願いを抱えたまま、ずっと彼女のそばで生きてきたのだ。

(……すみません、アレクシアさま。あなたがこんなにも傷ついているのに、オレは今、あなたとこうして一緒にいられることが、とても嬉しい)

ウィルフレッドは、自分はかなり我慢強いほうだと自認していた。だが、そんな自己分析は、アレクシアを自分の腕に閉じ込めた瞬間に、勢いよく吹っ飛んだ。

想像していたよりもずっと柔らかくしなやかな体は、頭がクラクラするほどいい匂いがした。

泣いて自分に縋《すが》る声と、しがみついてくる指の強さを感じて込み上げたのは、全身が震えるほど激しい歓喜。そして、息が詰まるほどに強烈な独占欲《どくせんよく》。

絶対的な支配者であった祖父に捨てられ、己を見失ってしまったアレクシア。

そんな彼女に、己とともに生きてほしいと望んだあのときの自分を、全力で褒めてやりたい。

ずっと焦《こ》がれ続けて、けれど手を伸ばすことを許されなかった少女が己を選び、すぐそばにいる奇跡。

(本当に……なんであなたは、こんなに可愛いんでしょうね)

アレクシアが、自分のそばで笑っているならそれでよかった——なんて、きれい事で済ませられる程度の気持ちであればよかったのに。

優しくしたい。甘やかしたい。なんのしがらみもない世界を、自由に飛び回らせてあげたい。

けれど同時に、この哀れで愛《いと》しい少女に自分だけを見ていてほしい。ウィルフレッドはもうアレクシアしか欲しくないのに、今さら彼女がほかの誰かを選ぶなんて許せない。

そう叫ぶ自分もたしかに存在していて、その強欲さに自嘲するしかなかった。

……今は、まだいい。

目を閉じていれば、幼く愛らしいばかりの少女でしかないアレクシアは、ひたすら庇護欲を刺激してくるだけの存在だ。

けれど、これから彼女はどんどん大人になっていく。絶世の美男美女と賞賛される両親の美しさを、余すことなく受け継いだ少女は、あと数年もすれば誰もが振り返るような美女になるだろう。

そこまで考え、ウィルフレッドはそっと嘆息《たんそく》した。

（まあ……うん。〈主従契約〉の継続を望んだときは、とにかくアレクシアさまにわかりやすく、オレを信じてもらえる理由が欲しかっただけだったんだが。アレクシアさまの情緒《じょうちょ》面ははっきり言って幼児レベルだ。早めにオレを男として意識してもらいたいのはやまやまだが、長期戦になるのは間違いないか。ストッパーとして〈主従契約〉があってマジでよかったな……）

近い将来、ウィルフレッドが成長したアレクシアに対し、うっかり理性を飛ばしかけたとしても、〈主従契約〉が存在している限り、絶対に彼女を傷つけることはない。戦場であれば、たとえ何が起ころうとも冷静さを失わない自信があるのだが、こと色恋沙汰《ざた》に関してはウィルフレッドとてピッカピカの初心者なのである。

――初恋の相手が、年下の少女とはいえ養い親兼師範《しはん》のような存在で、ウィルフレッドに対しては若干過保護な保護者モード。おまけに、彼女は自身の感情を常に後回しにしてきたため、ものすごく鈍感になっている。

改めて考えてみると、かなりのハードモードなのではあるまいか。

少しばかり遠い目をしてしまったウィルフレッドだが、それでも自分のそばにアレクシアがいるだけで幸せなのだから、どうしようもない。

よし、と気合いを入れ直す。

（まずは、アレクシアさまをベッタベタに甘やかそう。で、〈主従契約〉に頼らなくても、信じてもらえるように努力する）

何事も、最初の一歩が肝心《かんじん》だ。

これからアレクシアがどんな男と出会おうと、自分が最優先で彼女に選ばれる存在であり続ければいい。そのためならば、〈主従契約〉だろうが、アレクシアが抱いている庇護欲だろうが、すべて利用してやる。

それでも、もしアレクシアがほかの誰かを選ぶというなら――そのときは、スウィングラーにいた頃の関係に戻るだけだ。

彼女が望んでくれるなら、いつまでだってそばにいる。たとえアレクシアがウィルフレッドのものになってくれなくても、自分のすべては彼女のものだ。

どうせもう、ウィルフレッドはアレクシア以外の者を愛することなどできないのだから。

そんなことを考えながら、安心しきった顔で眠る少女を見つめていると、その長い睫毛《まつげ》がわずかに揺れた。眠りがまだ浅いのだろう。

ウィルフレッドは気配を殺して立ち上がると、屋敷の現状を確認することにした。

（ここの厨房《ちゅうぼう》は、すぐに使えるんだろうか。茶は無理だとしても、アレクシアさまが目を覚ます頃に白湯《さゆ》くらいは用意できるといいんだが……）

幸いなことに、厨房は掃除が行き届いており、問題なく使用できる状態だった。

アレクシアが眠りについてから四時間後、大きめのカップに白湯を注ぎ、ウィルフレッドは玄関ホールに戻った。

「にゅ……」

そして、アレクシアの寝起きの声に、危うくトレイを取り落としかけた。

（にゅ、って。何この可愛いイキモノ）

一瞬、寝ぼけた様子のアレクシアの頬をもちもちふにふにと撫で回したい衝動に駆られたが、気合いでぐっと堪える。

「おはようございます、アレクシアさま。白湯ですが、お飲みになりますか？」

「ん……。ありがとう、ウィル……」

スウィングラーの本邸では、アレクシアは常に大勢の使用人たちの目に晒《さら》されていた。ここにはウィルフレッドしかいないのをわかっているからか、ずいぶんと気の抜けた様子である。

ウィルフレッドからカップを受け取り両手で持つと、とろんと目を伏せたまま口をつけた。

（かわ……っ）

その様子があまりにも小動物めいて可愛らしくて、ウィルフレッドは天を仰ぎたい気分になる。

だが、そんなことをしてアレクシアにドン引きされるわけにはいかない。

己の自制心を叱咤激励《しったげきれい》していると、アレクシアがほう、と息を吐いた。

「……一眠りしたら、だいぶ頭がスッキリしたぞ。ウィル。おまえは、休めたか？」

「はい。屋敷の中をざっと確認してから、今後のことを考えておりました。――この別邸に、冬を越《こ》せるだけの備蓄《びちく》はありません。麓の村へ行き、管理人を訪ねる手もありますが……そうまでして、ここに留まる理由はないかと。携帯食料が尽きる前に、別の場所へ拠点を移すべきでしょう」

ウィルフレッドの進言に、すっかり目を覚ました様子のアレクシアが応じる。

「なるほど、備蓄がなかったか。おじいさまのご命令は、ここで餓死《がし》か凍死《とうし》でもしていろ、ということだったのかな。だがまあ、こちらの知ったことではない。……ふむ。いっそのこと、王都に出るか」

相変わらず、判断が早い。

アレクシアの提案に、ウィルフレッドは頷いた。

「はい。そのほうが、いずれ追っ手がかかったときにも都合がよいかと」

木を隠すなら森の中。

人を隠すなら街の中だ。

アレクシアが、指先で軽く顎《あご》に触れる。じっくりと何かを考えているときの、彼女の癖《くせ》だ。

「未成年の身では、ろくな仕事も見つからんだろうし……。まずは、王都の孤児院にでも身を寄せるか。そこで新しく適当な家名をもらえれば、少しは動きやすくなるだろう」

「そうですね。ところで、アレクシアさま。ひとつ確認しておきたいのですが、アレクシアさまは今後、スウィングラー辺境伯家とは無縁の、平民の子どもとして生きてゆくおつもりということでよろしいのですよね？」

その問いかけに、アレクシアはきょとんと目を丸くした。

「もちろん、そのつもりだが？」

何を今さら、と言いたげな彼女を見て、ウィルフレッドは真顔で告げた。

「でしたら、まず第一に、平民の子どもの振る舞い方というものを、よく観察なさってください。

今すぐそういった振る舞い方を身につけろ、とは言いません。まずは、平民の子どもたちの間で、悪目立ちしないことを目標といたしましょう」

アレクシアが一拍置いたあと、おそるおそるといった様子で口を開く。

「ウィル。その……今のわたしは、そんなに平民としてダメダメなのか？」

「ダメダメと言うほどではありません。ただ確実に、ものすごく浮いてしまいます」

普段のアレクシアも令嬢モードのアレクシアも、平民の子どもたちの様子とはひどくかけ離れている、という点において、差異はない。

ウィルフレッドは、市井《しせい》に紛れる訓練も一通り積んでいる。けれど、力のある貴族の家に生まれ、そんな機会がなかったアレクシアにとって、平民に紛れて暮らすというのは、なかなか高難度のミッションだろう。

ウィルフレッドが断言すると、アレクシアはしょんぼりと肩を落とした。

「そうか……」

なんということだろうか。アレクシアが、落ち込んでいる。

はじめて見る主の頼りない姿に、庇護欲をぎゅんぎゅんと刺激されたウィルフレッドは、すぐさま口を開いた。

「大丈夫ですよ、アレクシアさま。黙ってさえいれば、あなたはただ可愛らしいだけの子どもですから。困ったときには、とにかく口を閉じていてください。オレが必ずフォローします」

「うむ。……すまないな、ウィル」

それからふたりは、今後の方針についてひとしきり話し合った。そして、王都でも治安のいい地域にある孤児院の門を叩くことにしたのである。

大神殿付属のそこは、篤志家《とくしか》からの寄付も多く、子どもたちが比較的健全な環境で養育されていると聞く。

何より、大神殿に集《つど》う信者たちは、さまざまな噂話を落としていくものだ。スウィングラー辺境伯家の動きについても、多少は耳に入ってくるだろう。

◇　❖　◇

数日後。アレクシアとウィルフレッドは、無事に王都にやってきていた。

古着屋で購入した、流行遅れの簡素なドレスを着てさえ、令嬢モードに入ったアレクシアの可憐な美しさをそこなうことはない。

そんな彼女は、孤児院の院長である老齢の修道女に、涙ながらに訴《うった》えていた。

「わたくしたちは、東の国境沿いにあるフェージュという街からまいりました。わたくしの生家は、いわゆる田舎の資産家なのですが……。父の再婚が決まった途端、こちらの従者とふたりだけで、ろくに食料もない山奥の別邸に追いやられてしまいましたの」

「まあ……なんということでしょう」

ふっくらとした頬の院長が、痛ましげな表情を浮かべる。その様子を見たウィルフレッドは、そっと胸の内で手を合わせた。

（オレたちは、決して嘘《うそ》をついているわけではないのですが……。なんだかすみません）

しかし、今はこれからの人生をかけた作戦行動中なのだ。アレクシアは『哀れな境遇の可憐な少女』という役どころを、予定どおりに遂行《すいこう》していく。

「はい。父と、新しく妻となる方の間には、すでにわたくしと同じ年頃の子どもたちがいるそうなのです。どうにか、王都まで逃げてまいりましたが……。暗に父から死ねと言われてしまったようなものである以上、元の家名を使って生きるのは恐ろしいのです」

胸の前で両手を組み合わせ、アレクシアは潤《うる》んだ瞳で院長を見つめる。

もしかしたら彼女は、役者としても充分にやっていけるのではなかろうか。

社交用の令嬢モードの発展型なのだろうが、ウィルフレッドが思わず感心してしまうほど、実に素晴らしい演技力だ。

「お願いです、院長さま。些少《さしょう》ではございますが、お金を差し上げます。どうかわたくしたちを、この孤児院に置いてくださいませんか。そしてこれから先、父や家の者たちと関わることなく生きるために、新しい家名をいただきたいのです」

事情を抱えて孤児院で暮らす子どもたちの中には、家名どころか個人名さえ持たない者もいる。そんな子どもたちに名を与えるのは、孤児院の責任者の仕事だ。

孤児院で新しく家名を登録してもらえれば、アレクシアもウィルフレッドも、スウィングラー辺境伯家とは無関係な孤児として、新たな人生を切り開くことができる。多少の金銭でそれを購《あがな》えるのなら、安いものだ。

だが、篤行《とっこう》な孤児院の院長は、アレクシアが差し出した金銭については、受け取りを拒否した。そのうえでふたりに『ガーディナー』という揃いの家名を与え、孤児院の新たな住人として受け入れてくれたのである。

(アレクシアさまと、同じ家名か……)

正直、嬉しい。

気を抜くと、うっかり頬が緩みそうになる。だが、アレクシアの前でそんなだらしない顔をするわけにはいかないため、気合いでぐっと我慢する。

何はともあれ、第一関門は無事クリアした。

おまけに、ふたりが魔力持ちであると申告したところ、小さなベッドが面積のほとんどを占《し》める部屋ではあるが、それぞれ個室が与えられた。過去に、精神的に不安定な魔力持ちの子どもが、寝ている間に魔力を暴走させた事例があったためらしい。

案内された個室のベッドに腰を下ろし、アレクシアが深々と息を吐く。

「ここの院長のような、純粋な善人を相手にするというのは……なんというか、非常に気疲れするものなのだな」

豪奢《ごうしゃ》なパーティーや茶会に招待されたときでさえ、疲れを一切見せなかった主のぼやきに、ウィルフレッドは苦笑した。

「そうですね。これほど大きな孤児院をまとめているのです。善良なばかりの人物ではないのでしょうが、少なくとも貴族の方々を相手にするのとは、勝手が違いすぎました」

「ああ。とはいえ、当初の目的は達成されたわけだ。あまり長居をしては、いずれここの者たちに迷惑をかけてしまいかねんからな。春までには身の振り方を決めて、出ていこう」

孤児院を出ていくのは、通常、里親や就職先が決まった場合だ。

子どものいない家庭が養子に望むのは、物心ついていない赤子か幼児が多い。十五歳のアレクシア、そして十六歳のウィルフレッドは、普通ならば『売れ残り』と評される年齢である。

だが、アレクシアはもちろんのこと、ウィルフレッドもかなり整った容姿をしている。多少、年がいっていても、養子に欲しがる者はいるだろう。

しかし、ふたりはどこかの家に養子入りするつもりなど、さらさらない。新たなしがらみを抱え込むなど、まっぴらごめんである。

できる限りの情報を早急に集め、あの人の好《よ》さそうな院長が養子縁組の話を持ってくる前に、この孤児院を去らねばならない。

そこで、何かを考え込んでいたアレクシアが、ひとつ頷いてから顔を上げた。

「なあ、ウィル。せっかく、こうして王都に来たんだ。もし可能であれば——」

そうしてアレクシアが口にした提案に、ウィルフレッドは破顔した。

「それはいいですね。さっそく明日から、いろいろ調べてまいりましょう」

「かわ……っ」

突然、アレクシアが奇妙な声を上げた。ウィルフレッドは、訝しんで首を傾げる。

「どうかなさいましたか？　アレクシアさま」

「……いや。この数日で気づいたが、おまえは笑うとものすごく可愛くなるのだな。慣れていないので少々無様《ぶざま》な声を出してしまったが、実に眼福《がんぷく》だぞ。これからも、どんどん笑ってくれ」

真顔でそんなことを宣《のたま》うアレクシアに、ウィルフレッドは口元だけでにこりとほほえんだ。

「どうやら、お疲れのようですね。明日からまた忙しくなりますし、どうぞお早めにお休みくださいませ」

アレクシアが、むうと眉をひそめる。

「今の笑顔が可愛くないとは言わんが、さっきとはなんだか違うな。もう一声、どうにかならんか？」

「なりません」

どうしたものだろうか。

アレクシアからの評価が、大変不本意ながら『可愛い』で固定されてしまいそうで、なんだかものすごく不安になるウィルフレッドだった。

第二章　入学しました

ランヒルド王国の王都マクダレーナは、クロティルド大陸でも有数の美しく豊かな都市だ。

さまざまな芸術が花開き、人々はみな文化的で安全な生活を享受している。

建国当時から変わらない堅牢《けんろう》さと壮麗《そうれい》さを誇る王宮を彼方《かなた》に望む土地に、将来の王宮警護を担う人材を育成するための広大な施設があった。

シンフィールド学園。

身分・性別を問わず、基準を満たす魔力保有量と、強い意欲と根性《こんじょう》の持ち主であれば、十二歳から十八歳の国民すべてに門戸を開き、受け入れる王立の全寮制教育機関だ。

もっとも、よほど事情のある家庭でもない限り、子どもは十五歳頃まで親元で過ごすのが普通である。そのため、新入生の年齢は十五歳から十七歳の者が多かった。

入学時のハードルこそあってないようなシンフィールド学園だが、厳しいカリキュラムについていけない者は、容赦なく放校される。それは、この学園での教育が完全無償なだけではなく、生徒たちに月々の生活費をも支給しているからである。

貧しい平民階級の子どもの中には、それ目当てで入学する者も多い。だが、その恩恵《おんけい》に見合うだけの努力をしなければ、即座に援助は打ち切られる。

役立たずの兵士を育てるほど、この国の王宮は甘くないのだ。

春の暖かな日差しが降り注ぐある朝、シンフィールド学園の講堂にて入学式が行われた。

新入生たちはみな支給された制服を身につけ、磨き上げられた革靴《かわぐつ》で式典に臨《のぞ》んだ。

学園長の長々とした訓示を最後に式典が終わると、生徒たちは一斉に講堂を出て寮に向かう。

式典時にのみ着用するマントを外し、さっそく午後からはじまる授業に備えるためだ。

足早に移動する生徒たちの中に、ひときわ目を引くふたりがいた。

太陽の光のようにきらめく金髪と、鮮やかなマリンブルーの瞳を持つ小柄な少女と、すらりと背の高い、漆黒《しっこく》の髪とフォレストグリーンの瞳をした少年だ。

軍服を思わせる端正なデザインの制服より、可憐なドレスのほうが遥《はる》かに似合うだろう少女――アレクシアは、弾むような足取りで歩いていく。

彼女は、隣を歩くウィルフレッドを見上げて言った。

「ウィル。この学園では、平民階級の礼儀作法や一般常識も、細かく丁寧に教えてもらえるのだろう？　楽しみだな！」

「そうですね。シンフィールドに入学してくる生徒の中には、王都におけるマナーや常識をまるで知らない遠方からの生徒も多いですから」

なるほど、とアレクシアは破顔した。

「ならば、わたしと同じだな。安心したぞ」

そう言いつつ、彼女はその場で踊《おど》るようにターンした。ふわりと舞う金髪が、明るい笑顔を華やかに彩《いろど》る。

「アレクシアさま。浮かれすぎですよ」

苦笑するウィルフレッドに、アレクシアはますます華やかに笑ってみせた。

「これが浮かれずにいられるか。シンフィールドに、入学したんだぞ。この学園の警備は、王宮の管轄《かんかつ》下だ。わたしがここに在籍している間は、スウィングラー辺境伯家といえど何もできはしないだろう？」

彼女がスウィングラー辺境伯家の継承権を剥奪された冬の日から、およそ三ヶ月が経った。

エイドリアンとブリュンヒルデの離縁は正式に成立。ブリュンヒルデは、すでにエッカルト王国に戻ったと聞く。

離縁直後に古くからの愛人と婚約したエイドリアンは、半年後に結婚式を執り行う予定だそうだ。盛大に執り行われるだろうそれが済めば、スウィングラー辺境伯家がアレクシアにちょっかいをかけてくる危険性が、格段に跳《は》ね上がる。

今頃、辺境伯家の者たちは、アレクシアとウィルフレッドが別邸にいないことに気づき、大慌てで捜《さが》しているのだろうか。否、もしかしたら、すでにふたりが王都に潜伏《せんぷく》していることくらいは突き止めているかもしれない。

しかし、この学園に所属する生徒は『将来の王宮警備兵』。特に優秀な者は、近衛兵として抜擢《ばってき》されることもある。金の卵の安全を保障するため、王宮側は万全の警備体制を敷《し》いていた。

だからこそ、アレクシアとウィルフレッドはシンフィールド学園に入学することで、身の安全を確保しようと思いついたのである。

そうですね、とウィルフレッドが頷く。

「生徒の身に何かあれば、王宮から派遣《はけん》された警備関係者を巻き込んだ責任問題になりますから。スウィングラー辺境伯家も、王宮に喧嘩《けんか》を売るような真似はしないでしょう」

シンフィールド学園では、入学してからの二年間で基礎的な教養や知識を身につけたのち、適性に応じた専門分野に分かれ、さらに四年間学ぶことになっていた。そのすべての教育課程で、厳しい戦闘訓練もある。

あまりの過酷さに、はじめの二年間で脱落する生徒数が、三割を超えた年もあったらしい。

いくら国境の最前線での実戦を経験しているとはいえ、アレクシアもウィルフレッドも、こういった集団の中で学ぶのははじめてだ。何かおかしなことをして退学になれば、せっかく潜《もぐ》り込んだ安全な居場所を失うことになる。

そのためふたりは、『目指せ！　歴代最高の優等生！』を合言葉に、真面目《まじめ》で勤勉《きんべん》な学園生活を送ろうと誓《ちか》っていた。

アレクシアの浮かれた気分も、午後の授業がはじまるまでだ。

彼女は、軽く肩をすくめた。

「おまえと違って、わたしは平民階級の暮らしを、外側からしか見たことがなかったからな。孤児院でそれなりに学んだつもりだが、彼らの中でうまくやっていけるか、少し不安だ」

「オレだって、あなたの従者になってからは同じようなものですよ」

そんなことを言いながら歩いていると、前方にいた生徒たちが何やらざわつきはじめた。彼らはみな足を止め、興奮した様子で何かを注視しているようだ。

その光景を目にした生徒も寄ってきて、どんどん周囲が混み合っていく。

いったい何があるのか、とアレクシアたちが不思議に思っていると、どこからか「王太子殿《でん》下《か》……！」という声が上がった。

アレクシアは、首を傾げてウィルフレッドを見上げる。

「今、『王太子殿下』と聞こえた気がしたんだが……。わたしの気のせいか？」

「いえ、オレにもそう聞こえました」

ランヒルド王国の王太子、ローレンス・アーサー・ランヒルディアは、今年で十七歳になる少年だ。

アレクシアは、十二歳のときに王宮を訪問し、彼と挨拶を交わしたことがある。ローレンスは明るい栗色《くりいろ》の髪にゴールドアンバーの瞳を持つ、とても朗らかで能天気――もとい、おおらかな少年だった。

彼は現在、上流階級の少年たちが政治や経済などを主に学ぶエリート文官学校、聖ゴルトベルガー学園に通っているはずだ。

この十数年ほど、ランヒルド王家は『開かれた王室』を謳《うた》っている。それでも、王太子である彼が王宮の外で学問をすると発表された際は、国内外で大きな騒ぎになった。

「たしか、聖ゴルトベルガー学園はここからさほど遠くないところにあったはずだ。本当に王太子殿下なのだとしたら、彼はいったい何をなさっているんだろうな？」

「……ああ、そういえば」

ウィルフレッドが、何かを思い出したように頷く。

「シンフィールドと聖ゴルトベルガーは、このところかなり交流を深めるようになったらしいです。なんでも、〈主従契約〉を交わして優秀なシンフィールドの生徒を引き抜くことが、聖ゴルトベルガー学園に通う高貴な方々の間で、一種のステータスになっているという噂を聞きました」

「……は？」

アレクシアは、目を丸くした。

「シンフィールドは、王立の学園だぞ。そこの生徒を引き抜くなど、それこそ王家に喧嘩を売っているようなものだろう。なぜ、そんなことが許されているんだ？」

「さて。高貴な方々の考えることなど、オレには到底わかりませんが……。実際、シンフィールドの卒業生の多くは、この国にとって有用な戦力となっています。王家ばかりがそういった人材を抱え込んでいる現状は、貴族たちにとってあまり歓迎《かんげい》できないのでしょうね」

シンフィールド学園は、才能ある平民階級の子どもたちを教育するために、王家が設立した学び舎だ。創立当初は、慈善《じぜん》活動の一環だと考えられていたらしい。

この学園に入学してくる子どもたちの多くは、自らと家族のために必死に学び、厳しい訓練に耐えている。そんな彼らの才覚が正しく花開けば、さぞ権力者たちの目を引いただろう。

王家の抱える力が強大になれば、それが誤った方向へ向かったとき、誰も止めることができなくなってしまう。その可能性を恐れる貴族もいるはずだ。

だからこそ、『子どものすることだから』という理由で済むうちに、将来的に王家が持つ戦力を削《そ》ごうとしているのかもしれない。

東の辺境育ちで、王都の事情にはさほど明るくなかったアレクシアは、ふむ、と腕組みをした。

彼女が『スウィングラー辺境伯家の後継者』のまま社交界デビューしていれば、いずれそういった諸々の噂も耳に入っていたのだろう。

しかし、子どもの通う学園での、勢力争いじみた動きについては、少々想定外だった。

アレクシアは、冷めた口調で言う。

「まあ、しょせんは子どものすることだ。思春期のほんのわずかな時間をともに過ごしただけで、一生を左右する〈主従契約〉を結ぶなど、まるで恋《こい》に恋する乙女《おとめ》のような連中だな」

「これはまた、手厳しいことをおっしゃる」

苦笑するウィルフレッドを、アレクシアはじっと見上げた。

「わたしはおまえと契約を交わしたとき、何があろうと、この命をかけて守ると誓った。戦場を知らない王都で育った貴族のお坊《ぼっ》ちゃま方に、それだけの覚悟があるとはとても思えん」

「……そうですね」

一度目を伏せたウィルフレッドが、小さく笑う。

「なんにせよ、王太子殿下にあなたが見つかっては面倒なことになりかねません。この道は迂回《うかい》していきましょう」

「ああ、そうだな」

アレクシアとローレンスは、数度挨拶を交わしただけの仲だ。

しかし、王家の――生まれたときから人の上に立つべくして育てられた者の、対人関係における記憶力は尋常なものではない。まして彼女は、『東の国境を守護する辺境伯の後継者』だったのだ。

ローレンスにとって、覚えておく価値がある子どもだったとしてもおかしくはない。

そっと息をついて、彼女はぼやく。

「おじいさまは、適当な理由をつけてわたしの継承権を剥奪すると言っていたが……。まさか、『両親の離縁に反抗し、別邸に籠《こ》もって出てこなくなったため』とはな。いったい、なんの笑い話かと思ったぞ」

「そうですね。オレも最初は、デズモンドさまはこれから喜劇作家を目指されるのだろうかと考えてしまいました」

つい先日まで孤児院の一員だったふたりは、幼い子どもたちの世話や力仕事などをしながら、情報を集めていた。

大神殿付属の孤児院には大勢の人々が出入りしており、さまざまな噂話が聞こえてくる。そうした中には、スウィングラー辺境伯家に起きた一件についても、まるで見てきたかのように語る者たちが大勢いた。

両親の離縁が、デズモンドの狙いどおりの美談に仕上がっていたものだから、アレクシアもウィルフレッドも、なんだか感心してしまったものだ。

デズモンドは、血の繋がった孫娘を使い捨てるような人でなしだが、有能な人物であることは間違いない。

現在、人々は『エッカルトの英雄がもたらした、真実の愛の物語』を、それはそれは楽しげに語り合っている。別に、めでたくもなんともない。

そんな意図的に流布《るふ》されたと思《おぼ》しき噂話の中に、『アレクシアが継承権を剥奪された理由』もあったわけだが――。

「わたしが知人の前に出て『いくらなんでも、それはないです』と真相を暴露《ばくろ》すれば、すべてがおしまいだろうに。どうやらおじいさまは、わたしがあの方の命令に一切逆《さか》らわないお人形だとお考えのようだ」

「そのようですね。いずれにせよ、これほどの騒ぎになっては、噂話の真相を求めてやってくる客人への対処だけでも、大変な労力でしょう。エイドリアンさまの婚儀が無事に終わるまでは、あなたの動向に気を配る余裕もないのではありませんか？」

「……そうだと、いいんだがな」

スウィングラー辺境伯家の人々の意識がアレクシアたちに向かない間は、平穏な時間を過ごせるはずだ。できることなら、そんな時間がいつまでも続いてほしいところだが、それはさすがに楽観的すぎるというものだろう。

エイドリアンとブリュンヒルデの『円満な離婚とそれぞれの再婚』は、ランヒルド王国とエッカルト王国の総意である。多少の矛盾や疑問の声など、各国の上層部が握り潰し、このくだらない美談をおとぎ話のように語っていくに違いない。

それが、権力というものだ。

おかげで、今やアレクシアは、人々から『両親の幸福な未来を祝福できない、かんしゃく持ちのわがまま娘』と呼ばれている。

とはいえ、新たな家名を得て、スウィングラー辺境伯家とは無縁の人生を歩みはじめた身としては、誰に何を言われようとどうでもいい。

――権力者による情報操作の恐ろしさ。

それを、今回のことでつくづく感じた。

彼らが白いと言えば、黒いものも白くなるのだ。

「まあ、こうして正式にシンフィールド学園へ入学した以上、スウィングラーの連中が我々に手出しするのは難しいだろう。エイドリアンさまの婚儀までに、可能な限り平民の常識とマナーを身につけて、市井に紛れて生きていけるようにならねばな」

アレクシアは改めて気合いを入れ直した。彼女は自分が放逐《ほうちく》される原因となる選択をした王家に対し、少々恨みを抱いている。

エッカルト王国との絆《きずな》を深めるために、エイドリアンとブリュンヒルデの離縁は必要なことだったのかもしれない。けれど、その決定のせいで、アレクシアはそれまで大切にしていたすべてを失ったのだ。これからウィルフレッドとともに、ふたりぶんの学費と生活費を慰謝料《いしゃりょう》代わりに享受したとしても、文句を言われる筋合いはない。

アレクシアは、仮にシンフィールド学園を卒業できたところで、王宮勤めをするつもりはないし、ほかの貴族の派閥《はばつ》に属するつもりもなかった。幼い頃から刷《す》り込まれていた王家への忠誠《ちゅうせい》など、もはや欠片も残っていない。

今後、在学中にスウィングラー辺境伯家が手出しをしてくるようなら、すぐさまウィルフレッドとともに出奔《しゅっぽん》する予定である。だからこそ、できるだけ早く、貪欲《どんよく》に、ここで得られるものを手に入れていかなければなるまい。

その第一のリミットとなるのは、エイドリアンの婚儀。それまでに平民として生きるための、最低限のスキルを身につけておく必要があるだろう。

今のアレクシアにとって大切なのは、ウィルフレッドだけだ。彼の望みを叶えることが、彼女の生きる理由と存在意義。ほかには、何もない。

アレクシアは、ウィルフレッドを見上げて言う。

「そういえば、ここでは魔導武器の訓練があるはずだが……。本気を出しても、大丈夫だと思うか？」

「……さすがに、やめておいたほうがいいでしょうね。座学や教養については常に全力で臨むべきですが、戦闘系の授業に関しては、下手《へた》に目立つと王太子殿下の耳にも届いてしまう可能性があります」

なるほど、と彼女は頷いた。

「そのあたりについては、平均より少し上くらいを目指しておくか」

「はい。それが無難でしょう」

ふたりはこの学園で『最高の優等生』になることを目指しているが、将来の立身出世は求めていない。世知辛《せちがら》い世の中で生きていくために必要な知識と技術を、キッチリと身につけたいだけだ。

そんなことを話していると、あっという間に寮の前に着いた。

ふたりは男子寮と女子寮にそれぞれ戻り、身支度を整えてから合流することにした。


シンフィールド学園の制服は、男子は細身のパンツ、女子は一見プリーツスカートに見えるキュロットパンツに黒のスパッツだ。白地に紺色《こんいろ》のラインが入ったジャケットのデザインは男女共通である。

シャツはダークグレーで、ネクタイは学年ごとに色が違う。アレクシアの学年は、ワインレッドだ。制服には簡単な攻撃を弾《はじ》く魔導布地が使われており、戦闘訓練を主とする学び舎らしいと言えよう。

鏡を見ながらマントを外し、アレクシアはそれをクローゼットにしまった。下ろしたままの長い髪を手早く編《あ》み込み、後頭部でひとつにまとめる。

スウィングラー辺境伯家にいた頃は、女性の断髪などありえないという貴族社会で生きていたため、よく手入れされた長い髪は必須だった。

しかし、もはやそんなことに手間と時間をかける必要もない。

シンフィールド学園に入ると決めたとき、邪魔な髪は切ってしまおうかと思いもした。

ただ、ウィルフレッドに止められたため、今もそのまま伸《の》ばしている。

（長い髪を、見苦しくない程度に美しくキープするのは、結構大変なんだが……。ウィルは、あの雨に打たれた捨て犬のように悲しげな瞳を、いったいどこで覚えてきたんだろうか）

ぺしょっと伏せられた耳と、下がった尻尾《しっぽ》の幻影が見えてきそうな表情だった。

そんな顔をした従者に「……切ってしまわれるんですか？」と問われてなおハサミを手に取れるほど、彼女の心臓は強靭《きょうじん》ではなかった。

とはいえ、アレクシアばかりが手間暇のかかるヘアケアに気を遣うのは、不公平だ。主権限で、ウィルフレッドにもヘアケアには注力するよう命じてある。将来ハゲる危険性があるのだから、今から気を遣っておくのは悪いことではあるまい。

それにしても、とアレクシアは首を傾げた。

（王太子殿下は、なぜわざわざシンフィールドにいらしていたんだろうな）

シンフィールド学園の卒業生は、何事もなければほとんどが王宮の護衛兵となるのである。

たとえ聖ゴルトベルガー学園の生徒たちに引き抜かれたとしても、ごく少数だろう。そもそも、簡単に他者と〈主従契約〉を交わすような者など、王家にとってさして惜しくもあるまい。

もしローレンスが、己の従者に貴族社会とは無縁の——平民出身の者を選びたいと望み、彼らの様子を自分の目で見るために足を運んだのだとしたら。

アレクシアには、その気持ちが少しだけわかる気がした。

王太子である彼の周囲には、貴族階級の少年が大勢集っている。そこには、必ず各貴族家の思惑が存在するものだ。

面倒なしがらみなどない、単純な利害の一致のみで築く主従関係。それが、王家に生まれた少年の目に眩しく映ったとしても、不思議はない。

いずれにせよ、この学園に在籍している以上、生徒たちはすべて王家の管理下にある。何も焦ることはないだろうに、と思いながら、アレクシアは寮を出た。

午後の授業が始まる前に、まずは昼食だ。

待ち合わせていたウィルフレッドとともに、食堂へ向かう。

「ウィル。ここの食堂は、メニューが大変豊富だという話だ。楽しみだな」

「はい。自力で肉を確保しなくてもいいというのは、ありがたいです」

しみじみと頷く彼に、アレクシアは首を傾げる。

「そうか？　わたしは、山鳥や鹿の肉は結構好きだぞ」

スウィングラー辺境伯家を出てからというもの、ふたりはたびたびコッソリ山に入って狩りをしていた。孤児院に入ってからも同様だ。

日々の訓練を欠かしていないふたりにとって、量こそ充分ではあるものの、肉がほとんどない食事というのは、辛かったのである。

ふたりで食べきれないぶんは、匿名《とくめい》の贈り物という形で孤児院に届けていた。怪《あや》しまれるかとも思ったのだが、篤志家の多い王都では、どうやらそういった援助が珍しくないらしい。

しばらくの間、孤児院での食事にも肉料理が一品増えて、ありがたかった。

遠征《えんせい》中は、食料の現地調達は当たり前のことだ。必要とあらば、アレクシアは蛇《へび》だろうと蛙《かえる》だろうとありがたくいただいてきた。それに比べれば、じっくり獲物を選べる状況は、気楽でいい。

ウィルフレッドが苦笑して言う。

「オレも、好きですよ。ただ、あなたがどんどん野生化していくものですから……。一応言っておきますが、アレクシアさま。どんな腕利《うでき》きの狩人でも、冬眠から目覚めたばかりの巨大な雄熊《おすぐま》を、素手で殴って昏倒《こんとう》させることはありません。万が一、他人に見られてしまうと騒ぎになりかねませんので、今後は控えてくださいね」

「……そうだったのか。熊というのは、獲物が完全に息絶える前から食べはじめるというから、彼らを相手にするのは少々恐ろしくてな。かといって、せっかく仕留めた鹿を、むざむざとくれてやるのは惜しいだろう？　問答無用で相手を気絶させたのち、鹿を抱えて現場を離脱するのが一番だと思ったんだが……。熊を殴るのは、いけないことなんだな。わかった、以後気をつける」

アレクシアが素直に頷いたのだが、ウィルフレッドが微妙な表情を浮かべる。

「アレクシアさま。その……熊を殴らないとしたら、今後はどう対応なさるおつもりですか？」

その問いかけに、少し考えてから彼女は応じた。

「わたしにとって、鹿は結構重たいんだ。あの重量を抱えたまま、素早く空を飛べるようになるためには、まだまだ鍛錬《たんれん》が必要だな」

ランヒルド王国に生息する鹿は、大型のものだとゆうに成人男性五人ぶんの重さになる。アレクシアは飛行魔術が得意なほうだが、それほどの重量物を持ちながら飛ぶのは難しい。

危険な野生動物と対峙《たいじ》した際、相手を殴らずに済ませるためには、さらなる努力が必要だろう。

なんとも言えない表情を浮かべたウィルフレッドを見て、アレクシアはそっとため息をついた。

「ウィル。わたしの感覚というのは、やはり一般人のそれとは少々違っているようだ。……きちんと指摘してくれるおまえがそばにいてくれて、本当によかった。ありがとう」

「……はい。オレも、精進《しょうじん》いたします」

笑って礼を言うと、ウィルフレッドは真面目な顔で頷いた。

それから彼は、何かを思い出したようにまばたきをして、口を開く。

「そういえば、男子寮で小耳に挟んだのですが。王太子殿下がこちらにいらしたのは、近々行われる新入生歓迎会を兼ねた、聖ゴルトベルガー学園との交流会のためらしいですよ」

「交流会？　そんなものがあるのか」

はい、とウィルフレッドが応じる。

「なんでも、数年前からはじまった、両校の生徒全員参加のイベントなんだとか。王太子殿下は、聖ゴルトベルガー学園第三学年の代表として、ほかの学年代表の方々とご一緒に打ち合わせをするためいらしたそうです」

先ほどの王太子は、ひとりでシンフィールド学園までやってきたわけではなかったようだ。

それがわかったところで、別に得した気分にもならない。

アレクシアは、うんざりとため息をついた。

「それは面倒だな」

「はい。あちらの学園には王太子殿下以外にも、スウィングラー辺境伯家にいた頃のあなたを知る方が、大勢いらっしゃるでしょう。目立つ真似をしなくても、あなたは立っているだけで人目を引きますし……」

両親のエイドリアンとブリュンヒルデは、外見だけはたいそうな美男美女である。そんな彼らの間に生まれたアレクシアは、幼い頃から非常に愛くるしい外見をしていた。

貴族社会で生きるうえで、美しい容姿というのは武器になる。アレクシア自身も、今までその武器を存分に磨いてきた。

一度磨き上げた武器を鈍《にぶ》らせるのは、非常に面白くない。彼女は今も可能な限り時間をかけ、美容に気を遣っている。……髪さえ短くなれば、その手間もだいぶ省《はぶ》けたのだが、仕方あるまい。

ふむ、とアレクシアは頷いた。

「だがな、ウィル。よく考えてみれば、彼らが知っているのは『スウィングラー辺境伯家のご令嬢』という、猫《ねこ》を被《かぶ》っていたわたしだけだ。ドレスと化粧《けしょう》ときらびやかな装飾品で武装した令嬢モードのわたしと、今のわたしを同一人物だと判断できるものかな？」

ウィルフレッドは、彼女の仮面の使い分けを見慣れているから、アレクシアがどんな装いをしようと容易に識別《しきべつ》できるだろう。

しかし、数えるほどしか挨拶したことがない――しかも、令嬢モードの彼女しか知らない少年たちに、同じ芸当ができるとは考えにくい。

少し思案してから、ウィルフレッドは頷く。

「そうですね。……オレとの契約の紋章は、彼らには見られていないのですよね？」

「もちろんだ。公の場では、必ず白絹の手袋をしていたからな」

〈主従契約〉の証《あかし》である紋章は、今もふたりの手の甲にしっかりと刻まれている。〈主従契約〉の魔術を使えるのは、魔力保有量が多く、かつ優れた魔導技術を持つ者だけだ。

余計な騒ぎを起こさないように、ふたりは今、揃って黒の指なし手袋をはめていた。

この学校の生徒たちは、平民階級に生まれた魔力持ちの子どもがほとんどだ。彼らの中には、魔力の扱い方を教えてくれる大人が身近におらず、自身の魔力で己の体を傷つけてしまった者も多くいる。

傷跡を人目に晒すことに抵抗を覚える子どもたちのために、この学園では手袋や眼帯《がんたい》、さらしの着用が校則で認められていた。実際、入学式に出た際、アレクシアは薄手の手袋をはめている生徒をかなり見かけた。

それに、とアレクシアは苦笑する。

「貴族の方々は、わたしが実務に就《つ》いていたことはご存じないんだ。彼らにとって、わたしは『最高ランクの婿入《むこい》り先』と認識されていたはずだぞ」

彼女に可憐なドレスを着せ、清楚《せいそ》で物静かな淑女であるように指示していたのは、祖父のデズモンドだ。

——可愛げのない娘は、若い男から敬遠される。彼らに、血で汚れたおまえの手は決して見せるな。

アレクシアにそう命じた祖父は、やはり彼女自身の能力や才覚ではなく、より優秀な婿を得ることのほうを優先していたのかもしれない。

「まあ、貴族階級の男というのは若く見目のいい女を侍《はべ》らすことを好むものだ。そしてわたしは、そういったヘラヘラした男を見ると、その顔面に手袋を投げつけてやりたくなる。だが、今の状況でさすがにそれはまずいからな。やはり彼らの目に留まらないよう、なんらかの策を講じるべきだろう」

世の中の一般的な少女というのは、父親に似た男性を好むことが多いという。

しかし、アレクシアの父親は、ろくでなしを絵に描いて額《がく》に飾ったような、年頃の娘にとって「不潔です！」としか言いようがない男性である。

以前の彼女は、「好ましいと感じる男性は、どういった方かしら？」と尋ねられれば、朗らかな笑顔で「どんな殿方《とのがた》にも、魅力的なところがあるものですわ」と答えていた。

だが、もし今同じ質問をされたなら、「好みのタイプは特にないが、エイドリアン・スウィングラーのような男性だけは、死んでもごめん被る」と真顔で返すだろう。

ウィルフレッドも、頷いた。

「そうですね。交流会の内容を確認でき次第、対応策を講じることにいたしましょう」

「ああ。おまえも気をつけるんだぞ、ウィル。貴族連中の中には、自分よりも見目がよくて能力の高い平民をいたぶることに、異様な情熱を持つ輩《やから》がいるからな。下手に目立って、そういった変態《へんたい》に目をつけられることがないようにしろよ」

「……了解です」

そんな話をしつつ訪れた食堂は、アレクシアの想像以上に立派な場所だった。

開放感のある広々とした空間には、可愛らしい小さな花が飾られた四人がけのテーブルが、余裕を持って配置されている。

アレクシアは、興味津々でガラス製の器《うつわ》に張られた水に浮かぶ花々を見た。

茎《くき》がほとんど見えないほど短く切られたそれらは、なんだか――。

「晒し首のようだな」

思わずぼそりと呟いてしまったが、ウィルフレッドに聞かれていたら「そういった不穏な感想は、人前で口にしてはいけません」と叱《しか》られていただろう。

アレクシアはカウンターに向かい、本日のオススメだというチキンソテーのランチプレートを注文した。

熱《ねっ》された鉄板の上でジュウジュウと音を立てているチキンは、皮がパリッと焼き上げられて、とても美味しそうだ。つけ合わせの皮付きポテトフライやニンジンのグラッセ、ホウレンソウとコーンのソテーが色鮮やかで美しい。別皿に添えられたパンは香《こう》ばしい匂いがして、こんな立派な食事が無償だと思うと、アレクシアはますます嬉しくなった。

ほくほくしながら、空いている席にウィルフレッドとともに腰を下ろす。

彼が選んだのは、デミグラスソースで煮込んだミートボールのプレートだ。ボリュームたっぷりのそれもまた、実に美味しそうである。

ウィルフレッドが、小さく笑ってアレクシアに問う。

「アレクシアさま。一応、お尋ねしておきますが――ここの食事は、大丈夫ですか？」

「ああ。問題ない」

ウィルフレッドが食事に手をつけたのを見て、アレクシアもフォークを手に取った。

彼女の従者としてその優秀さが領内外に知られるようになった頃から、ウィルフレッドは他人が調理したものに関しては、アレクシアが許可したものしか口にしていない。

幼い頃から分析の魔術を訓練したおかげで、アレクシアは一目見るだけで毒の有無を判別できる。しかし、ウィルフレッドはそういった細かい魔術に、とことん向いていなかった。

魔導武器の扱いならば、彼にその手ほどきをしたアレクシアをして「こいつ、本当に人間か？」と首を捻《ひね》りたくなるほどの達人の域に達している。しかし、探索や分析などの魔術はスウィングラー辺境伯家の一般兵レベル。まったく使えないことはないのだが、精度が高いとは言いがたい。

アレクシアは、そっとため息をつく。

敵と対峙するとき、彼女はデズモンドの命令により、相手に姿を見られないようにしていた。

敵が見知っているのは、姿を隠したアレクシアのことを「主」と呼ぶウィルフレッドの顔だけだ。

たったひとりの少年が、魔導武器を操り、常識外れの攻撃で敵を殲滅する様は、対峙した者たちの記憶に深く刻まれただろう。

そのためか、スウィングラー辺境伯領にいた頃の彼は、たびたび暗殺者に狙われていた。

アレクシアは、ウィルフレッドと交わしている〈主従契約〉のおかげで、彼の魔力を常に把握できる。それが乱れれば、すぐにわかるのだ。

暗殺用の魔導武器は、正攻法では対処しきれない。特に、毒のたぐいを使われると難しい。

暗殺騒ぎが続くうち、幾度《いくど》かアレクシアが介入してウィルフレッドの窮地《きゅうち》を救う事態に発展した。

そしていつしか、彼は他人が用意した食事には一切手をつけなくなったのである。

そんな様子を見かねて、アレクシアは「わたしが許可したものは食べろ」と命令を下した。

スウィングラー辺境伯家を出てからも、彼はたびたびこうしてアレクシアに安全確認をしてくる。

ウィルフレッドに信頼されている証のようで、なんだか嬉しい。

(むう……。改めて考えてみると、ウィルには本当に迷惑ばかりかけていたな)

アレクシアがスウィングラー辺境伯家の実務に就きはじめた頃、彼女はすでに貴族社会に顔を出すようになっていた。

完璧な淑女の卵として有力貴族主催のお茶会に参加していた彼女が、魔導武器を手に前線に出ていることが広まるのは外聞《がいぶん》が悪い、というのがデズモンドの言い分だった。辺境伯領が、王都から遠く離れた土地だからこそ可能な、盛大な猫かぶりである。

彼女に代わり、さまざまな危険の矢面《やおもて》に立っていたウィルフレッドには、余計な負担をかけてばかりだった。まったくもって、申し訳ない限りである。

チキンソテーの最後の一切れを咀嚼《そしゃく》しながら、アレクシアは内心で首を傾げた。

(今頃、ウィルの代わりにスウィングラーの第一戦力とみなされた者が、暗殺の対象になっているのだろうか。……まあ、あの家を追い出されたわたしが、気にすることではないな)

スウィングラー辺境伯家に仕える者たちが、最優先で忠誠を誓っているのはデズモンドだ。アレクシアの名を呼ぶ兵士の声には、いつもわずかな逡巡《しゅんじゅん》があった。彼らはきっと、未成年の少女であるアレクシアに従うことを、恥だと思っていたのだろう。

もし彼らの中に、彼女を未来の主として尊重する気持ちがあったなら――こんなふうにウィルフレッドとふたりで出奔することを、ためらっていたかもしれない。

縁を切った者たちとはいえ、幼い頃から見知った相手だ。故郷で暮らす者たちに不幸が降りかかることを、積極的に喜ぶ浅ましさは持ち合わせてはいない。

彼らには、アレクシアとウィルフレッドには関わりのないところで、幸せになってもらいたいものである。

しみじみとそんなことを考えていたとき、食事を終えたウィルフレッドが食後のコーヒーに手を伸ばしかけ、すぐにその手を引くのを視界の端《はし》に捉えた。

直後、聞き覚えのない少年の声が降ってくる。

「なあなあ。アンタ、相当いいとこのお嬢ちゃんだろ？　なんでシンフィールドに、アンタみたいな育ちのよさげな上流階級のお嬢ちゃんが入学してんの？」

見上げれば、アレクシアのそばに、新入生らしい少年が立っていた。

年齢は、十五か十六といったところだろうか。明るい赤銅《しゃくどう》色の髪と水色の瞳をしている。

数年後には、甘く派手な容姿になりそうな少年だが、どこか人なつこい子犬のような雰囲気があった。

少しばかり驚きながら、アレクシアは口を開く。

「申し訳ないが、そう簡単に語れる事情ではないんだ。そちらこそ、なぜきみのような可愛らしい子どもが、訓練の厳しいことで有名なシンフィールドに入学したんだ？」

素朴《そぼく》な疑問を返すと、一瞬何を言われたのかわからないという表情をした少年が、火を噴《ふ》くような勢いで真っ赤になった。

少年の髪も赤いので、首から上が大変暑苦しい印象になる。せっかく可愛らしい顔をしているのに、もったいない。

「か……っ、可愛くねーし！　子どもでもねー！」

「そうか、それは失礼した。わたしの感覚では、きみはとても可愛らしい子どもなんだが……。挨拶が遅れたな。わたしは、アレクシア・ガーディナー。彼は、ウィルフレッド・ガーディナーだ。同じ新入生のようだが、きみの名前を聞いてもいいだろうか？」

アレクシアは、自分の感覚が世間一般からズレているらしいというのは、すでに充分自覚していた。そもそも、自分の感覚を一方的に相手に押しつけるのは、よくないことだ。

非礼を詫びた彼女に、ふるふると肩を震わせながら少年が言う。

「……ジョッシュ。ジョッシュ・ハリントン。アンタってひょっとしなくても、貴族のお嬢ちゃんだろ」

じっとりと睨みつけてくるジョッシュに、アレクシアは首を傾げた。

「何やら愉快な誤解があるようだが、わたしの知る限り、貴族のご令嬢というのは今のわたしのような喋り方は、まずしないな。みな上品で穏やかな、口に蝿《はえ》が止まりそうなのんびりとした話し方をするぞ」

「……は、蝿？」

ジョッシュが、目を丸くする。

「うむ。たとえば、先ほどのわたしの言葉を、貴族のご令嬢のような口調で言った場合は、こんな感じになる。——ごきげんよう。あなたは、わたくしと同じこのシンフィールド学園の新入生のようにお見受けいたします。もしご迷惑でなければ、あなたのお名前を伺ってもよろしいでしょうか？」

あくまでもキリッとした真顔のまま、アレクシアは口調だけをのんびりゆったりとしたお嬢さま言葉に切り替えた。ジョッシュも同じく真顔になり、口を開く。

「たしかに、これは蝿が止まりそうだな」

「だろう？　もしきみが将来、上流階級のお嬢さま方と親しく会話をする機会があったなら、とにかく気を長く持つことだ。わたしは、彼女たちの話し言葉には慣れているつもりだったが、それでも何度かテーブルをひっくり返してやりたくなった」

同じ学園に入学した、同期のよしみだ。アレクシアが忠告すると、ジョッシュは頬を引きつらせた。

「アンタ……ホントに上流階級のお嬢ちゃんじゃないのか？　でも、偉そうな口調は貴族っぽい気がするし……あれ、違う？　あっれー……？」

どうやら、混乱しているらしい。

少し考え、アレクシアは彼に問うた。

「なあ、ジョッシュ・ハリントン。きみはわたしのことを最初から上流階級の娘だと決めつけていたが、何をもってそう判断したんだ？」

「は？　そんなの、見りゃわかるじゃん。アンタみたいにきれいに飯を食うやつが、上流階級の出じゃないほうが変だろ」

そういうものか、と頷き、彼女は軽く腕組みをする。

「わたしのテーブルマナーが、この場に相応しくなかったということか。……ひょっとして、野外食を食べるときのようにしたほうがマシなのか？」

ジョッシュに聞こえぬよう、アレクシアは小さな声で呟いた。

それまで黙っていたウィルフレッドが、すかさず口を挟む。

「それは絶対におやめください、アレクシアさま。きちんとカトラリーが揃っている食堂で、いきなり手づかみで食事をされては、あなたの正気を疑われてしまいます」

「……うぬぅ」

どうやら、平民階級のテーブルマナーは、アレクシアが思っていた以上に奥が深いようだ。

市井になじめるようになるまで先が長そうだと思っていると、ジョッシュがウィルフレッドに向けて尋ねる。

「アンタも、よくわかんねえな。なんとなく上流階級育ちっぽい感じはするけど……。この変なお嬢ちゃんに敬語を使ってるって、どういう関係？」

「オレは、アレクシアさまの従者だ」

ウィルフレッドは、にこりともせず端的に応じた。

魔術による〈主従契約〉を交わしていることを、初対面の相手に語るつもりはない。だが、アレクシアもウィルフレッドも、できる限り人に嘘はつかないことにしていた。

嘘は、必ず綻《ほころ》びが出るもの。失敗を取り繕うために、新しい人生の中で嘘を重ね続けるのはいやだった。

アレクシアは、ウィルフレッドに視線を向けた。

「なあ、ウィル。どうやらわたしは、すでにこの学園で浮いた存在になっているようだ。余計な憶《おく》測《そく》や誤解を避けるために、彼に大まかな事情を説明してしまうのはどうだろう？　いきなり、わたしたちのテーブルに突撃してくるくらいだ。対人コミュニケーション能力はかなり高いのだろうし、きっと友人の数も多いのではないか」

彼女の言葉にウィルフレッドは少し考える顔になった。ジョッシュが再び頬を引きつらせる。

「え……何？　なんの話？」

「わたしたちから手に入れた情報を、きみがどれだけ正確に周囲に伝えられるものなのか……。そんなささやかな実験の結果が楽しみだ、という話だ」

「ふぉあ!?」

素っ頓狂な声を上げたジョッシュを見て、ウィルフレッドが頷いた。

「そうですね。せっかくですから、この学園における噂話がどの程度の正確性を持つものか、身をもって試してみましょうか」

「ああ。――ジョッシュ・ハリントン。そういうわけだ。別に賞金が出るわけではないが、先にこちらの事情を尋ねてきたのはきみのほうなのだし、少々手伝え」

「なんか、ものすごくヤな感じー！」

ジョッシュがひっくり返った声で叫んだおかげで、周囲の生徒たちが何事かとこちらを見る。ますます好都合だ。

アレクシアは、できるだけハッキリと聞こえるよう、滑舌《かつぜつ》よく語り出した。

「きみの推察どおり、わたしは田舎貴族の生まれだ。治安がいいとは言いがたい土地だったため、わたしも従者のウィル――こちらのウィルフレッドも、幼い頃から一通り戦闘訓練を受けてきている。しかし、去年の冬に父が再婚することになったため、わたしたちは屋敷を追い出されてしまってな」

小さく苦笑し、彼女は続ける。

「危うく路頭に迷うところだったんだが、幸い王都の孤児院に身を寄せることができた。今はウィルと一緒に、平民として新たな人生を切り開くべく、こうしてシンフィールド学園に入学した次第だ」

かなり端折《はしょ》った事情を語り終えると、あたりがしんと静まり返った。

何かおかしなことを言っただろうか。

若干不安になったアレクシアに、唇をぐっと引き結んでいたジョッシュが、低く押し殺した声で言う。

「……サイッテーだな。アンタの親父」

「おお。あの父親については、わたしも常々そう思っていたぞ。しかし、無関係な他人から同じ評価を得られると、なかなか感慨深いものだな」

アレクシアは少し嬉しくなってウィルフレッドを見る。

「聞いたか？　ウィル。やはり、わたしの父親は最低な人間のようだ。この点については、わたしの感性は世間一般の感覚からズレていなかったぞ」

「アレクシアさま。そこで喜ぶあたりが、世間さまの感覚からズレてしまっているんですよ」

彼女の喜びは間髪《かんはつ》容《い》れず、ウィルフレッドの指摘に叩き潰された。

少しくらい感動に浸《ひた》らせてくれてもいいだろうに、ひどい従者である。

むう、と顔をしかめたアレクシアに、ジョッシュは頭痛を堪えるように眉間を揉みながら声をかけた。

「えぇと……つまり？　今のアンタは平民で、親に捨てられた孤児だってことか？」

「うむ。そのとおりだ。ところできみは、一般的な平民なのか？　だとしたら、今後わたしに平民としての振る舞い方やマナーを教えてもらえるとありがたい」

一般的な平民、とジョッシュは繰り返した。

「なんか……よくわからん言い方だな。一般的じゃない平民って、どんなんだ？」

「一括りに平民といえど、犯罪者や富裕層《ふゆうそう》は、全平民に占める比率からして、あまり一般的ではないのではないか？」

ジョッシュが半目になる。

「あー……そうかもなー」

「だろう？　そういった連中とは、面倒だから関わり合いになりたくないんだ。わたしは平凡《へいぼん》かつ、一般的な平民になりたい」

犯罪者も富裕層の人間も、それぞれ貴族階級の人間と繋がりやすい。貴族社会とは無縁の人生を送る予定のアレクシアとしては、避けたい相手だ。

大真面目に言った彼女に、ウィルフレッドがさらりと告げる。

「アレクシアさま。この学園に入学する生徒が、富裕層である可能性はかなり低いと思いますよ」

「おお。それもそうだな」

シンフィールド学園は学費一切免除のうえ、生活費まで支給される素敵な場所だ。だからこそ、アレクシアたちはここで学ぶことを選んだのである。

金に不自由しない富裕層の子どもが、わざわざこの学園に進学するとしたら、相当の変わり種だろう。

とはいえ、相手の素性を決めつけるわけにはいかない。

アレクシアは、改めてジョッシュを見た。

「それできみは、一般的な平民なのか？」

「……犯罪者でも富裕層でもないって意味では、そりゃ一般的だけどさあ。アンタがいくらがんばっても、一般的な平民っぽくなれるとは思えねーぞ」

なんと、とアレクシアは目を見開いた。憤然として、彼女は言う。

「他人の努力の芽を摘むような発言は、いかがなものかと思うぞ。ジョッシュ・ハリントン」

「いや、だってなあ。アンタって雰囲気がもう、絶望的に一般人に向いてねえもん。偉そうっていうか……高貴さがダダ漏《も》れてる感じ？」

なぜかしみじみと感心したように言われ、アレクシアは落ち込んだ。

「絶望的なのか……？」

たしかに、アレクシアはエッカルト王家の血を引く、この国の東の守護たるスウィングラー辺境伯家の娘だ。ついこの間まで、その血筋に相応しい教育も受けてきた。

『氏《うじ》より育ち』という言葉があるが、彼女の場合は氏も育ちも立派に揃ってしまっている。今の彼女が、どうがんばっても平民に見えないのは、仕方がないことなのだろう。

しかし、どんな難事も努力次第で解決できるはずだ。

そう考えたところで、アレクシアはふと気がついた。

「一般的な平民が無理なら、一般的ではない平民を目指せばいいということか」

「アレクシアさま。犯罪は、割に合わないのでやめておきましょう」

かなり食い気味にウィルフレッドに止められた。アレクシアは首を傾げる。

「ウィル。なぜそこで、わたしが富裕層を目指すのではなく、犯罪の道を選ぶと思うんだ？」

「あなたには、金儲《かねもう》けの才能がないからです。それこそ絶望的なまでに。自分の財布で買い物もしたことがない方が金儲けについて語るなど、おこがましいにもほどがあります」

思い切り、正論を述べられてしまった。

ウィルフレッドの言うとおり、アレクシアは今まで自分の財布を持った経験がない。金銭についてはすべて彼が管理してくれているから、その必要がなかったのだ。

今までそれを当たり前だと思っていたが、どうやら平民というのは自分で自分の財布を持つものらしい。

支給される生活費の管理も彼に任せるつもりだったアレクシアは、そうか、と頷いた。

ウィルフレッドを見上げてねだる。

「ウィル。今度、わたしに財布を買ってくれ」

「……わかりました。次の休息日に、街で購入いたしましょう。これからは月々のお小遣いをお渡しします。何か必要なものがあれば、そちらからお支払いください」

彼があっさりと許可してくれたので、アレクシアは嬉しくなった。

「ありがとう、ウィル。そういえば、すっかり忘れていたんだが――」

浮かれた彼女は、ふと思い出したことを言いかけ、途中で口を閉じる。

それきり沈黙していると、ウィルフレッドが訝しんで問いかけてきた。

「どうかなさいましたか？　アレクシアさま」

「……うむ。おまえに叱られそうなことを思い出した。公衆の面前で説教されるのはさすがに恥ずかしいので、あとでふたりきりのときに話そう」

ウィルフレッドが一瞬呆れた顔をしたが、ひとつため息をつくだけに留めた。

「了解です。一応確認しておきますが、それは他人《ひと》さまにご迷惑をかけるようなことではありませんね？」

「ああ。それは、大丈夫だ」

迷わずアレクシアが断言すると、ウィルフレッドは安心した様子で表情を緩めた。

そして、ジョッシュに向けて、にこやかな笑みを浮かべた。

「ジョッシュ・ハリントン。アレクシアさまからご紹介いただいたが、オレはウィルフレッド・ガーディナー。ウィルフレッドと呼んでくれ。きみのように、物怖《ものお》じせず我が主に接してくれる生徒がいて、非常に心強く思っているよ。今後とも、よろしく頼む」

「……おれも、ジョッシュでいいよ。けどさー、その『よろしく頼む』って、アンタのお嬢さまが問題行動をやらかしたときには、一緒にフォローよろしくな、って意味で間違いない？」

ウィルフレッドの挨拶に、ジョッシュはげんなりした様子で眉を下げる。

笑みを深めるだけのウィルフレッドを見て、アレクシアは物申す。

「おい、ふたりとも。なぜ、わたしが問題行動を起こすことを前提に話しているんだ？」

出会ったばかりの少年たちは、ほぼ同時にアレクシアを見た。

おもむろにウィルフレッドが口を開き、やけに厳《おごそ》かな口調で言う。

「アレクシアさま。オレは、あなたを心から敬愛しております。ですが、揺るぎないこの事実と、これから学園生活を送るにあたってどうにも不安を禁じ得ないという残念な現実は、決して矛盾しないのです」

真顔で言い切った彼に、ジョッシュは憐憫の眼差しを向けた。

「おまえ……苦労してるんだな。ウィルフレッド」

「それほどでもあるかな」

「……本当に、失礼なやつらだ」

アレクシアがぼやくと、真顔になったジョッシュが言う。

「そんじゃまあ、ちょっとだけおれからアンタにアドバイス。アンタの口調、人によっては貴族ぶってて偉そうでムカつく！　って感じるやつもいるかもしれねーからさ。余計なトラブルを起こさないために、ちょっと気をつけたほうがいいと思うぞ」

「ふむ？」

孤児院ではこの口調について、「女の子なのに、男の子みたいでなんかヘン！」としか言われたことがなかったのだが——。

「ご忠告ありがとうございます。ジョッシュさん。それでは、今後学園では、こういった話し方にしておいたほうがよろしいのかしら？」

ふわりと笑って、おっとりのんびりのお嬢さま口調に切り替えると、ジョッシュの顔が盛大に引きつった。

「極端にもほどがねーか!?　足して二で割るとか、なんかいい感じにはできないわけ!?」

「足して、二で割る」

真顔になったアレクシアは、困惑して首を傾げる。

男性らしいと言われる言葉遣いとお嬢さま言葉というのは、果たしてブレンドしてもいいものなのだろうか。

どうやらジョッシュも同じ疑問に辿り着いたらしく、ぐぬぬと唸って片手を上げる。

「……スマン。今、おれの脳みそが想像力の限界を迎えた。自分にできねーことを、他人に強要するのはよくないよな」

「こちらこそ、なんだかすまない。しかし、どうしたものかな。わたしが今のところ習得している口調は、この――おまえ曰く貴族的で偉そうなものと、社交用の令嬢モードのふたつしかないんだ」

口調というのは、一朝《いっちょう》一夕《いっせき》で変えられるようなものではない。意識的に変えようとしたところで、咄嗟に出てくるのはやはり長年の習慣の中で身についたものだろう。

とはいえ、これから同じ時間を過ごす子どもたちから、反感を買うのは避けたいところだ。

これは困ったな、としょんぼりしたアレクシアに、ジョッシュが慌てた様子で両手を振った。

「いや、うん！　少なくとも、蝿が止まりそうなお嬢さま口調よりは、若干偉そうでも今の口調のほうがマシだと思う！　ホラ、地方出身者の方言とかも、慣れれば普通に聞こえるもんだしさ！　たぶんきっと大丈夫！」

少し早口で言ったジョッシュが、最後にぐっと親指を立てる。アレクシアは、ほっとした。

「そうか。いや、孤児院の子どもたちにも、お嬢さま言葉はなかなか不評だったものでな。今後は、できるだけ言葉がきつくならないよう気をつけるが……。もし気になるようなことがあったら、遠慮なく指摘してもらえるとありがたい」

「おう！　アンタの口調について言い出したのは、おれだしな！　ヤバそうだなーと思ったら、遠慮なくツッコませてもらうぜ！」

ジョッシュが、再びぐっと親指を立てる。どうやら彼は、かなり面倒見のいいタイプであるらしい。

いいやつだなあ、と感嘆していると、ウィルフレッドが笑顔で彼に言う。

「ありがとう、ジョッシュ。アレクシアさまの口調に慣れているオレでは、そういった問題には気づけなかったよ。オレも今後は、できるだけ気をつけるようにするけれど——」

そこでふと、ウィルフレッドがアレクシアを見る。彼は少しの間彼女を見つめたあと、ジョッシュに視線を戻し、困った様子で口を開いた。

「すまない。残念ながら、オレではアレクシアさまの口調に違和感を抱くことは難しそうだ」

「……まあ、うん。おまえら、ずっと一緒にいるんだもんな。そりゃあ仕方がねーわ」

どうやら、アレクシアの口調に対するツッコミ係は、ジョッシュの専任となるらしい。

アレクシアは、なんだかわくわくした。

(うむ。自分でも気をつけるつもりではあるとはいえ、どんな言い方をしたらジョッシュのツッコミが入るのかには、少々興味があるな)

学園生活の初日から、ジョッシュのような気のいい生徒と親しくなれるとは、実に幸先《さいさき》がいい。

この勢いで、一日も早く一般的な平民に見えるようになりたいものである。


シンフィールド学園は、三十人編成のクラスが各学年ごとに八つある。

運のいいことに、アレクシアたちは三人とも同じクラス——Aクラスだった。

クラス分けは、入学前の願書提出時に行われた座学のテストと、魔力制御の基礎能力によって決まったという話だ。地方から出てきた者の中には、文字の読み書きから習いはじめる生徒も少なくない。

あまりに基礎学力が違う生徒を同じクラスで学ばせるのは、学ぶ側にとっても教える側にとっても非効率的だ。

Aクラスには、語学や数学、社会学といった一般教養を充分に身につけているとともに、『基礎魔術を行使《こうし》できる程度に、自分の魔力を制御可能』という条件をクリアした者が集められたそうだ。

アレクシアとウィルフレッド、ジョッシュはさっそく教室にやってきた。教室には、すでに十数人ほどのクラスメートがいる。

初年度の学習要項がまとめられたプリントにざっと目を通し、アレクシアはなるほど、と頷いた。

「今年度の最終目標は、座学のテストと、魔導武器を使用した演習の成果をまとめたレポートで、及第点——六割以上を取ることなのだな」

「そのようですね。座学については……まあ、おそらく大丈夫でしょう。問題は、魔導戦闘実技ですね」

同じくプリントの内容を確認していたウィルフレッドの言葉に、ジョッシュがからかい口調で言う。

「アンタら、元が貴族のお嬢さまと従者さまだもんなー。きっと、遊戯魔導武器《モデルガン》で遊んだことなんてねーんだろ？」

「遊戯魔導武器《モデルガン》？」

はじめて聞く単語だ。アレクシアが復唱すると、ウィルフレッドがすかさず説明する。

「遊戯魔導武器《モデルガン》というのは、主に短銃型魔導武器《ハンドガン》を模《も》したおもちゃです。起動すると、ちょっとした風や破裂音《はれつ》が発生するものが多いと聞きます。中にはペイント弾《だん》を射出《しゃしゅつ》するものもあって、魔力持ちの子どもたちが好んで遊びに用いているようですね」

「ほう。それは、面白そうだな」

彼女が魔導戦闘の家庭教師から最初に与えられたのは、スウィングラー辺境伯家の一般兵が使用している短銃型魔導武器《ハンドガン》だった。アレクシア自身の魔力を自在に操れるようになるまで、常に護身用に携行《けいこう》していたことを思い出し、なんだか懐かしい気分になる。

アレクシアは、ジョッシュに尋ねた。

「ジョッシュ・ハリントン。遊戯魔導武器《モデルガン》というのは、どこで売っているものなんだ？」

「へ？　そりゃあ、街中のおもちゃ屋に行けば……って、アンタ欲しいの？　遊戯魔導武器《モデルガン》」

目を丸くした彼に、アレクシアはわくわくしながら頷く。

「ああ、欲しいな。財布を買ったら、まずおもちゃ屋へ行こう。いいだろう？　ウィル」

「はい。どんなものがあるのか、オレも見てみたいです」

ジョッシュがうわぁ、と眉を下げた。

「アンタらさあ……。遊戯魔導武器《モデルガン》ってのは、十歳くらいのガキが遊ぶおもちゃだぞ。そんなもんわざわざ買わなくても、これからは授業で模擬魔導武器《シミュレーター》をいくらでも扱えるじゃねーか」

彼の忠告に、アレクシアは首を傾げた。

「模擬魔導武器《シミュレーター》？　あぁ、魔導戦闘実技で使う教材か。しかし、それは学園から貸与《たいよ》されるもので、個人で所有できるわけではないだろう。わたしは、自分のおもちゃが欲しいんだ」

「なんでまた？」

ジョッシュが呆れた顔になる。アレクシアは、真面目に答えた。

「楽しそうじゃないか」

「……うん。そっかー」

何やら生暖かい眼差しを向けられたが、アレクシアは今までおもちゃで遊ぶという経験をしたことがないのである。はじめての買い物が、ますます楽しみになってきた。

そんな彼女に、ウィルフレッドが言う。

「アレクシアさま。遊戯魔導武器《モデルガン》を購入したら、人目のないところへ遊びに行きましょう」

「ああ、そうだな」

にこにことふたりが笑いあっていると、ジョッシュがため息まじりに口を開く。

「うん。おれとしても、ぜひ人目のないところで遊んでほしいわ。シンフィールドの生徒がガキのおもちゃで遊んでるとこなんて見られたら、恥ずかしいどころの騒ぎじゃねーからさ」

たしかに、将来王宮勤めをしようという生徒が、子ども向けのおもちゃで戯《たわむ》れている姿というのは、あまり外聞のいいものではないかもしれない。

アレクシアは、素直に頷いた。

「わかった。気をつける」

そんなことを話していたとき、背後から声がかかった。

「……あのう、ちょっといいかな？」

どこか緊張した響きの声は、細く高い少女のものだ。

振り向いたアレクシアは、その人物の顔を見てまばたきをした。

思わず感嘆の声を零す。

「ああ。これは驚いた。わたしに何かご用だろうか？　麗《うるわ》しいお嬢さん」

そこにいたのは、華やかな美貌を持つ少女だった。

カッチリとしたつくりの制服の上からでも、魅惑的な女性らしい体つきをしているのが見て取れる。カールした金茶色の髪は艶やかで、少し垂《た》れ目がちの瞳は温かみのある紅茶色。こんがりと日焼けした頬が、実に健康的だ。

ふっくらとした唇だけが少し幼い印象だが、それがともすればきつくなってしまいそうな彼女の顔立ちを、甘く親しみやすいものにしている。

少女は、一瞬何を言われたのかわからないという表情を浮かべたが、すぐに顔を真っ赤にして身を縮《ちぢ》めた。

「しょっ……食堂で、少し話が聞こえてきたけど！　あなたって、本当に貴族のお嬢さまなんだね！　いきなりそんな恥ずかしい言葉が出てくるとか、絶対普通じゃありえないから！」

「……恥ずかしい？」

アレクシアは、困惑してウィルフレッドを見上げる。

「ウィル。わたしは何か、彼女を辱《はずかし》めるようなことを言ってしまったのか？」

「いいえ、それは違うかと。あなたと以前のご友人たちとの間では、ご挨拶するたびに褒め言葉を交わすのが暗黙の了解でしたが……ここでは、そういった習慣は相応しくないのでしょう。今後は、極力控えたほうがよろしいですね」

そうなのか、と彼女は驚いて、再び少女に視線を向けた。

「きみを不快な気分にさせてしまったのなら、申し訳なかった。二度としないよう気をつけるので、許していただきたい」

「う……や……うん。別に、不快ってほどじゃあ……ただちょっと……ものすごくいたたまれなくなるくらい、めちゃくちゃ恥ずかしかっただけで」

真摯《しんし》に謝罪したアレクシアに、少女はぼそぼそと歯切れ悪く応じて、俯く。

「だいたい、あたしが麗しいとかありえないし。こんな地味な色のくせっ毛だし。日焼けして真っ黒だし。背だって、その辺の男の子より全然高いし」

何やら卑屈《ひくつ》なことを言い出した。

アレクシアは、さっと青ざめる。

「なあ、ウィル。わたしの感覚では彼女はたいそうな美少女なんだが、平民の間では違うのだろうか。なんだか、不安になってきたぞ」

今後は平民社会で生きていくというのに、美醜《びしゅう》の感覚に隔《へだ》たりがあっては、さまざまな場面で――特に女性との交流において、多大な軋轢《あつれき》が生じてしまいそうだ。

アレクシアは、女性の集団を敵に回すほど、恐ろしいことはないと思っている。

慄然《りつぜん》とした主に、ウィルフレッドが少し困った様子で答える。

「オレにとっての一番美しい女性はアレクシアさまなので、なんとも言いがたいのですが……。こちらの方も世間一般の感覚で見て、充分美しいと思いますよ。ただ、年頃の女性というのは、容姿に対するコンプレックスが肥大《ひだい》しがちだと聞きます。いずれ思い込みが解ければ、きちんとご自身の美しさを武器にできるようになるでしょう。あなたが不安に思うことは、何もありません」

「そうか……。それは、よかった」

アレクシアはほっと胸を撫でおろす。

安堵のあまり、そのときジョッシュが「ナチュラルに褒め言葉を垂れ流すのが、貴族階級のマナーなのか？　……うん、平民に生まれてよかった」と遠くを見ていたことに、まるで気づいていなかった。

アレクシアは改めて少女を見上げ、にこりとほほえむ。

「自己紹介がまだだったな。わたしは、アレクシア・ガーディナー。きみは？」

「……キャスリーン。キャスリーン・ヒースコート」

一拍置いて、アレクシアはウィルフレッドに助言を求めた。

「すまん、ウィル。ここで『素敵なお名前ですね』といったことを言うのも、やめておいたほうがいいだろうか？」

「はい、おそらく」

よし、と頷き、彼女はキャスリーンに向き直る。

「キャスリーン嬢。きみは先ほど、わたしが貴族のお嬢さまだと言ったが、訂正させてもらおう。正確には、貴族のお嬢さまだった――過去形だ。今のわたしは、後ろ盾も身よりもない、平民の孤児にすぎない」

淡々と告げた言葉に、キャスリーンが息を呑む。だが、その瞳に失望や落胆《らくたん》の色は見えない。

（貴族階級のご令嬢たちがわたしに近づいてくる理由は、必ずスウィングラー辺境伯家の権力目当てだったんだが……。キャスリーン嬢は、『貴族令嬢』に近づくことで、なんらかの利益を得ようとしたわけではないのか？）

少し意外に思っていると、キャスリーンが深呼吸をしてから口を開いた。

「単刀直入に言うよ。――あたしは、将来出世したい。出世して、ガンガン稼いで、アホでセコくて無能なくせに、人をバカにすることだけは達者な男なんかに負けないで、ひとりで生きていけるようになりたいんだ」

「お、おぉ……？」

やたらとキリッとした顔で、いきなりクラスの少年たちに喧嘩を売るようなことを言う。

アレクシアは困惑した。先ほどの卑屈すぎる自己評価といい、今の刺々《とげとげ》しい言葉といい、キャスリーンはずいぶん極端な価値観を持つ少女のようだ。

「だからさ、アレクシアさん。あたしは、上流階級のお嬢さま方が、どんな女兵士だったら信頼してそばに置いてくれるようになるのかを知りたいんだ。何か条件やポイントがあるなら、教えてくれないかな。もちろん、タダとは言わないよ。あたしの家は、王都で結構手広く商売をしている商会なんだ。欲しいものがあれば、身内価格で手配させてもらう」

「ほほう。それは、ありがたい話だ」

シンフィールド学園は共学だが、男女比はおよそ八対二といったところである。

いつの間にか全クラスメートが揃っていたクラスの中を見回しても、女生徒はアレクシアとキャスリーンを含めて四人しかいない。

体力的な面では、女性はどうしても男性に劣《おと》る。女生徒たちが栄達を望むなら、平兵士から成り上がるのではなく、王宮で暮らす高貴な女性――王妃や姫君たちの側付きを目指すのが手っ取り早いだろう。

アレクシアは、改めてキャスリーンの頭から爪先《つまさき》までざっと眺めた。

本人の申告どおり、女性としてはかなり背が高い。ウィルフレッドと並んでも視点がさほど変わらない少女を、アレクシアははじめて見た。

大きな体というのは、それだけで他者を圧することができる。そういう意味では、キャスリーンは高貴な女性の護衛となる条件をひとつ、すでにクリアしていると言えるかもしれない。

とはいえ、そのことをこの場で伝えるつもりはなかった。

ふむ、と頷き、アレクシアは口を開く。

「だが、そういった交渉事を他人のいる場で始めるのは、少々いただけないな。せっかく、こうして同じクラスになったんだ。わたしは、ほかの女生徒諸君とも親しくなりたいと思っている。なのに、きみから買収じみた話を持ちかけられては、あとのふたりが戸惑ってしまうのではないか？それに、先ほどのきみの言いようだと、クラス中の男子生徒を敵に回しかねんぞ」

「……あっ」

キャスリーンが、慌てて周囲を見回す。視線を受けたクラスメートたちは、苦笑したり、肩をすくめたりして応えた。

アレクシアは、軽く腕組みをして言う。

「わたしはたしかに貴族階級の女性たちといくらか交流があったが、さすがに王家の女性と面会したことはない。よって、きみが王宮における栄達を望むなら、わたしの知識と経験がどれほど役立つかは、はなはだ疑問だ」

「え、あの……うわ、えっと、うわぁああー……」

キャスリーンが、頭を抱えて奇声を発しはじめる。

大丈夫だろうか、と思っていると、ジョッシュが片手を挙げて口を開いた。

「なあ、えっと……アレクシア、さま？」

「きみに敬称をつけて呼ばれるいわれはないぞ、ジョッシュ・ハリントン。アレクシアで構わない」

今の彼女が『アレクシアさま』という呼び方を許すのは、〈主従契約〉を結んでいるウィルフレッドだけだ。

ジョッシュが、若干複雑そうな表情で頷く。

「いや、ウィルフレッドが『さま』付けで呼んでるのに、おれが呼び捨てにしていいのかなー、と思ってさ。おれのことも、ジョッシュでいいぞ」

「そうか。それで、何かわたしに言いたいことがあるのか？　ジョッシュ」

うーん、とジョッシュが苦笑する。

「えっとな、アレクシア。とりあえず、口調がちょっとキツい」

「そ、そうか……。すまない。ええと、きみはわたしに何か言いたいことがあるのかな？」

若干ぎこちなくなりつつも言い直すと、ジョッシュは頷き先を続けた。

「おう。貴族のお嬢さまだったアンタなら知ってると思うけど、ほら、王都にはめっちゃ有名なお嬢さま学校があるだろ？」

「ああ。聖ゴルトベルガー学園の姉妹校の、フレイス女学院だな」

フレイス女学院は、ランヒルド王国の上流階級の娘たちが通う、全寮制のフィニッシング・スクールだ。そこではよき妻、よき母となるための、最上級の淑女教育が四年間施されるという。

アレクシア自身、十四歳のときから通信教育の形でフレイス女学院に在籍していた。体が弱く、空気が澄んだスウィングラー辺境伯領から長期間出るのは難しい——という理由で、特別待遇をもぎ取ったのだと、本邸の家令が説明していたことを思い出す。

敵の返り血にまみれたアレクシアに、真顔でそんな笑い話をしたのだから、あの家令はなかなかの根性だ。

上流階級に生まれた娘が、この国の社交界でうまく生きていこうとするなら、フレイス女学院への入学は必須である。だが祖父は、すでに実務に就いていた彼女を、何年も遊ばせておくのはもったいないとでも考えたのだろう。

あの頃のアレクシアは、いずれスウィングラー辺境伯家を継ぐ立場にあった。社交界における人脈作りは大切だが、フレイス女学院に通わずとも、彼女との交流を求める者は黙っていても近づいてきた。

時候の挨拶と称し、たびたび領地の屋敷を訪問してくる者たちを、社交用の笑顔でつつがなくもてなす——それも、アレクシアに課せられた義務のひとつだったのである。

もちろん、季節ごとの重要な学校行事などには、短時間ながら参加していた。そんなとき、学友たちはアレクシアに対していつも『お客さま』扱いをしていたと思う。

そうそう、と頷いたジョッシュが続ける。

「そんで、王都では結構有名な話なんだけどさ。この間フレイス女学院を卒業した、なんとかっていう貴族のお嬢さまが、うちを卒業した女生徒と〈主従契約〉を結んだんだよ」

「……は？」

目を丸くしたアレクシアの代わりに、ウィルフレッドが彼に問う。

「ジョッシュ。それは、『フレイス女学院では聖ゴルトベルガー学園と同じように、シンフィールド学園に通う生徒と〈主従契約〉を結ぶことをよしとする風潮《ふうちょう》ができている』ということかい？」

至極あっさりと、ジョッシュは頷いた。

「ああ。少なくとも、今の王都で『美しい女性同士の主従関係』が、めちゃくちゃ憧《あこが》れの対象になってんのは間違いないぞ。そのうち、そこのお嬢さんを護衛にしたい、っていうフレイス女学院の生徒も出てくるんじゃね？」

ジョッシュはキャスリーンを示して言った。

ウィルフレッドが、頭痛を堪えるように指先で額に触れる。

一方、キャスリーンはすっかり身を縮めていた。ジョッシュの言葉に、アレクシアは困惑して問う。

「その、シンフィールドの卒業生と〈主従契約〉を交わしたというご令嬢は、いずれ家督を継ぐ立場にある方なのか？」

彼女が知る限り、その年頃の貴族令嬢の中に、そんな立場にある者は――かつてのアレクシアと同じ境遇にある者はいなかった。もしそんな少女がいたなら、さすがに覚えているはずだ。

しかし、権力の中枢《ちゅうすう》から遠い貴族家の事情であれば、辺境まで情報が伝わらないこともある。

ジョッシュは、あっさりと首を横に振った。

「いんやー。そういう話は聞いてねーな。たしか、そのお嬢さまの兄貴がシンフィールドの生徒と〈主従契約〉をして、それに憧れて……みたいな話だった気がする。ただ、すんげー美人のお嬢さまらしいぞ」

アレクシアは一瞬、「貴族女性の容姿に関する噂ほど、あてにならないものはない」という上流階級の常識を、ジョッシュに教えてやろうかと思う。

だが、今後の彼の人生において、特に価値のある情報でもなさそうなので、やめておく。

ホラ、とジョッシュが少し困った顔で言う。

「今の王室には、おれらと同年代のお姫さまっていないだろ？　正直、有力貴族のお嬢さま専属従者にしてもらったほうが、稼ぎはよさそうだよなー」

現在、ランヒルド王国の王室女性といえば、王妃《おうひ》と王太后《おうたいごう》のふたりだけだ。王妃の子は王太子――ローレンスのほかに、年の離れた弟がひとりいるのみである。

（側室の方々には、何人か姫君がいらしたはずだが……。心身ともに健康な王太子とその弟が揃っている今の状況では、王位継承権に絡んでくることはないだろう。たしかにそれなら、有力貴族の令嬢のほうが羽振りはよさそうだ）

キャスリーンが『出世して、ガンガン稼ぐ』ことを人生の目的としているなら、そういった就職先を考えるのも、わからなくはない。

そんなふうにアレクシアが納得したとき、ジョッシュが他愛《たあい》ない世間話のように、さらりと続けた。

「そういや、これからスウィングラー辺境伯家のご令嬢になるってお嬢さまも、フレイス女学院に通ってるんだっけ？　もし噂の辺境伯家のお嬢さま付きになれたら、一躍『時の人』だよなー」

アレクシアとウィルフレッドは、固まった。

（……そういえば、エイドリアンさまが再婚される女性には、わたしよりひとつ年上の娘がいたのだったか。今の今まで、きれいさっぱり忘れていたな）

詳しい話を聞いていないので、その少女がどういった人柄であるのかはわからない。

しかし、ジョッシュの話が事実なら、少々いやな感じである。お互いに顔も知らないとはいえ、これほど身近に浅からぬ縁のある相手がいるというのは、居心地が悪いものだ。

アレクシアはそっと息を吐いてからジョッシュに問う。

「なあ、ジョッシュ。すまんが、わたしとウィルは田舎育ちなものだから、少々王都の世論に疎《うと》いんだ。その、スウィングラー辺境伯家のご令嬢になるお嬢さんは、そんなに有名なのか？」

「あー……そっか。そうだよな」

納得顔のジョッシュが、指先で頬をかく。

「まあ、有名っちゃ有名かな。なんつっても、エッカルト王国の英雄さまが愛を貫いたおかげで、名門スウィングラー辺境伯家の正式な娘になれるんだ。『ランヒルド王国で、今一番幸運な女の子だー』って、同年代の憧れの的《まと》だぜ」

「……なるほど」

あまり子どもが寄りつかない孤児院では、『姉』の話を聞いたことはない。

大人たちは、男女の色恋沙汰は好んで語るし、意図的に広められたであろうアレクシアの醜聞《しゅうぶん》についてはよく知っていた。

けれど、付随《ふずい》して起きた『ある日突然、母親が愛人から辺境伯家嫡男の正妻となった幸運な少女』の話は、さほど彼らの好奇心を刺激しなかったのだろう。

それにしても、王都の若者たちの間で『スウィングラー辺境伯家』の名が、少々間違った形で広まっている気がしてならない。

辺境伯というのは、その名のとおり辺境の地を守護する者に与えられる称号だ。

権力も財力も貴族の中ではトップクラスだが、アレクシアが自称しているように、ド田舎領地の主なのである。あの辺鄙《へんぴ》で戦の絶えない土地は、若者たちが好んで就職先に選ぶような場所ではないと思う。

このあたりの認識の違いは、放蕩の限りを尽くしていたエイドリアンのせいではないだろうか。彼が平和な王都で、フラフラと華やかな暮らしを送っていたことが、巡り巡っておかしな誤解を広める一因となっている気がする。

(他人事といえば、他人事なんだが……。この学園の女生徒が、スウィングラー辺境伯家の従者となることを望むのは、あまり幸福なことではないのではないかな。どう考えても、多大な苦労を背負い込む未来しか見えないぞ)

何しろ今の辺境伯家には、結婚前から子どもをもうけていた愛人がいるにもかかわらず、若い愛人を取っかえ引っかえしていたエイドリアンがいるのである。

平民階級の美少女兵士が娘の専属護衛となったなら、あっという間に毒牙《どくが》にかけてしまいそうだ。

……想像するだけで、吐き気がした。

今後スウィングラー辺境伯家への就職を望む生徒を見つけたら、エイドリアンの放蕩ぶりだけはきっちり語っておかねばなるまい。

『真実の愛を実《みの》らせた』という美談で語られている男だが、あれはただの女好きであり、救いようのないろくでなしだ。

再び息を吐いたアレクシアに、ウィルフレッドがいつもどおりの口調で言う。

「アレクシアさま、話が少々ズレてしまいましたね。――上流階級の女性がどのような護衛を望むのか、何か助言があるなら、いっそクラスの全員に語って差し上げたらいかがですか？　上流階級の女性が望むのは、同じ女性の護衛とは限らないでしょう。屈強な男性の護衛でなければ安心できない、そういう者とこそ〈主従契約〉を結びたい、と望む方もいらっしゃるのではありませんか」

その途端、教室の空気が変わった。

話を振ったキャスリーンだけでなく、ジョッシュやほかのクラスメートたちも、熱の籠もった視線をアレクシアに向ける。

そんな少年少女の様子など知らぬ素振《そぶ》りで、ウィルフレッドはさらりと続けた。

「この学園に入学した以上、上流階級の方々と接する機会があるのは間違いないわけですし。あなたの実体験を知ることは、彼らにとって非常に有益だと思いますよ。今後授業を受けていく中で、彼らから上流階級に関する質問があったときには、可能な限り答えて差し上げてはいかがでしょう？」

アレクシアは、不思議に思って彼に問う。

「ウィル。わたしの時間を赤の他人のために費やすことに、何か意味があるのか？」

時間は、有限なのだ。そしてアレクシアは、自分のすべてをウィルフレッドのために使うと決めている。

今の彼女にとって、クラスメートとの交流は、将来社会に出たときのためのシミュレーションにすぎない。彼らと過ごす日常の中で、平民として生きていくために必要な知識を学んでいくつもりだが、そこに元貴族令嬢としてお悩み相談に乗る、というタスクは含まれていなかった。

彼らは、アレクシアが庇護すべき対象ではないのだ。一方的に利益を提供するなど、彼女の理解から外れている。

困惑するアレクシアを見て、ウィルフレッドは苦笑した。

「意味があるかどうかは、オレにもわかりません。ただ、きっとアレクシアさまにとって、価値のあることだと思います。そして、この経験にどんな意味と価値があったのかは、これからご自身で気づいていくべきことです。あなたは、これから生きる世界のことを、まだ何もご存じない。周囲の人間と関わるのは、あなたにとって――オレたちにとって必要で、大切だと思います」

「……そういうものか」

彼がそこまで言うのならば、やってみてもいいだろう。

アレクシアはふむ、と頷いた。そして、何やらものすごく複雑な表情を浮かべている、ジョッシュやキャスリーンをはじめとするクラスメートたちを見回す。

少し考えたのち、彼女は兵士たちに命令するときに使っていた、よく響く低めの声を出す。

「諸君。きみたちが貴族に対し、どのような印象を抱いているにせよ、これだけは言っておく。――貴族の姿に夢を見るな。貴族の言葉を鵜呑《うの》みにするな。貴族の権威に盲従《もうじゅう》するな。心から信じていいのは、自分自身ときみたちを愛する者だけだ。きみたちの命と誇りは、断じて貴族に安売りされていいものではない。貴族に選ばれ従うことを、喜ぶな。己の心に従って、きみたちのほうが、主を選べ」

一度言葉を切り、少し声を和らげて彼女は続けた。

「そのうえで、もし己の命と人生を捧げてもよいと思える主と出会えたなら、とても幸運なことだと覚えておけ。そして、きみたちがそんな幸運と巡り会うためには、やはり主となる可能性のある相手を、よく知ることが肝要だろう。今後、きみたちが『これぞ』と思う人物と出会い、それが貴族であったときには、わたしのところへ相談に来るといい。もし相手がわたしの知る人物であった場合には、可能な限り客観的な情報を提供しよう」

残念ながら、アレクシアの短い貴族人生の中で得た、心から信頼できる人物というのは、ウィルフレッドひとりだけだ。

正式に社交界デビューして、貴族階級の知人や友人を作る機会が増えれば、そういった相手と出会うこともあったかもしれない。

けれど、仮定の話をしたところで時間の無駄だ。

浅い経験を語ったところで、クラスメートたちの役に立てるとは思えない。

よって、アレクシアなりに貴族階級の人間と相対するときの心構えを語ったのだが――。

(んん……?)

なんだろう。クラスメートたちの様子が、なんだかおかしい。

よろりとよろめいたジョッシュが、ウィルフレッドを真顔で見る。

「……なあ、ウィルフレッド。おまえのお嬢さま、なんで貴族やめてんの？　多少言葉がキツかろうが、おれもこんな可愛くて、賢くて、でもなんか抜けてて放っておけないご主人さま、欲しい。めっちゃ欲しい」

「ああ、気持ちはわかるよ。うらやましかろう、いいだろう。残念ながら、今のアレクシアさまは世間知らずの平民だ。潔くきっぱりとあきらめてくれ」

ウィルフレッドの言いように、若干物申したい気分になったけれど、アレクシアとて彼以外の従者を抱えるつもりはない。

沈黙を守っていると、おとなしくしていたキャスリーンが、落ち着いた声で口を開いた。

「……うん。わかった。もし貴族の人からお声がかかっても、アレクシアさんの言葉を忘れずに、よく考えることにするよ」

「そうか。……だがな、キャスリーン嬢。そもそもここは、王立の学園だ。我々は学費のすべてを免除されているばかりか、月々の生活費まで支給されている。そのうえで、王家以外の者と〈主従契約〉を結ぼうとしているということの意味を、今一度考えてみたほうがいい」

え、と目を瞠《みは》った彼女に、アレクシアは淡々と告げる。

「もしわたしが王家の人間なら、そんな恩知らずな考えの人間は、決して自分のそばに置きたくない」

「……っ‼」

端的な言葉に、キャスリーンだけではなく、ジョッシュを含むほかのクラスメートたち全員が固まった。

どうやらみな、現在の風潮に疑問を覚えることもなかったようだ。

子どもだな、とは思うけれど、実際に彼らはまだ幼いのだから仕方があるまい。

「王家が黙認している以上、さほど気にすることもないだろう。そもそも、王家の不興を買うとしたら、主となる貴族のほうだ。きみたちやその家族にまで累《るい》が及ぶことは、まずあるまいよ」

安心させるつもりで言ったのだが、クラスメートたちの空気は重いままだ。

ややあって、ジョッシュがぼそっと口を開く。

「おれ……ぶっちゃけ、〈主従契約〉ってカッコいいなー、憧れるなーって、ちらっと思ってたんだけどさ。……うん。そうだよな。変な夢は見ないで、真面目に王宮勤めを目指すわ」

「うむ。それが無難だと、わたしも思うぞ。少なくとも王家に雇用されれば、国がなくならない限りは給金が保証されるからな」

安定した収入は、大切だ。

そこでふと、アレクシアは素朴な疑問を覚え、ジョッシュに問う。

「先ほどきみが言っていた、スウィングラー辺境伯家の娘となるお嬢さんだが……。たしか彼女には、弟君がいるのではなかったか？」

「ん？　ああ、そうだな。ふたりとも男爵家の養子だったらしいけど、弟のほうはいきなり辺境伯家の後継者になるわけだろ？　しかも、その縁で王太子殿下のお気に入りになったってんだから、ホントにラッキーな姉弟だよなー」

どこかうらやましそうな彼の言葉に、アレクシアはちらりとウィルフレッドと視線を交わした。

アレクシアの代わりにスウィングラー辺境伯家の後継者となった少年は、どうやら母親の生家である男爵家の養子に入っていたようだ。

ということは――。

「ひょっとして、弟君は聖ゴルトベルガー学園に通っているのか？」

「おうよ。今の王都で一番有名な姉弟だし、ちょっと見てみたいよなー。あ、運がよければ弟のほうは、ゴルトベルガーとの合同歓迎会で顔を見られるんじゃね？」

ジョッシュが楽しげに言い、アレクシアは頷いた。

「ああ。それは、ぜひ見てみたいものだ」

彼女の腹違いの兄だか弟が、これほど王都の子どもたちの間で有名になっているのなら、相手の顔をコッソリと確認するのも、そう難しいことではなさそうだ。

（顔を知らなければ、万が一にもニアミスしないよう、避けることもできないからな。姉のほうの顔も、機会があれば確認しておくか）

それにしても、とアレクシアは思う。

スウィングラー辺境伯家の新たな後継者となる少年は、今も聖ゴルトベルガー学園に通っているらしい。『王太子のお気に入り』という噂は、おそらく突然重責を担うことになったせいで、本当に跡継ぎが務まるのかと懐疑と好奇の視線に晒されているだろう彼を守るために、王家と辺境伯家が流したものだ。

聖ゴルトベルガー学園は、貴族階級の少年たちが通う、王国最高峰《さいこうほう》のエリート文官学校である。そこに在籍しているという少年は、これまでずっと、荒事《あらごと》とは無縁の生活をしていた可能性が高い。

アレクシアは、ため息を噛み殺した。

(まったく、気の毒な話だ)

彼女にとって両親の離縁と再婚が寝耳に水だったように、腹違いの姉弟にとってもこの環境の変化は想定外だったはずだ。

エイドリアンが愛人の子に対する責任を一切果たしていなかったのは、ふたりが男爵家の養子となっていたことからも窺える。彼らは男爵家の庇護下に入り、実の父親とはあまり交流がなかったのではないだろうか。

もし、愛人に野心があれば、少なくとも息子のほうは、いつ跡継ぎとして声がかかってもいいように、魔導武器の扱いを学べる環境で育てていたはずだ。けれど、実際にはそうではない。

聖ゴルトベルガー学園という、荒事とはほど遠い場所で生きてきた彼にとって、血まみれの戦場など想像さえ難しいだろう。

デズモンドがスウィングラー辺境伯家の後継者として認めた以上、彼《か》の姉弟がそれに相応しいだけの魔力の保有者であることは、間違いない。

だが、もし少年が、遊戯魔導武器《モデルガン》のようなおもちゃしか手にしたことがなかったなら——。

（……地獄だな）

おそらく彼は今後、夢物語とはかけ離れた、苦難に満ちた人生を送ることになる。

そしてこれは、彼の『予備』である姉も変わらない。

エッカルトの英雄は、自分が『純愛』を貫いたことで、無関係な子どもたちがどれほど多大な迷惑を被るのか、きっと考えたこともないだろう。

アレクシアにはウィルフレッドがいてくれたから、今もこうして無事でいる。だが、腹違いの姉弟の置かれた境遇は、あまりに不憫《ふびん》だ。

せめて姉弟が、スウィングラー辺境伯家の権力と財力を得たことをポジティブに捉えられる、権力志向が強い人物であればいいのだが——果たして、そう都合のいい話があるだろうか。

つい物思いに耽《ふけ》った彼女に、ウィルフレッドがそっと声をかけてくる。

「アレクシアさま。何か、お悩みでも？」

「いや。スウィングラー辺境伯家を継ぐ少年のことを、考えていた。聖ゴルトベルガー学園に通っているとなれば、彼は王宮勤めの文官を目指していたのだろう。そんな少年が、いきなり東の国境を守護する辺境伯の後継者となれば、さぞ苦労が多かろう。……大人の都合で、人生を左右される子どもの気持ちは、よくわかる。何やら、他人事とは思えなくてな」

ため息交じりに言った彼女に、ジョッシュがひどく気まずそうな顔をした。

「あー……そっか。あんたも、親の再婚で人生が激変したクチだもんな。悪い。無神経だった」

「構わない。わたしは、今の生活に満足している」

ゆるりと首を横に振り、アレクシアはふとまばたきをした。キャスリーンを見上げて口を開く。

「ああ、そうだ。キャスリーン嬢。これは心からの助言だが、きみは自分が美しい少女であるということを自覚するべきだ。自身の美しさを武器にするか否かは、きみの生き方次第だから、口出しはしない。だが、その無防備さは非常にいただけないぞ」

「は……？」

突然話を振られて驚いたのか、キャスリーンはきょとんと目を丸くした。

アレクシアは続けて言う。

「貴族の中には、平民をいくらでも換えのきく、使い捨てのおもちゃのように考えている者が、数えきれないほどにいる。彼らは、見目よい平民を『そこにいたから』という理由でベッドに引きずり込むことを、なんとも思っていない。たとえば、きみの家は王都で商売をしているとのことだが――変態貴族に、『実家の取引を潰されたくなかったら、おとなしくベッドについてこい』と言われた場合、毅然《きぜん》とした態度で拒絶できるか？」

「な……なな……っ」

キャスリーンの顔が、真っ赤になったり真っ青《まさお》になったりと忙しい。

実家が王都で手広く商売をしている一族だというなら、彼女はシンフィールド学園では珍しい富裕福層の生まれなのだろう。しかし、どれほど財力があったとしても、貴族と平民の間にはそう簡単に埋まらない溝《みぞ》がある。

その事実を理解しているのかいないのか、キャスリーンは悲鳴じみた大声で叫んだ。

「そ、そんなこと、あるわけないじゃん……！」

「なぜ、そう言い切れる。王宮には、大勢の貴族が集まっているのだぞ。そして王宮は、身分が下の者が上の者に話しかけただけで、厳しく罰《ばっ》される場だ。そんな状況で、平民のきみが貴族に目をつけられたなら、よほどうまく立ち回らなければ逃げ切れない」

アレクシアは、鋭い眼差しを向けた。

「わたしは、無節操な変態貴族が大嫌いなんだ。きみのように美しく無垢《むく》な少女が、連中の薄汚い手にかかるなど、断じて許容できん。――いいか、キャスリーン嬢。これは、警告だ。もしきみが、きちんと自衛しようと考えないほど愚かなら、きみは女性として生まれたことを、神に呪《のろ》って生きるようになるだろう」

この警告には、無節操な変態貴族――エイドリアンを父親に持ったアレクシアの、個人的な恨み節《ぶし》が交じっている。

とはいえ、実際のところ、キャスリーンの無防備さはかなり危険だ。

彼女がなぜ、自分の美しさを自覚するどころか、過剰《かじょう》なほどそれを否定するのかはわからない。

しかし、シンフィールド学園に入学した以上、いつまでも勘違いしているべきではないのだ。

ひとつため息をつき、アレクシアは絶句したキャスリーンに告げる。

「まあ、わたしの警告を信じるも信じないも、きみ次第だ。好きにしたまえ」

「あ……あたし……」

蒼白《そうはく》になったキャスリーンの体が、震え出す。

（む？　脅迫したつもりはなかったんだが……）

アレクシアは、首を傾げてウィルフレッドを見た。

「ウィル。わたしは何か、間違ったことを言ってしまったか？」

「いいえ、アレクシアさま。ただ、少々忌憚《きたん》なく言いすぎてしまったかもしれませんね」

むう、とアレクシアは眉根を寄せた。

それからピシッと片手を挙げて、キャスリーンに向き直った。

「すまなかった、キャスリーン嬢。詫びと言ってはなんだが、もしきみが将来、王宮で変態貴族に襲われそうになったなら、わたしの名を呼びたまえ。必ず、きみを守ってやろう」

にこりと笑ってみせると、キャスリーンが引きつった顔で見つめ返してくる。

「何……言ってるの？　そんなの、できるわけないじゃない」

「そうだな。そのときのわたしが、この世の住人でなかったら、さすがに無理な話だが……」

軽く腕組みをして、アレクシアは笑みを深めた。

「わたしは、できない約束をしないぞ。――キャスリーン・ヒースコート。わたしが生きている限り、きみが王宮で傷つけられることはない」

そのとき、アレクシアのマリンブルーの瞳が小さく輝いた。何年も前に、痩せっぽちだったウィルフレッドの前に現れたときと同じように。それに気づいたのは、彼だけだ。

苦笑したウィルフレッドが、口を開く。

「アレクシアさま。突然そんなことをおっしゃっても、到底信じられるものではありませんよ。――キャスリーン嬢。アレクシアさまのお言葉は、たしかに厳しかったかもしれないが、王宮や貴族社会でそういった問題が起きやすいのは事実だよ。卒業までに、自力で対処できるよう知識と経験を積むことを、オレからも忠告させてもらう」

どこか冷ややかなウィルフレッドの言葉に、キャスリーンがぎこちなく頷いた。

そのとき、教室のドアが開いた。直後、張りのある男性の声が響き渡る。

「おーう、ガキども席に着けー。……って、なんだこの空気？」

そう言って首を傾げたのは、背が高く、引き締まった体躯《たいく》の、まだ二十代半《なか》ばと思しき青年だった。

さっぱりとした褐色《かっしょく》の短髪で、少し垂れ目がちの瞳は明るいクルミ色。

飛び抜けた美形というわけではないが、人好きのする明るい雰囲気の持ち主だ。

（ふむ。これは、女性よりも男性に慕われるタイプだな。スウィングラーにいた頃、若い連中から『アニキ』と呼ばれていたのが、たしかこんな感じの青年だった）

シンプルな訓練着を着た彼は、ぐるりと教室を見回した。

教壇に立ち、慌ただしく席に着いた生徒たちに向けて口を開く。

「さて、おまえら。俺は今日から一年、このクラスを担当するエリック・タウンゼントだ。専門は、近接戦闘と短銃型魔導武器《ハンドガン》。おまえらは、読み書きも魔力制御も基礎ができてるんだろう？　ここは、入学審査で一番成績がよかったやつらのクラスだからな。一年後の進級テストで、他クラスの連中に負けたら、めちゃくちゃ恥ずかしいからなー。あんまりダレたことしてんじゃねえぞー」

何やら、教師らしからぬ言いようである。

アレクシアは驚いた。どうやら、ほかのクラスメートたちも同様のようだ。

子どもたちの反応に、エリックがにやりと笑う。

「ほかのクラスはハンデがあるぶん、経験豊富な教員が配属されてる。そういう意味では、おまえらは可哀相だな。俺はこの学年の教師の中で、一番若手の下っ端《したっぱ》だ。まあ、だからと言って、楽をできるとは思うなよ？　俺は、おまえらの中から、ひとりだって落ちこぼれを出すつもりはねえ」

笑みをおさめたエリックが教卓に手をつき、身を乗り出した。

「だがな、おまえら。正直に言って、この学園の訓練カリキュラムは相当厳しい。どうしたって越えられない壁が、出てくることもあるだろう。そういうときに、体や心を擦《す》り減らしてまでしがみつかなきゃならないモンは、ここにはねえ。どうしても無理だと思ったら、そう言っていいんだ。それは、落ちこぼれるってこととは、絶対違う。おまえらは、まだガキだ。いくらだって、やり直せる。やり直しを手伝うのも、俺の仕事だ。安心して、頼ってこい」

まっすぐに言い切ったエリックに、アレクシアは苦笑を噛み殺して目を伏せる。

（なんとまあ……。ずいぶん、お優しいことだな。最初から、逃げ道を用意してくださるとは）

どうやら、シンフィールド学園の教育方針は、アレクシアが経験したものとはかなり違っているようだ。

そもそもの前提条件が違うのだから、当然といえば当然か。

いやな言い方になるが、ここに集った生徒たちには、いくらでも代わりがいる。優秀な兵士を育成するための学園生活で、未来ある子どもを使い潰す必要はどこにもない、ということなのだろう。

エリックがさて、と頷いた。

「じゃあ、さっそく授業に入るとするか。しばらくはとにかく基礎体力づくりだから、根性見せろよー。これからの二ヶ月で脱落するやつは、それこそただの根性なしだからなー」


運動場に場所を移してはじまった訓練は、たしかにひたすら地道な体力づくりだった。

広大な運動場を延々と走り続けたあとの、きつい柔軟《じゅうなん》体操、筋肉負荷トレーニングなどなど……。

初日の訓練を一通りこなしたときには、アレクシアとウィルフレッド以外のクラスメート全員が、地面にへたり込んでいた。

そんな中、まったく疲れた様子を見せずに立っているアレクシアたちを眺め、エリックが訝しげに問うてくる。

「おまえら……いったい、どういう育ちをしてんだ？　先生ちょっと、いや、かなりビックリよ？」

その質問に、アレクシアは小首を傾げて問い返した。

「それは、答える義務があるのか？」

「義務はねえけど、これだけ周りとレベルが違うとなあ。ほかの連中が、劣等感《れっとうかん》を抱きかねねえ。

おまえらの体力があり余っている理由を教えてもらえるなら、教える側としちゃあ助かるな」

アレクシアは、ウィルフレッドと顔を見合わせた。

魔導戦闘実技の訓練はほどよく手を抜き、『目指せ、中の上！』と決めていた。

が、まさか基礎体力づくりの段階からつまずくとは、さすがに想定外だったのだ。

少し考え、アレクシアは頷いた。

「了解した。クラスメートたちにはすでに話しているんだが、わたしは王都から遠く離れた田舎貴族の生まれなんだ。もとは——」

そうして、アレクシアは食堂でジョッシュにしたのと同じ説明を語った。

次第に表情を硬くしていくエリックに、淡々と告げる。

「——つまり、わたしたちの基礎体力の高さは、田舎貴族とその従者のたしなみというやつだ。領地にいた頃は山賊《さんぞく》や夜盗《やとう》が出るたび、昼も夜もなくウィルとともに討伐任務にあたっていたのでな。体力には、それなりに自信があるぞ」

スウィングラー辺境伯領の領地を侵犯してくる異国の兵は、山賊や夜盗を装うことが多かった。別に嘘はついていない。

エリックが、唸るように言う。

「おい……どこの貧乏貴族だか知らねえが、おまえらみたいなガキを前線に出してただぁ？　ふざっけんなよ。この国では、十八歳未満の実戦投入は、一切認められてねえんだぞ」

「そうなのか？」

ウィルフレッドに出会う前から、当然のように前線に出ていたアレクシアは、目を丸くした。彼女がはじめて実戦で魔導武器を使ったのは、九歳のときだ。

少し考え、ああそうか、と頷く。

「なるほど。王都では、子どもの人権保護に関する法律が、きちんと遵守《じゅんしゅ》されているのだな。平和なことで、何よりだ」

残念ながら、治安の悪い田舎だと、そういった法律は完全に形骸化《けいがいか》しているのである。アレクシア自身、その手の法律は知識として学んではいたものの、今の今まできれいさっぱり忘れていた。

エリックが右手でがしがしと自分の頭をかく。

「あのなあ、ガーディナー。俺は別に、法律は必ず守るもんだー、なんてお堅いことを言ってんじゃねぇんだ。どんな状況だろうと、子どもは守られるべきだ、って話をしてんだよ」

「理想を語るなら、そうなのだろうな」

だが、それを語ることに意味はない。

アレクシアは、担任教師を見上げて問うた。

「それで、わたしとウィルの処遇はどうなる？　エリック・タウンゼント。我々としても、クラスメートたちの精神的負担となるのは、断じて本意ではない。彼らが基礎体力をつけている間は、ほかの鍛錬に励んでいろ、と言うなら従うぞ」

「……うん。とりあえずおまえは、教師に対して敬語を使うことから覚えようか」

ため息まじりに言われ、アレクシアは一瞬沈黙した。そしてウィルフレッドを見る。

視線を受けた彼が、主の代わりに口を開いた。

「申し訳ありません、ミスター・タウンゼント。アレクシアさまは、決して愚昧《ぐまい》ではないのですが、器用な方ではないのです。もちろん、目上の方に対する話し方は、きちんと身につけていらっしゃいます。ですが、アレクシアさまがその話し方をなさると、あまりに周囲から浮いてしまうでしょう。ご本人に悪気があってのことではございませんので、どうかご寛恕いただけないでしょうか？」

主と違って器用なウィルフレッドがそう言うと、エリックはなんとも言いがたい表情を浮かべた。

改めてアレクシアを見る。

「そんなに、ひでえのか？」

「ええ、そうなのですわ。ミスター・タウンゼント。孤児院に身を寄せておりました時分には、あちらにいた子どもたちからも大変不評でしたの。なんでも、わたくしのこうした話し方を聞いておりますと、後ろから髪を引っ張ったり、泥団子《どろだんご》をぶつけたくなったりしてしまうのですって。わたくしといたしましても、学園で無用な騒ぎを起こすのは遠慮したく思いますし……。できることでしたら、先ほどまでの話し方をお許しいただければ幸いです」

にこりと社交用スマイルもつけて言ってやる。

おっとりふんわりとしたお嬢さま言葉に、エリックは頭痛を堪えるように指先で額を押さえた。

「まあ、どうなさいましたの？　ミスター・タウンゼント」

「……おう。俺は今、教育者としての自分と、その孤児院の子どもたちに全力で同意したい自分との間で、ものすごく苦悩している」

そうか、とアレクシアは真顔に戻って頷いた。

「そう苦悩したところで、特に得るものはないと思うぞ」

彼女の忠告に、エリックがくわっと目を剥く。

「おまえが言うな！　……だーもう、わかったよ！　俺の前では、その喋り方でも特に注意はしねえ。けどな、ほかの教師の中には頭の硬いやつもいるんだ。普通に喋れるようになるまで、俺以外の教師の前では一切口を開くんじゃねえぞ。いいな！」

「了解した。寛大な処置に、感謝する」

結局、アレクシアとウィルフレッドは、クラスメートたちが基礎体力づくりの訓練をしている間、特別カリキュラムを受けることになった。

ふたりの基礎体力を測定して新たにカリキュラムを組むのは、当然ながら担任のエリックだ。

さっそくそれぞれ測定してみたのだが、その結果を確認した途端、エリックは頭を抱えた。

「……おい。おまえら、正直に言え。いったいどんな訓練を受ければ、こんな化け物レベルの基礎体力数値になるんだ？　まさか虐待《ぎゃくたい》されていたわけじゃないよな？」

「ぎゃ……虐待!?　そうなのか、ウィル！　わたしがおまえに課した訓練は、虐待を疑われるほどひどいものだったのか!?」

アレクシアは自分が受けた教育をベースに、それを幾分マイルドにした訓練をウィルフレッドに課していた。

決して彼を苦しめようと意図したわけではないが、幼い身には過酷すぎたのかもしれない。子どもの教育が本職であるエリックに指摘されると、非常に不安になってくる。

「落ち着いてくださいい、アレクシアさま。オレも合意のうえですから、問題ありません。――ミスター・タウンゼント。余計なことを言ってオレの主を泣かせるとは、いい度胸ですね。死にますか？」

久しぶりに、ウィルフレッドが笑顔でキレた。

アレクシアもエリックも、思わず黙り込んでしまう。これは本当に怖いのだ。

今後、エリックにはぜひとも言動に気をつけていただきたいものである。

第三章　はじめてのお買い物は、わくわくします

シンフィールド学園での生活が始まってから、四日目の朝。

はじめての休息日を迎えた新入生の多くは、慣れない訓練での筋肉痛と疲労により、ベッドの住人となっている。

そんな中、いつもと変わらぬ時間にアレクシアは食堂に入ってきた。待っていたウィルフレッドと視線が合うなり、キラキラと瞳を輝かせ、声を弾ませる。

「おはよう、ウィル！　今日は、財布と遊戯魔導武器《モデルガン》を買いに行くのだろう？　朝食を食べたら、もう出られるか？」

まるで、はじめての外出に興奮する幼子のようだ。

ウィルフレッドは「何この可愛いイキモノ、何この可愛いイキモノ」とエンドレスで唱えたくなった。

その衝動を咳払いひとつでどうにかごまかし、主に向き直る。

「おはようございます、アレクシアさま。そうですね、そういったものを扱う店舗がまだ開いていなくても、朝市の露店《ろてん》で面白いものが見つかるかもしれません。せっかくの休息日ですし、早めに出かけることにいたしましょう」

LN_Ver

Re:Monster

金斬児狐

第1章：既刊9巻＋外伝2巻
第2章：既刊4巻

TVアニメ
2024年4月放送!!

ストーカーに刺され、目覚めると最弱ゴブリンに転生していたゴブ朗。喰えば喰うほど強くなる【吸喰能力】で異常な進化を遂げ、あっという間にゴブリン・コミュニティのトップに君臨——さまざまな強者が跋扈する弱肉強食の異世界で、有能な部下や仲間達とともに壮絶な下克上サバイバルが始まる！

定価：各1320円⑩

異世界ゆるり紀行
～子育てしながら冒険者します～

水無月静琉　　**既刊16巻**

TVアニメ
2024年7月放送!!

神様のミスによって命を落とし、転生した茅野巧。様々なスキルを授かり異世界に送られると、そこは魔物が蠢く危険な森の中だった。タクミはその森で双子と思しき幼い男女の子供を発見し、アレン、エレナと名づけて保護する。格闘術で魔物を楽々倒す二人に驚きながらも、街に辿り着いたタクミは生計を立てるために冒険者ギルドに登録。アレンとエレナの成長を見守りながらの、のんびり冒険者生活がスタートする！

定価：1～15巻1320円⑩・16巻1430円⑩

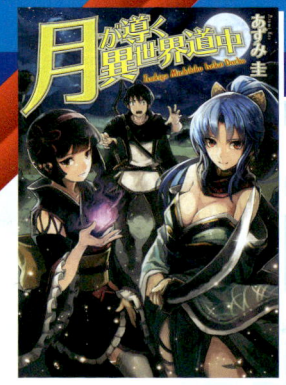

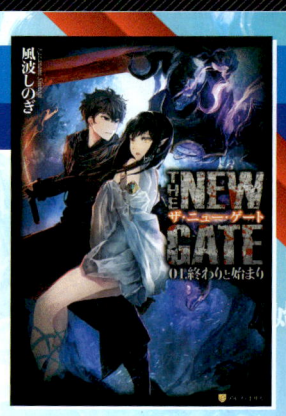

ゲート0 -zero-
自衛隊　銀座にて、斯く戦えり

柳内たくみ　**既刊2巻**

大ヒット異世界×
自衛隊ファンタジー新章開幕！

20XX年、8月某日——東京銀座に突如『門（ゲート）』が現れた。中からなだれ込んできたのは、醜悪な怪異の群れ、そして剣や弓を携えた謎の軍勢。彼らは奇声と雄叫びを上げながら人々を殺戮しはじめ、銀座はたちまち血の海と化してしまう。 この事態に、政府も警察もマスコミも、誰もがなすすべもなく混乱するばかりだった。ただ、一人を除いて——これは、たまたま現場に居合わせたオタク自衛官が、たまたま人々を救い出し、たまたま英雄になっちゃうまでを描いた、7日間の壮絶な物語。

定価：各1870円⑩

さようなら竜生、こんにちは人生

永島ひろあき　**既刊25巻**

TVアニメ
2024年10月放送!!

悠久の時を過ごした最強最古の竜は、自ら勇者に討たれたが、気付くと辺境の村人ドランとして生まれ変わっていた。畑仕事に精を出し、食を得るために動物を狩る——質素だが温かい辺境生活を送るうちに、ドランの心は竜生では味わえなかった喜びで満たされていく。そんなある日、村付近の森を調査していた彼の前に、屈強な魔界の軍勢が現れた。我が村への襲撃を危惧したドランは、半身半蛇の美少女ラミア、傾城の美人剣士と共闘し、ついに秘めたる竜種の魔力を解放する！

定価：1〜24巻各1320円⑩・25巻1430円⑩

エイドリアンと愛人の婚儀までおよそ半年。

それが無事に終わるまで、スウィングラー辺境伯デズモンドは、アレクシアとウィルフレッドに対してあまり大きな動きはできないだろう。

(比較的自由に動き回れるうちに、アレクシアさまとともに、できるだけ多くの経験を積んでおかないとな)

そう考えていたところに、ここ数日ですっかり耳になじんだ声が聞こえてきた。

「よう、ふたりとも。アレクシアは、朝から元気だなー。やっぱり今日は、買い物に行くのか?」

まだ寝癖が残る赤い髪をかきながら、ジョッシュが現れた。アレクシアとウィルフレッドにのほほんと笑いかけてくる。

外見の印象どおり、彼がずいぶんと人なつこい性格であることは、この数日でわかっていた。

アレクシアは、ぐっと両手を握りしめて大きく頷く。

「ああ。わたしは今まで、遊戯魔導武器《モデルガン》に限らず、平民の子どもたちが使うようなおもちゃを触ったことがないのでな。今日という日が来るのを、心待ちにしていたんだ」

へえ、とジョッシュが目を瞠る。

「そりゃあよかったな。そういや、貴族のお嬢さまってのは、どんなおもちゃで遊んでるもんなんだ?」

何気ない問いかけに、アレクシアが固まった。しばし思案したあと、眉根を寄せて口を開く。

「……護身用の、短銃型魔導武器《ハンドガン》?」

「……うん。それは絶対、おもちゃじゃないよなー」

ため息をついたジョッシュが、残念なものを見る目でアレクシアを見た。

だが実際のところ、幼い頃のアレクシアにとって護身用の短銃型魔導武器《ハンドガン》は、まさしくおもちゃに等しかったはずだ。いざというときにまったく役に立たないことはないが、敵を排除するには無力すぎるという意味で。

ジョッシュが、ぽりぽりと頬をかく。

「初日の訓練のあと、アンタら、改めて昔のことを説明してくれたろ？　ガキの頃から、田舎で山賊やら盗賊やらを相手にしていたっていうんなら、そりゃあまっとうなおもちゃで遊んだことはねえよなー」

ウィルフレッドとアレクシアは初日の授業のあとに、エリックとの会話を聞いていたクラスメートに請《こ》われ、今一度自分たちの事情について話していた。

学園生活がはじまってまだ数日であるため、『シンフィールド学園へ入学してきた元貴族令嬢とその従者』の噂が、どれほど広まっているかはわからない。

孤児院で聞いたスウィングラー辺境伯家に関する噂話で語られるのは、登場人物の肩書きばかりで、個人名が出てきたことはとんとなかった。

それに加え、『スウィングラー辺境伯家の元令嬢』が病弱で、地元から滅多に出てくることがなかったという事実は、人々の間にしっかり広まっているようである。この様子ならば、アレクシアを噂の元令嬢と同一人物だと考える者は、そういないだろう。

少しの間考え込んでいたジョッシュが、ゆっくりと口を開く。

「よかったら、おれが街を案内してやろうか？　ガキの頃に通ってた店なんか、まだあると思うぞ」

どうやらジョッシュは、生まれも育ちも王都であるらしい。

彼の申し出を聞き、アレクシアの表情がぱっと明るくなる。

「それはありがたいな！　もしかして、きみはこのあたりの地元民だけが知る裏道や、抜け道などにも詳しいのか？」

「お？　おう……そりゃまあ、一通りは知ってるけど？」

それがどうした、と首を傾げるジョッシュに、アレクシアはにこにことほほえむ。

「ジョッシュ。実はわたしは、そういった地元民情報を集めるのが楽しみでな。きみさえよければ、そういったものを教えてはくれないか？　昼食ぐらいはおごってやるぞ」

「え、マジで？」

ラッキー、とジョッシュは破顔した。アレクシアが真顔になって言う。

「祭しがついているだろうが、我々は王都の店に詳しくない。店選びもきみに任せることになるが、構わないか？」

ジョッシュが、にっと笑って親指を立てる。

「おうよ。田舎貴族のお嬢さまに、王都での買い食いの楽しさを教えてやろうではないか！」

「……買い食い？」

復唱したアレクシアは、戸惑った表情でウィルフレッドを見る。

ウィルフレッドは、にこりと笑って口を開いた。

「アレクシアさま。『買い食い』というのは、テイクアウトできる食べ物を店先で購入したのち、屋外のベンチなどで飲食する行為です。平民の子どもであれば、幼い頃からごく普通に経験していることでもありますし、一度試してみてはいかがですか？」

「なるほど。——ウィル。わたしはその『買い食い』という行為を、中途半端な経験にしたくない。今日はわたしの財布から金を出す。まずは、財布から買いに行こう」

「了解しました」

生真面目に応じたアレクシアの様子に、ジョッシュが面白いものを見た、と言いたげな顔になる。

「アレクシアって、本当に平民の生活を知らないんだなー」

「残念ながら、故郷にいた頃のわたしには、余暇《よか》がほとんどなかったんだ。敵と戦うか、家同士の付き合いがあるご令嬢をもてなすかだったからな」

そんなことを話すふたりと一緒に、ウィルフレッドは朝食を取りに行く。

それぞれ食事の載《の》ったプレートを受け取り、三人で座れる席を探そうとしたところ、新たな声がかかった。

「あー！　よかったアレクシアさん、まだいた！」

焦りを含んだ少女の声。

振り返れば、クラスメートのキャスリーンが慌ただしく駆け寄ってきた。

アレクシアが問いかける。

「どうした、キャスリーン嬢。何か、わたしに用か？」

足を止め、ぜいぜいと肩で息をしていたキャスリーンが、ぱっと顔を上げる。

そして、キリッとした表情で口を開いた。

「嬢、いらない。キャスリーンって呼んで。……ということで、もう一回ね。三、二、一、はい、どうぞ？」

「う、うむ……。いったいどうした？　キャスリーン。ああ、わたしのことも、アレクシアで構わんぞ」

今日は休息日。食堂に集まる生徒たちが私服姿なのは当然だ。

キャスリーンは、やたらとスタイリッシュな男物の衣服に身を包んでいた。

すらりとしたデザインの黒いパンツに、太ももの半ばまで丈《たけ》のある厚手《あつで》のアシンメトリー柄カットソー。癖のある長い髪は後頭部の低い位置でひとつに括り、サイドにはシンプルなヘアピンを差している。

そんな彼女は――。

（……なんだか、ものすごく女性受けがよさそうな、きれい系の美少年にしか見えないな）

若手の役者がプライベートで街に出るとしたら、もしかしたらこんなファッションをするのかもしれない。

それにしても、つくづく背が高い。男物の衣服を着て違和感がないどころか、大変よく似合っている。

すでに成人男性の平均身長よりも上背のあるウィルフレッドが、さほど視線を下げなくても目が合う女性はキャスリーンがはじめてだ。

ジョッシュは決して小柄なほうではないのだが、それでもわずかにキャスリーンを見上げている。ごく平均的な身長であるアレクシアは、言わずもがなだ。

さながら、美少年モードといったところのキャスリーンは、実に嘆かわしいとばかりに声を張り上げる。

「どうした、じゃないよ、アレクシア。今日、買い物に行くんでしょ？　うちの商会をゴリ押しするつもりなんてないけどさあ。女の子の買い物に、王都の店に全然慣れていなさそうな従者だけ連れていくなんて、自爆《じばく》行為もはなはだしいから！」

（はぁあ？）

たしかに、ウィルフレッドは王都での暮らしに慣れているとは言いがたい。平民女性のファッションに詳しくないのも事実だ。

それでも、自爆行為は言いすぎだろう。ウィルフレッドのこめかみに青筋が浮く。

前言撤回を求めて口を開こうとしたとき、キャスリーンがびしりと言った。

「今着てる服も悪くはないけど、ひたすら無難っていうか……。とにかく目立たないようにしてるって感じで、アレクシアがきれいなぶん、逆に違和感。素材がもったいなさすぎで、気の毒になってくるやつ」

「う……っ」

衣料品店の主が勧《すす》めてくるまま、アレクシアの平民用の衣服を取り揃えたのはウィルフレッドだ。

ぶっすりと言葉の矢が突き刺さり、何も言えなくなる。なんとなく気になっていた点を言語化され、反発する気持ちが一瞬で萎《な》えた。

メンタルに大ダメージを負ったウィルフレッドをよそに、キャスリーンは引き続きアレクシアのファッションチェックをしている。

「ヘアケアとスキンケアはいいね。ちゃんとしてる。シンプルな白のブラウスに薄茶色のフレアスカートの組み合わせだって、悪くはないよ？　でも、アレクシアの可愛さに、服が完全に負けちゃってるよね」

一度言葉を区切った彼女は、アレクシアの装いに明るくアドバイスをしてくる。

「あんまり目立ちたくない気持ちもわかるけど、もうちょっと今どきのおしゃれを取り入れよう？　どう足掻いたって、アレクシアの容姿なら目立っちゃうんだしさ。同じ目立つなら『あの子、可愛いのにちょっと野暮《やぼ》ったくない？』より、『あの子、可愛くて素敵ねえ』のほうが絶対いいでしょ？」

「……いや、わたしは普段着に関しては、動きやすささえあれば――」

完全に腰が引けた様子のアレクシアが何か言いかけたが、ウィルフレッドはすっと片手を上げて遮《さえぎ》った。

ウィルフレッドもアレクシアも、貴族社会における流行であればおおむね把握している。どんな趣向のパーティーに招待されたとしても、相応しい装いを完璧に整えることができるだろう。

だが、今のふたりが生きている平民の社会において、そんな知識はなんの役にも立たない。市井で生きるために必要な常識や知識を、改めて学んでいかなければならないのだ。

（オレの世界一可愛いアレクシアさまが、有象無象どもに『野暮ったい』と評されるなど、断じて許せん……！）

これは、アレクシアに仕える従者としてのプライドに関わる一大事だ。

呼吸を整え、ウィルフレッドはキャスリーンに問いかける。

「キャスリーンさん。もしきみの都合がよければ、今日のアレクシアさまの買い物にアドバイザーとして協力してもらいたいんだけれど、どうだろう？」

「もちろん！　そのつもりで、がんばって早起きしてきたんだよ！　あ、あんたもあたしにさん付けはやめてくれる？」

えっへん、と胸を張ったキャスリーンは、はじめからアレクシアの買い物に同行するつもりだったようだ。

ジョッシュもそうだが、彼女も、ほかのクラスメートたちの姿がまるで見えない中、休息日だというのにきちんと起きてきている。

ふたりとも、この年頃の子どもにしては、かなり体力があるのだろう。

「了解だ。オレも、ウィルフレッドで構わないよ」

そう返しながら、すすっとさりげなくその場を離れようとしていたジョッシュの襟首《えりくび》を、後ろ手にむんずと掴んだ。

「どこへ行くんだい？　ジョッシュ。きみもアレクシアさまに約束したとおり、街を案内してくれるんだろう？」

「えー……。だって、今日の買い物をキャスリーンが仕切るんだったら、おれの案内なんていらないんじゃねえの？」

ジョッシュの表情からは、「なんか面倒くさそうなことになってきたから、ちょっと逃げたい」という思いがありありと伝わってくる。

ウィルフレッドはにこりと笑った。

「これは、オレの故郷で聞いた話なんだが。女性との約束を一方的に反故《ほご》にするような男は、恋人ができてもすぐにフラれるらしいよ」

えぇー、とジョッシュが眉を下げ、キャスリーンがうんうんと頷く。

「うちの商会にも、よくカップルのお客さまが来てるけどさ。長続きしてるカップルって、ちゃんとお互いに気遣いができてるんだよね。女の子のワガママに全部付き合う必要はないけど、女の子との約束を勝手に破るようなガキには、恋人を作る資格なんてないと思う」

キャスリーンの鋭い正論パンチに、ジョッシュはますます情けない顔になった。

そんな彼に、アレクシアが真顔で告げる。

「ジョッシュ。無理についてきてほしいとは言わんが……。キャスリーンが同行してくれる今回の買い物は、きみにとっても非常にいい経験になるのではないかな」

何より、とアレクシアは真顔のまま続けた。

「わたしとともに、ほぼ身ひとつで逃げてきたせいで、今のウィルには友人と呼べる相手がいないんだ。もしよかったら、この機会に仲よくしてやってくれるとありがたい」

「……っ！　わかった、わかった！　おれもありがたく同行させていただきますー！」

ジョッシュが、がしがしと右手で髪をかく。

ひとつ息を吐き、それから不思議そうな表情を浮かべてキャスリーンを見た。

「つーか、キャスリーン。おまえって、男嫌いじゃないのか？　おれがついてってもいやじゃねーの？」

入学初日、彼女がアレクシアに声をかけてきたとき、男性陣に喧嘩を売るような発言をしていたのは、記憶に新しい。

——あたしは、将来出世したい。出世して、ガンガン稼いで、アホでセコくて無能なくせに、人をバカにすることだけは達者な男なんかに負けないで、ひとりで生きていけるようになりたいんだ。

(うん。あれは、なかなかのインパクトだったな。……けど、そのわりにオレやジョッシュに普通に話しかけてくるし、ほかのクラスメートとも気さくに接しているし……。さっきの正論パンチも、別に『男は黙って女の買い物に付き合うべき！』って感じでもなかった気がする)

なんだかよくわからないな、とウィルフレッドが思っていると、キャスリーンがひどく複雑そうな顔をした。

「いや、あたしは別に、世の中の男の人全部が嫌いってわけじゃなくてさ。えっと……あのときのあたし、かなり感じ悪かったよね。ごめん」

その言いように、アレクシアが首を傾げる。

「何やら、事情があるようだな」

「あー……。まあ、うん。商家ではよくある話って言ったら、それまでなんだけど。とりあえず、出かけるのが遅くなってもなんだし、先に朝ご飯食べちゃわない？」

キャスリーンが朝食のプレートをもらってくるのを待って、一同はともに食卓を囲むことにした。


キャスリーンは彼女の抱えている事情について、特段隠すつもりはなかったらしい。香ばしいパンをちぎりながら、あっさりとした口調で語り出す。

「あたしの実家の商売は、もともと母方のおじいちゃんが始めたものなんだよね。母さんには弟がふたりいるんだけど、どっちも商売には向いてなかったみたいでさ。実際、ひとりは家具職人に、もうひとりは料理人になったし。それで、番頭《ばんとう》だった父さんが婿に入って、商会を継いだんだよ」

「なるほど、適材適所というやつだな」

アレクシアが、至極当然とばかりに頷いた。

「うん。叔父さんたちも納得ずくだし、事前におじいちゃんからそれなりに財産を譲られてるみたい。だから、あたしの両親と叔父《おじ》さんたちは、普通に仲がいいんだ。父さんのあとは、あたしの弟が商会を継ぐことになってるし。……たださあ」

ウインナーにフォークを突き刺しながら、キャスリーンがため息をつく。

「叔父さんたちの息子たち――あたしの従兄弟《いとこ》がね。これがもう、揃いも揃って救いようのないアホばっかりっていうか、根性がねじ曲《ま》がりすぎっていうか」

何を思い出しているのか、キャスリーンの額に青筋が浮いた。

「恥ずかしい話なんだけど、アホの従兄弟どもときたら、子どもの頃から事あるごとに弟をいじめてきてね。そのたびに、あたしが追い払ってやってたんだ。そうしたら連中、あたしに喧嘩では勝てないからって、口ばっかり達者《たっしゃ》になっちゃってさあ。人の顔を見るたび、『ブス』だの『不細工《ぶさいく》』だの、『行き遅れ間違いなし』だの、ホント鬱陶《うっとう》しくて」

キャスリーンが、深々とため息をつく。

「うちの商会を継ぐのは弟だってお父さんもおじいちゃんも認めてるけど、それを公表してるわけじゃないからね。母さんのときの前例があるせいか、あたしと結婚すればうちの商会を継げるって思ってる連中が、取引先に結構いるみたいで。去年あたりから、縁談の申し込みが、ひっきりなしの営業妨害レベルで入るようになっちゃったんだ」

そうぼやくキャスリーンに、アレクシアが苦笑した。

「まあ、それは仕方のない話だな。逆玉の輿《こし》を狙う男というのは、どこの世界にもいるものだ」

さらりと言った彼女こそ、数ヶ月前まで数え切れないほどの縁談の申し込みを受けていたわけだが――。

(デズモンドさま。アレクシアさまを手放してくださって、本当にありがとうございます。この点についてだけは、オレは心の底からあなたさまに感謝申し上げたく存じます)

もしアレクシアが今でもスウィングラー辺境伯家で過ごしていたなら、近い将来、彼女はほかの男のものになっていたに違いない。……想像するだけで、気分が悪くなってくる。

眉をひそめていたウィルフレッドに気づくことなく、キャスリーンは話を続けた。

「弟もいじめられっぱなしって年じゃなくなったし、幸い、あたしは魔力保有量が人より多めだったからさ。家族には反対されたけど、確実に手に職がついて、卒業後の将来も安定しているシンフィールド学園に入学したんだ。で、解放感でテンションが変な感じになった結果が、初日の暴言に繋がったわけです……」

キャスリーンが、しょんぼりと肩を落とす。

声を尻《しり》すぼみに小さくした彼女に、なるほど、とアレクシアは頷いた。

「身内に阿呆《あほう》がいると、苦労するな。その気持ちは、ものすごくよくわかる。しかしきみは、断じてブスでも不細工でもないぞ。むしろ大変魅力的な少女だ。きみの従兄弟たちは、よほど目が悪いのか？　一度、医者に診《み》てもらったほうがいいのではないかな」

ジョッシュも、据わった目つきで言葉を添える。

「とりあえず、おまえの従兄弟たちがものすごく性格の悪いバカってことは、よくわかった。それから、おまえは絶対ブスでも不細工でもないと、おれも思う。普通に美人だし。つーか、おまえが行き遅れる確率より、おまえの従兄弟たちが嫁をもらいそこねる確率のほうが、滅茶苦茶高そうだよな」

たしかに、と頷き、ウィルフレッドはキャスリーンに憐憫の眼差しを向ける。

「バカの相手は疲れただろう。大変だったね。きみは、アレクシアさまたちが言うとおり、決してブスでも不細工でもないよ。そもそも、そういった言葉を年頃の少女にぶつけている時点で、きみの従兄弟たちは救いようのないゲス野郎だ。そんな連中の評価に、価値などない。きみは自分に、もっと自信を持っていいと思うよ」

今は男性的な装いをしているため、少々性別不明になっているものの、キャスリーンはかなり容姿の整った少女である。

そんな彼女にブスだの不細工だのといった暴言を吐くなど、アレクシアの言うとおりよほど目が悪いか、ジョッシュの言うとおり相当性格が悪いかのどちらかだ。

この点について、ウィルフレッドたち三人の意見は完全に一致している。

三者三様の断言に、キャスリーンは顔を真っ赤にしてテーブルに突っ伏した。

アレクシアが、彼女に問いかける。

「どうした？　キャスリーン」

「……ナンデモアリマセン」

なんでもないとは言いがたそうなキャスリーンだが、そんな彼女にアレクシアが言う。

「先日も言ったが、きみは自分が美しい少女であることを、さっさと自覚したまえ。この程度の褒め言葉で恥ずかしがっているようでは、先が思いやられるぞ」

「スミマセン。あたしは子どもの頃から『カッコいい』と褒められたことはあっても、『美しい』って言われたことはないんです、勘弁《かんべん》してください！」

テーブルから顔を上げないまま訴えるキャスリーンに、アレクシアはあっさりと告げる。

「そうか。ならば、早急に慣れたまえ。何、思春期ゆえの恥じらいなど、気合いひとつでどうにかなるものだぞ」

「容赦がない！」

うわあん、と嘆くキャスリーンの背中を、隣に座っていたジョッシュがぽんぽんと軽く叩いた。

「ま、がんばれ」

「励まし方が雑《ざつ》！」

少々騒がしい朝食になってしまったが、アレクシアにとってはきっと楽しいものだったのだろう。いつもより、表情がわずかに柔らかい。

「なあ、ウィル」

「はい。なんでしょうか？　アレクシアさま」

見上げてきたアレクシアが、にこりと笑う。可愛い。

「キャスリーンは今日、わたしの衣服を選んでくれるそうだが……。彼女の今の服装を見る限り、男物を選ぶセンスもかなりよさそうだ。おまえは何を着ても可愛いが、たまには違う雰囲気のものを着てもよかろう。せっかくの機会だ、おまえの服もいくつか選んでもらうといい」

は、と目を丸くしたウィルフレッドをよそに、アレクシアはぱっとテーブルから顔を上げたキャスリーンに問いかける。

「構わないか？　キャスリーン」

「え、全然いいよ？　っていうか、ホントにいいの？　あんたたちふたりを、あたしの好みでコーディネートしてオッケーって認識で大丈夫？」

何やら目を輝かせるキャスリーンの様子に若干引きつつ、ウィルフレッドは慌てて声を上げた。

「アレクシアさま。オレは、今持っているものだけで充分ですよ」

ウィルフレッドの私服は、基本的に従者スタイルだ。

シンプルなデザインのシャツに、ダークカラーのパンツ。それに、ゆったりしたVネックのニットベストを合わせている。

似たようなデザインのものをいくつか揃えて着回しており、特に困ったことはない。

しかし、ウィルフレッドの主は訴えをあっさりと退《しりぞ》けた。

「ウィル。おまえは世界一可愛くて優秀な従者だが、今のわたしは平民の娘だ。そして、平民の娘には通常、従者は付かんだろう」

つまり、とアレクシアは続けて言う。

「わたしが平民として違和感のない服装をするならば、おまえも従者という役割にこだわらず、それに合わせた装いをするべきだ」

「……なるほど」

たしかに、言われてみればそのとおりかもしれない。

改めて、男物の衣服をスタイリッシュに着こなすキャスリーンを眺めたウィルフレッドは、ひとつ頷いた。

「キャスリーン。今日はずいぶん世話になりそうだが、オレのものを選ぶ際には考慮《こうりょ》してもらいたい点があるんだ。構わないかな？」

「え？　うん、もちろんいいよ！」

にこにこと応じるキャスリーンに、ウィルフレッドは淡々と告げる。

「オレは外出するとき、護身用の魔導武器とナイフを常に携行しているんだ。できれば、そういったものを隠しやすい服装にしてもらえるとありがたい」

キャスリーンとジョッシュが、半目になった。

「……あんたさあ。なんかこう、もうちょっとお年頃の男の子っぽいことは言えないわけ？」

「ウィルフレッド。王都は治安がいいから、そんな物騒なものを持ち歩く必要はないと思うぞー？」

そんなことを言われても、である。

「悪いが、これは妥協《だきょう》できない。アレクシアさまの容姿を見て、身のほど知らずな振る舞いを仕掛けてきた阿呆に、今まで腐るほど遭遇してきたんでね。それは、王都の治安のよさとは関係がないと思う」

キッパリと断言する。

王都育ちのふたりはアレクシアとウィルフレッドとを交互に見て、揃って深々とため息をついた。

「うん……。黙って座っていれば、アレクシアってホントにおとなしくてか弱くて可憐なお嬢さまにしか見えないもんね……。そりゃあ、よからぬ輩に目を付けられることもあるよね……」

「黙って座っていればな……」

納得してもらえたようで、何よりである。

素知らぬふりでお茶を飲んでいるアレクシアだが、彼女自身も外出する際には、太ももに装着したホルスターに武器を携えている。

その事実を、ウィルフレッドはふたりに黙っておくことにした。

武器を携帯しているとはいえ、街中でそれを抜くつもりはない。

よほどの相手でなければ、ウィルフレッドもアレクシアも、素手で敵を無力化できるからだ。

とはいえ——。

(もしものときは、多少の無茶をしようとオレひとりで片付けよう。アレクシアさまの技量を疑うわけじゃないが、万が一にもスカートの中が衆目《しゅうもく》に晒されるような事態になったら、目撃者全員の目を潰したくなりそうだ)

自身の心の平穏のためにも、若く美しい女性をカモにするような犯罪者には、ぜひともおとなしくしていていただきたいものだ。

クラスメートたちと穏やかな笑顔で会話しながら、密かにそう思うウィルフレッドだった。

◇ ❖ ◇

アレクシアの買い物といえば、商人たちが屋敷へ持ち込んでくる品々の中から、『良家の子女にとって必要なもの』を選ぶだけだった。そのときどきの流行に合わせた装飾品やドレスや靴、帽子《ぼうし》や手袋、茶葉やお菓子といったものを、マナーの教師に教わった基準に合わせて購入していく。

そんな彼女にとって、自ら商品が並ぶ店舗に足を運び、自分の好みに合ったものを手に取るというのは、生まれてはじめての経験である。

平民社会になじむため、今後の人生に必要な学びを得るためだということは重々承知しているが、はじめての買い物は意外なほどに心が弾んだ。

「キャスリーン。ウィルには、このシャツもよく似合うと思うんだが、どうだろう？」

王都の繁華街に着くなり、アレクシアは真っ先に若い男性向けの服飾店にやってきていた。

「うん、悪くないね。でも、ウィルフレッドの服はもう充分買ったことだし、そろそろアレクシアの服を選びに行こうよ」

「そうか？　ウィルは普段、自分のものはあまり買おうとしないし、もっといろいろと見て回りたいんだが……」

あれこれ物色していたアレクシアは、キャスリーンの言葉にこてんと首を傾げる。

「可愛いな！　……じゃなくて、買い物に来る機会はまたあるしさ。このままだと、今日一日で買ったものがウィルフレッドのものだけでしたー、なんてことになりかねないよ？」

それは、困る。

「たしかに、わたしの財布と遊戯魔導武器《モデルガン》だけは、今日のうちに購入しておきたいな」

「うん、そうかー……って、せっかく街に来たんだし、アレクシアの服も少しは見てみようよ。可愛い子は、可愛い格好をするべきなんだよ！　これ、世界の法則！」

キャスリーンが、拳を握って力説する。

その迫力に気圧《けお》され、アレクシアは少女向けの服飾品や雑貨を見て回ることになった。

だが、ウィルフレッドの服を選んでいたときよりも、我ながらわかりやすくテンションが下がる。

キャスリーンとウィルフレッドは、本人そっちのけでファッション談義に花を咲かせていた。

「アレクシアの素材のよさを隠すのが、そもそも無理な話なんだってば。だって、どこぞのお姫さまだって言っても通用しそうな、金髪キラキラ、高貴なオーラバリバリの、超絶美少女だよ？　髪や肌の色を変えるレベルの変装をするなら別だけど、それはさすがに面倒だし。そうだね、目指すのは『お忍《しの》びコーデ上級者のキュートでおしゃれなお嬢さま』ってとこかな！」

「なるほど。ご令嬢ならば、忍んで王都を訪れることがあるだろうし……。アレクシアさまの高貴な美しさはあえて残しつつ、悪目立ちしないようなコーディネートを選択していけばいいのか」

そうそう、とキャスリーンが頷く。

アレクシアはふたりによってチョイスされたものを、黙々《もくもく》と試着する。

「パステルカラーに白の組み合わせはたしかに可愛いけど、ベーシックなデザインで組み合わせるとちょっともっさりするというか、野暮ったく見えることがあるんだよね。淡《あわ》い色を使いたいなら、アクセントを加えたデザインを選ぶといいよ。アレクシアは姿勢もスタイルもいいから、もう少しボディラインが出るものでもいいんじゃないかな」

「了解した。――では、アレクシアさま。次はこちらのワンピースと帽子を試着していただけますか？」

にこにことほほえみながら、ウィルフレッドが服を差し出してきた。

ワンピースは淡い緑と白を基調とした可憐なデザイン。帽子は淡い緑色のベレー帽で、小さな金色のメダルがワンポイントとしてあしらわれている。

着替えたアレクシアを一目見て、キャスリーンは楽しげに笑った。

「あ、可愛いね」

「よかった。きみにそう言ってもらえると、ほっとするな」

正直なところ、アレクシアは衣服についてさほど関心がない。TPOさえ弁《わきま》えていれば、どんな服でもいいと考えるタイプである。本音を言うなら、こうして何度も試着をするのは面倒くさい。

だが、自分の衣服を選ぶウィルフレッドとキャスリーンが、とても楽しそうな顔をしているのは、悪くなかった。

(まあ、キャスリーンからアドバイスをもらったとはいえ、ウィルの衣服はほとんどわたしが選んでしまったしな。わたしのものはウィルに選んでもらえば、ちょうどいいか)

ウィルフレッドだって、さっきは黙って着せ替え人形になってくれたのだ。

立場が逆になった今、自分が「もう飽《あ》きた」と言って放り出しては、不公平というものだろう。

そうして、一通り衣服を選び終えたときには、入店から三時間近くが経っていた。

ウィルフレッドは購入した大量の商品をシンフィールド学園まで配送する手続きに、キャスリーンは手洗いに行くと言って、その場を離れる。

ほっと息を吐いたアレクシアは、途中で戦線離脱したジョッシュと合流すべく、休憩スペースを目指した。

しかし、目的の休憩スペースに、ジョッシュの姿はなかった。

(まさか迷子になったか?)

アレクシアは意識を集中させ、探索の魔術を使う。

周囲の雑踏《ざっとう》の中でジョッシュの魔力を辿りつつ、移動していく。

彼は、少し離れたところにいた。ダストボックスに紙コップを捨てているところを発見し、ほっとする。

だが、何やら様子がおかしい。ジョッシュの魔力が本人の動揺を如実《にょじつ》に反映し、あからさまに乱れているのだ。

何かあったのだろうか。

アレクシアが不思議に思っている間に、ジョッシュはスタスタと迷いなく歩き出した。そのあとを、戸惑いつつ追っていく。

彼の視線の先にいるのは、一組のカップルだった。指を絡めて手を繋ぎ、楽しげに笑い合っている。どうやら、女性の髪飾りを選んでいるようだ。

売り場にはシルクのリボンや半貴石《はんきせき》をあしらったヘアピン、凝《こ》った意匠の簪《かんざし》や櫛《くし》が並べられており、どれも華やかで目に楽しい。

幸せいっぱいという表情を浮かべた男性は、恋人に似合いそうな品を選んではその髪にあてている。

実にほほえましい光景であるはずなのだが――。

「どうもー、ミランダ・フェネットさん。こんなに人目につく場所で堂々と浮気デートなんて、ホント、いい度胸をしてんね？」

「……っ!?」

腕組みをしたジョッシュが声をかけるなり、女性は勢いよく振り返った。

年齢は、二十代半ばといったところだろうか。カールした栗毛に薄茶色の瞳、華やかな化粧が似合う顔立ちだ。

顔を強ばらせた女性は、信じがたいものを見る目でジョッシュを眺めた。

「ジョッシュ、くん……？　どうして、あなたが……？」

（……ほほう？）

彼らのやり取りを聞いて、アレクシアは思わず首を傾げる。

（浮気デート、ということは、あの女性はジョッシュの恋人なのか？　それにしては、年齢が少々離れすぎているのでは……。当事者たちが納得して交際しているのなら、歳の差など外野が口出しするべきではないとはいえ、成人女性が未成年の少年に手を出すのは、さすがに問題が――）

ジョッシュが嘲《あざけ》るように言う。

「それは、こっちのセリフだよなー？　なんで、おれの兄貴の婚約者であるアンタが、男連れでこんなところにいるんだ？　ああ、『ただの友達だー』とか、『親戚だー』とかいう言い訳はいらないから。おれ、さっきからアンタがこの人と、人目もはばからずキスしたりイチャイチャしたりしてたとこ、ばっちり見てたから」

どうやらあの女性――ミランダは、ジョッシュの兄の婚約者であったらしい。

アレクシアは己の早合点《はやがてん》を悟り、ほっとした。

婚約者がいる身でありながら浮気をする不貞《ふてい》行為は、もちろん許されざる大問題だ。

ただ、もしあの女性が未成年に対し淫行《いんこう》を働いていたのだとしたら――。

アレクシアは彼女の闇討《やみう》ちを検討していたかもしれない。性的搾取《せいてきさくしゅ》は、アレクシアが最も嫌悪する犯罪のひとつである。

そんなことにならなくて、本当によかった。

『目指せ！　平凡な一市民！』を目標にしている身としては、己の手を汚す事態は避けたいところだ。

ジョッシュは蒼白になったミランダから、その隣で呆然と立ち尽くす男性に視線を移した。

ミランダと同年代だろうか。くすんだ金髪に灰《はい》色の瞳の、甘く優しげな面立ちの青年だ。

「まあ、一応確認しておくけど。アンタ、この女の何？　この女に、家同士の挨拶まで済ませた婚約者がいることを知ったうえで、お手々繋いでデートなんてしてたわけ？」

冷ややかな声で問われ、ビクッと体を震わせた青年は、ミランダと繋いでいた手を勢いよく振り払った。

そして、まるで汚物《おぶつ》を見るような眼差しを恋人に向け、吐き捨てる。

「……サイッテーだな、おまえ。婚約者がいるくせに、俺と付き合ってたわけ？」

「ち、違うの、サイラス！　私が婚約したのは、つい先月のことで……！」

（ええー）

アレクシアは、思わず目を瞠った。ひどく焦った様子のミランダを見て、首を傾げる。

いったい何が『違う』というのか。

わけのわからないことを口走った彼女に、青年——サイラスは、一瞬唖然とした表情を浮かべた。

直後、怒髪天《どはつてん》を衝《つ》く勢いで絶叫する。

「バ……ッカじゃねえの!?　つまりおまえは、俺と付き合っている間に、別の男と正式な婚約をしてたってことか？　それで、なんにもなかった顔で俺との付き合いを続けてたって!?」

「違うの、私が本当に好きなのはあなたなの！　だから——」

ジョッシュが絶対零度《ぜったいれいど》の眼差しで睨む。

「へえ？　じゃあ、アンタはなんで俺の兄貴と婚約したわけ？　アンタ、うちに挨拶に来たとき『まさか自分の職場で、運命の男性に出会うことができるとは思いませんでした』とかなんとか、歯の浮くような台詞をダラダラ言ってなかったか？」

「そ、それは……」

口ごもって俯いたミランダを見て、サイラスは何度か首を横に振った。

やがてゆっくりと息を吐いた彼はジョッシュに向き直り、深々と頭を下げる。

「このたびは、本当に申し訳なかった。きみのお兄さんに、こちらから事情を説明させてもらいたい。お詫びもしたいので、連絡先を教えてもらっていいだろうか？」

「え？　あ……え、でもあなたはこの女に婚約者がいるってこと、知らなかったんですよね？」

戸惑った様子のジョッシュに、サイラスは真顔で淡々と応じる。

「ああ。だが、俺がお兄さんの婚約者と交際していたのは事実だ。知らなかったとはいえ、俺に過失がなかったとは言い切れないから」

「え――……？」

ジョッシュは見るからに困惑していた。

彼は健全に育てられた、ごく普通の感性を持つ素直な子どもだ。自分を慈《いつく》しむ家族がいて、その愛情を疑う必要もなかった幸福な子ども。

だからこそ、兄が婚約者に裏切られたと知り、あれほど怒ったのだろう。

まだ若年で社会経験に乏《とぼ》しい彼は、今の状況にどう対処すべきかわからないのかもしれない。

周りの客はジョッシュたちの修羅場《しゅらば》を遠巻きにしており、興味深そうに見つめている。

余計なお世話だとしても、少々介入したほうがよさそうだ。

(ふむ。キャスリーンが言っていたように、『お忍びで街に出ている貴族令嬢』というのが、それなりに認知されている存在なのだとしたら、ここは令嬢モードのほうがいいかもしれんな)

アレクシアが声をかけようとしたとき、俯いていたミランダが、キッと顔を上げた。

「サイラス！　あなた、私のことが好きなんでしょう⁉　だったら、ちっぽけな問題には目を瞑《つむ》ったらどうなの⁉　私みたいな美女と付き合えるんだから、多少のことは我慢なさいよ！」

（……え。正気か？　あの女）

あまりにも素っ頓狂な彼女の発言に、アレクシアは思わず目を丸くした。

ジョッシュとサイラスも同じことを考えたのだろう。揃って信じがたいものを見る目でミランダを凝視し、絶句している。

一拍置いて、サイラスが押し殺した声で言った。

「おまえに婚約者がいて、いずれ別の男と結婚するっていうのは、全然ちっぽけなことじゃない。俺は、不倫《ふりん》して喜ぶ趣味はないからな」

「だって、仕方がないじゃない！　私はあなたのことも、ヒューバートのことも愛してるの！　どちらかひとりを選ぶなんてできない！」

――なんということだろう。古くさい恋愛戯曲《ぎきょく》に出てくるような、優柔不断で身持ちの悪い女のセリフを、本気で口にする人間が実在したとは。

平民社会というのは、実に侮《あなど》れない世界だ。

（いや、ひょっとしてここは笑うところなのだろうか）

アレクシアが悩んでいると、顔を真っ赤にしたジョッシュがわめく。

「ふざっけんなよ、このクソ女！　おれの兄貴だって、嫁さんに不倫されて喜ぶ趣味なんてねーからな！」

「不倫だなんて言わないでよ！　私はサイラスのこともヒューバートのことも、同じくらい愛してるんだから！」

（ヒューバートとは、ジョッシュの兄か？　……うん。これは、深く関わってはいけないたぐいの女性だな。個人的には、さっさと戦略的撤退《てったい》をしたいところなんだが……。さすがに、ジョッシュを見捨てていくことはできんか）

アレクシアがジョッシュたちとの距離を詰めた、そのときだった。

「アレクシアさま。これは、どういう状況ですか？」

足早に近づいてきたウィルフレッドが、アレクシアに声をかけてくる。どうやら、騒ぎを聞きつけてきたらしい。

令嬢モードに意識を切り替え、アレクシアは口を開いた。

「どうやらあちらの女性は、わたくしたちの友人――ジョッシュのお兄さまの婚約者らしいのです。けれど彼女はその事実を隠し、隣の男性ともお付き合いをされていたのですって」

首を傾げ、ウィルフレッドを見上げて問う。

「――ねえ、ウィル。わたくしは今まで、『あなたのことも、婚約者のことも愛してるの！　どちらかひとりを選ぶなんてできない！』と宣う恥知らずな女性を、フィクションでしか見たことがなかったのですけれど……。これは、今の王都ではよくあることなのかしら？　それとも、お芝居《しばい》を観ているものと思って笑うべきなのかしら？」

ウィルフレッドは一瞬目を丸くしたあと、勢いよく顔を横に向けた。ゴフッと噴き出す。

彼の様子を見たアレクシアは、なるほど、と頷いた。

「そう。やはりここは、笑うべきところでしたのね」

「も……申し訳、ありません……」

片手で口元を覆い、ウィルフレッドは涙目になって笑いを堪えている。

それが伝染したのか、遠巻きに眺めていた群衆にも次第に笑いの波が広がっていく。

「いやぁ……。うん。今どき、『どちらかひとりを選ぶなんてできない！』は、ないよなあ」

「ていうか、二股《ふたまた》かけてるって時点でアウトでしょ。あの女、常識なさすぎ」

「あっちのお兄さん、可愛い顔してるのに、女運悪すぎー。可哀相」

そんな囁きが、あちこちから聞こえてくる。

顔を真っ赤にしてぷるぷると震えていたミランダは、こちらをきつく睨みつけてきた。

「ちょっとアンタ！　部外者が余計なことを言ってんじゃ……」

しかし、アレクシアと目が合った瞬間、ミランダが絶句する。

ミランダは隣にいるウィルフレッドにぎこちなく視線を移し、それからひどくショックを受けた様子で俯いた。

アレクシアは首を傾げる。

「ウィル。彼女は――」

しかし、ウィルフレッドはすっと人差し指を口元に立ててみせた。

素直に黙ったアレクシアに、彼は低めた声で告げた。

「アレクシアさま。ご質問があれば後ほど承《うけたまわ》りますので、人の記憶に残るような会話は極力避けておきましょう」

なるほど、とアレクシアは頷いた。

ただでさえ今はジョッシュたちのやり取りが人目を引いているところだし、黙して語らずを徹底したほうがいいだろう。

(令嬢モードは、あまり使わずにいては錆《さ》びついてしまうからな。今後も何かの役に立つことがあるかもしれんし、手持ちの武器は多いほうがよかろう)

軽く目を伏せたアレクシアは、半歩下がってウィルフレッドの左側に立った。彼に護衛されていたときの、定位置だ。

ウィルフレッドが小さく笑い、疲れた顔をしているジョッシュに声をかける。

「ジョッシュ。差し出口を叩くようで、申し訳ないが……。きみのお兄さんが、婚約者の浮気を理由に関係を解消しようとしたとき、そちらの男性は証人となってくれるはずだ。連絡先は伺っておいたほうがいいと思うよ」

ウィルフレッドの意見に、ジョッシュがほっと息を吐く。

しかし、彼が礼を言うより先に、ミランダがばっと顔を上げた。

「こんなことぐらいで、婚約解消なんてしないわよ！　ヒューバートはとっても優しいし、私のことを愛してくれているもの！」

なんとも自信に満ち溢れた主張である。

ジョッシュがものすごく複雑そうに口を開く。

「いや……。アンタと兄貴が、どんな付き合い方をしていたかなんて、知らねーけどさ。うちの兄貴は、そんなお優しい男じゃないよ？　むしろ、一度敵と認定した相手は、大喜びかつ全力で叩き潰すタイプだよ？」

「……は？」

ミランダの目が丸くなる。

そんな彼女をよそに、ジョッシュは通信魔導具を取り出した。

少しの間のあと、通話相手と話しはじめる。

「……あ、兄貴？　うん、今話して大丈夫か？　ああ、ちょっと急ぎ。つーか、最優先で聞いてほしい話。――うん、クラスの友達と街に遊びに出てんだけど、そこでミランダさんの浮気デート現場に遭遇《そうぐう》しちゃってさあ」

どうやら、ジョッシュは兄に事情を説明しているらしい。

「……いや、本人。直接話したから、人違いとかじゃねーよ。……いや、浮気相手のお兄さんは、ミランダさんが婚約してたこと知らなかったみたい。めっちゃキレてたし、ミランダさんのわけわかんない主張に、ドン引きしてたし。あー……」

ちらりとミランダを見たジョッシュは、軽く息を吸ってから改めて口を開く。

「聞いたまんまを、復唱するぞ？　――『だって、仕方がないじゃない！　私はあなたのことも、ヒューバートのことも愛してるの！　どちらかひとりを選ぶなんてできない！』だってさ」

次の瞬間、周囲に再び笑いの波が広がった。顔を真っ赤にしたミランダが、両手を握りしめてぷるぷると震える。

そんなことは気にも留めず、ジョッシュは淡々と兄との会話を続ける。

「やっぱ、そうなるよな。——あ、そうなんだ？　そりゃよかった。うん。あと、浮気相手のお兄さんが、自分にも過失があったと思うから、兄貴に謝りたいって言ってんだけど……うん、そうだよな。じゃあ、連絡先だけ聞いておくよ。これからいろいろ大変かもだけど、がんばってなー。うん、またな」

軽やかな口調で、ジョッシュは兄との通話を切った。

苦笑いを浮かべているサイラスを見上げて言う。

「自己紹介が遅れてすみません。おれ、ジョッシュ・ハリントンと言います。今、兄貴と話したんですけど、やっぱりあなたからの謝罪はいらないそうです。ただ、ミランダさんの有責で婚約を解消するために、彼女が浮気していた事実を証明してもらえると助かるらしくて。できれば連絡先を教えてほしい、とのことでした」

「わかった。こちらこそ、挨拶が遅くなってすまない。俺は、サイラス・キャロウ。これが、俺の通信魔導具のコードだ。俺は職場の同僚にも、彼女を恋人として紹介したことがある。必要とあればそいつらにも証言を頼むよ」

話がさくさく進んでいるようで、めでたい限りだ。

下手な介入をしなくてよかった、とアレクシアがほっとしているところに、手洗いに行ったキャスリーンが戻ってきた。

この状況に戸惑っているようで、首を傾げて問いかけてくる。

「えっと、アレクシア。ウィルフレッド。何があったの？」

ウィルフレッドが、穏やかな声で応じた。

「話すと少々長くなりそうだから、あとで食事をしながらでもゆっくり話すよ。それから——」

いちだんと声を低め、ウィルフレッドが言う。

「現在、アレクシアさまは令嬢モードなんだ。人の多いところでは『お忍び中のご令嬢』でいたほうが、まだ目立たずに済むようだからね」

「へ？　あー……うん？　えっと、つまりどういうこと？」

困惑するキャスリーンに、アレクシアはふわりとほほえんだ。

「何も、問題はありません。多少、わたくしの立ち居振る舞いと言葉遣いが変わるだけのことですわ。今後、またこういった場面もあるかもしれませんし、キャスリーンさんにも慣れておいていただけると助かります」

「…………………ふぇぃ」

大きく目を見開き、キャスリーンは何やら素っ頓狂な返事をした。素直に頷いてくれたので、アレクシアたちの言葉に納得はしてくれたのだろう。

よしよし、と思っていたところに、ミランダの金切《かなき》り声が響いた。

「ちょっと！　婚約解消って、どういうことよ!?　私はそんなこと、絶対に認めないから！」

「そんなこと言われてもさー。兄貴が言ってたけど、浮気した側には婚約解消を拒否する権利はねーんだって。法律は兄貴の専門じゃねーけど、なんでも一通りは勉強してる人だから、まず間違いねーと思うよ？」

けろりと応じたジョッシュが、すっと目を細める。

「アンタさあ、さっきサイラスさんに面白いこと言ってたよなー？　自分みたいな美女と付き合えるんだから、多少のことには我慢しろ、だっけ？」

ククッと肩を揺らし、ジョッシュはわざとらしい仕草でアレクシアに視線を向けた。

つられてこちらを見たミランダに対し、彼は笑い交じりの声で言う。

「あいつは、美女っつーより美少女だけど。……で？　付き合わせていただけるだけで、どんな不義理を働かれようと我慢しなきゃならないレベルの、超絶美女なんだっけ？　アンタが？」

「……っ!!　女の外見を、ほかの女と比べてどうこう言うなんて、ホンットサイテー！」

ミランダは首まで赤くした。

まなじりを吊《つ》り上げて叫ぶ彼女に対し、ジョッシュは笑って答える。

「二股かけてた女に、サイテーとか言われてもさー。個人的に、惚れた男を不倫相手、日陰者《ひかげもの》にして平気ってのは、全然いい女だとは思えねーなあ」

ジョッシュの様子を見て、アレクシアは感心した。

（うーむ……。今までジョッシュのことを素直で可愛らしいばかりの少年だと思っていたが、まさかこれほどの煽《あお》りスキルがあるとは。人は、見かけによらないものだな）

同じようにジョッシュたちを見ていたウィルフレッドが、ぼそりと言う。

「女性としてのプライドを叩き折るために、アレクシアさまを引き合いに出すというのは……。さすがに、オーバーキルというものなのでは」

気の毒そうにミランダを眺めている。

ウィルフレッドの呟きに、キャスリーンも頷いた。

「アレクシアアレベルの容姿の人が言うなら、『浮気されても仕方ないかな？』って思っちゃいそうだけどね……」

思わずアレクシアはキャスリーンを見上げ、物申す。

「キャスリーンさん。わたくしは、複数の殿方と同時にお付き合いをするような恥知らずな真似など、今まで一度もしたことがございません。そして、今後する予定もございません」

聞いた人間の誤解を招くような物言いは、あまりしてもらいたくないのである。

キャスリーンは慌てた様子で謝罪した。

「ああ、ごめんごめん！　そうだよね、アレクシアはウィルフレッドだけだよね！」

「当然ですわ。ウィルはわたくしにとって、唯一無二の存在ですもの。ほかの殿方をそばに寄せるだなんて、想像するのも不愉快です」

信頼できない人間を身近に置くなど、自殺行為だ。

今のアレクシアに、ウィルフレッド以外に信頼できる人間など、ひとりもいない。

一拍置いて、キャスリーンが深々とため息をついた。

「ちょっとからかって場を和《なご》ませようとしただけなのに、まさか全力でノロケられるとは……」

「ノロケたつもりは、なかったのですけれど。ただ、わたくしの父は多少容姿が優《すぐ》れているのをいいことに、女性関係にとてもだらしのない人でしたの。わたくしは幼い頃から、そんな父の姿を見るたび、大変辛い思いをしてきたものですから……。今でも、男女関係にだらしのない方を見ると、悲しい気持ちになってしまうのですわ」

さびしげに目を伏せると、キャスリーンはものすごく申し訳なさそうな顔になった。

「ああああ、ホントごめーん！　うん、普通に浮気はダメだよね！　そう、人として！」

(すまん、キャスリーン。きみに罪悪感を抱かせるのは、本意ではないのだが……。他人の痴話《ちわ》喧嘩で、楽しい休息日をこれ以上邪魔されたくないものでな。このあたりで、話を切り上げさせてくれ)

胸の内で密かにキャスリーンに詫びたアレクシアは、口を開く。

「本当にそのとおりですわね、キャスリーンさん。——ねえ、ジョッシュ。そちらの男性の連絡先をいただけたのなら、あとのことはご本人たちに任せて、次のお店にまいりませんか？」

「あー、うん。——じゃあ、サイラスさん。あとで、兄貴から連絡が行くと思います。うちの兄貴はなんか変なところがある研究者ですけど、悪いやつじゃないんで。普通に話してくれれば大丈夫だと思います。たぶん、きっと」

真顔でそんなことを言ったジョッシュを見て、サイラスはものすごく複雑そうな表情になった。

「え……。そう言われると、逆に不安になるんだけど。というか、変なところがあるって……？」

「はい。身内としての希望的観測だと、少なくとも悪人ではないんで大丈夫じゃないかなー、と。たぶん、きっと」

「たぶん、きっと」

ますます不安を煽られたのか、サイラスは死んだ魚のような目で復唱した。

……いったいジョッシュの兄は、どういう人物なのだろう。

困惑しきりのサイラスに挨拶をして戻ってきたジョッシュと、その場を離れる。

アレクシアは小声でおそるおそる問いかけた。

「なあ、ジョッシュ。きみの兄は、その……何か、恐ろしいところがある御仁《ごじん》なのか？」

「いや、ちょっと関わる分には、普通のニーチャンだと思うよ？　ただ、頭がよすぎる人間って、凡人《ぼんじん》には理解できないところがあるよね、みたいな？」

きょとんとしたアレクシアの代わりに、ウィルフレッドが尋ねる。

「きみの兄は、そんなに優秀なのかい？」

ジョッシュは酸《す》っぱいものでも食べたかのような顔をして、眉間に皺《しわ》を寄せた。

「……頭は、ものすごくいい。ぶっちゃけ、おれは兄貴より頭のいい人間を見たことがない。つーか、ときどき同じ人間なのか不安になるくらい、わけのわからん記憶力をしてるし。それだけじゃなくて、一般人には絶対ない発想力とか、それを実現する実行力もある」

ほほう、とアレクシアは感心した。

ジョッシュがそれだけ褒めるのであれば、彼の兄はさぞ優れた頭脳の持ち主なのではないだろうか。

しかし、ジョッシュはますます眉間の皺を深くした。

「ただ、その反動なのかわからんけど、すべてにおいて合理的すぎるっつーか……。兄貴がさっきの女と婚約したときに、相手のどこがよかったのか聞いたことがあるんだけどさ。そんときの答えは『結婚適齢期の、健康な女性であるところ』、だ」

束《つか》の間、沈黙が落ちた。

ややあって、キャスリーンがぎこちなく口を開く。

「……え。それだけ？」

「ああ、それだけ。さっき、あの女の浮気を報告したときも、スゲーあっさりしたもんだったぞ。——おれが見たのは、ミランダ・フェネット本人か。彼女の連れは、間違いなく恋人なのか。彼は、彼女が婚約している事実を知っていたのか。それだけ確認したら、あとは『じゃあ、王都の法律事務所で働いている先輩《せんぱい》に頼んで、彼女に婚約解消と慰謝料の請求《せいきゅう》するかぁ』だってさ」

それは、たしかにあっさりしている。アレクシアは不思議に思い、再び問うた。

「しかし、先ほどのミランダの言いようからして、きみの兄はずいぶん彼女を大切にしているようだったが？」

「うーん……兄貴のことだから、もしかしたら恋人か奥さん持ちの同僚に聞いて、『婚約者への接し方』とかいうマニュアルを作ってたのかも。面倒事はなるべく避けて通りたいタイプだから、世間一般の常識から外れたことをして、あれこれ言われるのはいやがるんだよなー」

アレクシアは、思わず呟く。

「そのマニュアルが本当にあるなら、ぜひ一度拝読したいものだな……」

これでも、平民社会の常識について無知な自覚はあるのである。

だがそう言った途端、三方向から同時に残念なものを見る目を向けられた。

ウィルフレッドが、軽く眉間を揉みながら言う。

「アレクシアさま。今後社会で構築していくべき人間関係について、他人が作ったマニュアルを頼りにするようなことがあってはなりません。それは、あなたがこれからさまざまなことを経験する中で、ご自身で学んでいくべきことですよ」

そうそう、とキャスリーンが真顔で続く。

「ちょっと聞いただけでも、ジョッシュのお兄さんはアレクシアがお手本にしちゃいけないタイプの人物だと思う！　ごめん、ジョッシュ！」

ビシッと片手をあげて詫びるキャスリーンに、ジョッシュも真顔で頷いた。

「いや、そこはおれも完全に同意だ。いいか？　アレクシア。アンタがおれの兄貴の真似をする必要は、断じてない。なぜなら、おれの兄貴が普通の人間に見えるのは外面だけで、中身は立派な変人だからだ。アンタは、変人になりたいわけじゃないんだろ？」

「……ふむ。外面を取り繕えるのであれば、立派なものだと思うんだが。おまえたちが口を揃えるということは、きっとそれが正しい判断なのだろう」

アレクシアが素直に応じると、三人は揃って安堵した顔になった。

ほっと肩の力を抜いて、ジョッシュが言う。

「まあ、実際に兄貴と会えば、勉強はともかく、情緒についてはは反面教師にしかならないってことは、さすがにわかると思うんだけどさー。……うーん」

そこで何やら悩む顔になったジョッシュが、首を傾げて問うてくる。

「なあなあ。おまえら、魔導武器の研究開発って興味ある？」

「ものすごくあるぞ」

「ああ、あるよ」

アレクシアとウィルフレッドは、同時に即答した。

ふたりの反応に若干引いた様子のキャスリーンもまた、複雑な笑みを浮かべて頷く。

「まあ、うん。シンフィールド学園に入学してるわけだし、普通にあるよね」

将来、魔導兵士になることが多いシンフィールド学園の生徒にとって、魔導武器の研究開発は決して無視できないものである。何しろ、魔導武器にはいずれ自分の命を預《あず》けることになるのだ。

現在アレクシアとウィルフレッドが所持している魔導武器は、すべてスウィングラー辺境伯家から持ち出してきたワンオフのものである。それらの外見は、この国で一般流通している魔導武器とあまり差異はない。けれど、見る者が見れば一目で違いがわかるだろう。

（いざというときには、今の魔導武器を使うつもりだが……。普段使い用に、量産型の魔導武器もいくつか用意しておきたいところだ）

一般的なお忍び令嬢たちの中にだって、もしかしたら護身用の魔導武器を持ち歩いている者がいるかもしれないではないか。希望的観測ではあるけれど、そういった小型の魔導武器の中にも、そこそこ実用的な性能を持つものがあるかもしれない。

若干前のめりになったアレクシアに、ジョッシュが言う。

「そっかー。うちの兄貴の職場って、王立魔導武器研究開発局なんだよね。暇ができたら見学に来いって誘われてるんだけど、よかったらおまえらも一緒に行くか？」

「それは、ありがたいな。ぜひ、我々も同行させてくれ」

「ありがとう、ジョッシュ。貴重な機会を感謝するよ」

再び即答したふたりだったが、キャスリーンは別のことが気になったようだ。

おそるおそるといった様子で、彼女はジョッシュに問いかけた。

「え……。平民階級の出身でありながら、王立魔導武器研究開発局にお勤《つと》めしてる超絶エリートさんが、あのちょっと残念な女性と婚約してたの？」

「……頭のよしあしと、人を見る目のよしあしは、比例しないんじゃねーかな。たぶん、きっと」

どこか遠いところを見つめるジョッシュの横顔は、非常に憂いに満ちたものだった。

何はともあれ、今日は貴重な休息日だ。

気持ちを切り替え、アレクシアは本日の最優先事項である財布の購入と、はじめての買い食いに行くことにした。

財布を買って、露店ではじめて目にするクレープで昼食をとり――最後に最新型の遊戯魔導武器《モデルガン》を手に入れたアレクシアは、ホクホクと満ち足りた気持ちで学園への帰路に就《つ》いた。

「なあ、ウィル。自分の財布で買い物をするというのは、こんなに楽しいものだったのだな」

ウィルフレッドが選んでくれた、赤い革の財布。それを大事そうに抱え、笑って言う。

隣を歩いていた彼がなぜか、くっと呻《うめ》いて胸元を押さえた。

「ウィル？　どうかしたか？」

「……いいえ、アレクシアさま。不意打ちの破壊力を、少々失念していただけです。何も問題はありません」

なんだかわけがわからんぞ、とアレクシアが困惑していると、キャスリーンが呆れと笑いの交じった表情で口を開く。

「まあ、多感な年頃の青少年のことは、放っておきなよ。アレクシア。――あ、そういや来週は合同新入生歓迎会だね。今年は聖ゴルトベルガー学園だけじゃなくて、フレイス女学院とも合同でやるんだっけ？」

ああ、とジョッシュがわくわくした様子で応じた。

「普通に暮らしてたら、貴族のお嬢さまとなんて一生話す機会ねーだろうし。ちょっと楽しみだよなー」

アレクシアは、首を傾げてジョッシュを見上げる。

「前にも言ったが、貴族のご令嬢と会話をするなら、本当に気を長く持つことが必須だぞ？　大して面白いものでもないと思うが……」

「うん。だから、貴族のお嬢さまってホントに蠅が止まるようなのんびりした話し方をするのかなー、って思ってさあ。クラスの中には、お嬢さまたちがお喋りするときの時間を計測して、統計取ってグラフにしてみるかー、って盛り上がってるヤツらもいるぞ」

……子どもが学校行事を楽しめるのは、きっといいことなのだろう。たとえその楽しみ方が、主催者側の意図と少々変わってしまっていたとしても。

なるほど、とアレクシアは苦笑した。

「まあ、わたしとウィルは、合同新入生歓迎会には参加しないが……。せっかくの機会だ。きみたちは、楽しんでくるといい」

「へ？　なんで？」

「おまえとウィルフレッド、ふたりともか？」

目を丸くしたキャスリーンとジョッシュに、アレクシアは淡々と答える。

「わたしは田舎貴族の出とはいえ、フレイス女学院に通うご令嬢方とも交流があったからな。彼女たちはわたしだけでなく、わたしの従者として常に付き従っていたウィルのことも覚えているだろう。……我々は生家を追い出された身なので、あまり彼女たちと顔を合わせたくはないんだ。当日は、仮病を使って休ませてもらおうと思っている」

もし、かつて交流があった少年少女がアレクシアたちに気づけば、間違いなく騒ぎになってしまうだろう。

せっかく手に入れた生徒という自由な身分を、早々に失うのはいやだった。

そっと息を吐き、アレクシアは首を傾げる。

「まあ、仮病を使うとなると、さすがに歓迎会当日にウィルと遊戯魔導武器《モデルガン》で遊びに行くわけにはいかんか。少々暇な時間ができてしまうが、仕方がないな」

「はい。丸一日何もすることがないというのは、なかなか貴重な経験です」

一拍置いて、キャスリーンとジョッシュがぼやいた。

「……うん。この元お嬢さまに、しんみりした感じは似合わないよね。知ってた」

「こいつらの状況ってかなり悲惨《ひさん》なはずなのに、本人たちにまったく悲愴《ひそう》感がねーもんな……」

そんなふたりに、ウィルフレッドが笑って言う。

「今のオレとアレクシアさまにとって、守るべきものはお互いだけだからね。いろいろとしがらみのあった以前の生活と比べると、とても気楽だし幸せなんだ」

「ああ。ウィルひとりならば、たとえ何があろうと守れるからな」

ウィルフレッドひとりならば、自分の命と引き換えにしてでも守ってみせる。

アレクシアがそう言うと、キャスリーンとジョッシュはなんとも言いがたい表情で顔を見合わせた。

「えっと……。これって、ノロケなのかな？」

「それにしちゃあ、重すぎる気がする……」

ノロケではない。ただの事実だ。

第四章　ウィルフレッドの過去

聖ゴルトベルガー学園、フレイス女学院、そしてシンフィールド学園の三校合同新入生歓迎会は、王都中央に位置する大庭園を貸し切って行われる。

王室所有のそこは、外国の賓客《ひんきゃく》を招いてのガーデンパーティーも行われる、大陸でも有数の美しさと歴史を誇る場所だ。

三校の生徒たちは歓迎会への出席にあたり、みな礼服の着用が義務づけられていた。

シンフィールド学園は白、聖ゴルトベルガー学園は黒、フレイス女学院は淡いブルーを基調とした制服だが、最も華やかなのはフレイス女学院だ。

膝下丈のスカートの裾は繊細なフリルで飾られており、長袖のボレロジャケットには美しい銀糸の刺繍《ししゅう》が施されている。学年ごとに色の違う胸元のリボンは、最高級の艶やかな天鵞絨《ビロード》製だ。

通信教育だったアレクシアだが、節目の学校行事に参加する際、何度かフレイス女学院の制服を着た。

それが今やシンフィールド学園の生徒なのだから、人生とはわからないものである。

無事に歓迎会の病欠を認められ、アレクシアは寮の自室でのんびりと過ごしていた。

先日はじめて自分で購入した短銃型の遊戯魔導武器《モデルガン》を磨きながら、中空に向けて口を開く。

「なあ、ウィル。今、話をしても大丈夫か？」

『はい、アレクシアさま。問題ありません。何かご用ですか？』

〈主従契約〉により繋がっているふたりは、意識を切り替えるだけで、アレクシアが契約の際に組み込んだ魔術式を展開できる。

遠隔通話の魔術は、そのうちのひとつだ。

ウィルフレッドとならば、どれほど距離が離れていても、問題なく会話が可能である。

従者の問いかけを聞いて、いや、とアレクシアは小さく笑った。

「安全な場所で無為な時間を過ごすというのは、はじめての経験なものでな。暇だというのが、こんなにも落ち着かないものだとは思わなかった」

そうですね、とウィルフレッドは苦笑した。

今日の歓迎会が従来どおりに聖ゴルトベルガー学園とだけ合同で行われるものであれば、アレクシアは彼に参加してもらうつもりだった。

（ウィルには、わたしの腹違いの兄だか弟だかの顔を、遠目に確認してもらおうと思っていたんだがな……）

聖ゴルトベルガー学園に通うアレクシアの知人は、茶会や園遊会といった公《おおやけ》の場で会うことがほとんどだった。彼らが、会場外で待機することの多かったウィルフレッドの顔を覚えていることはないだろう。

しかし、フレイス女学院も参加するとなると話は別だ。

アレクシアと同年代の少女たちは、スウィングラー辺境伯家の屋敷をたびたび訪れており、ウィルフレッドの姿を目にする機会が何度もあった。見目のいい彼に、うっとりとした眼差しを向けていた少女たちなら、顔を覚えている可能性が高い。

のこのこと出ていけば、素性が露見する危険性がある。

そのため、アレクシアだけでなくウィルフレッドも、今日の歓迎会の参加を見送ったのだ。

わざわざ危険を冒してまで確認するほどのことではない。

『アレクシアさま。そんなにお暇なのでしたら、少々昔語りをしても構いませんか？　……オレが、スウィングラー辺境伯家に迎えられる前のことを』

柔らかながら、どこかためらいを帯びた声だった。

アレクシアは、手慰《てなぐさ》みにいじっていた遊戯魔導武器《モデルガン》をサイドテーブルの上に置いた。

それから一呼吸おいて、ゆっくりと口を開く。

「構わんぞ、ウィル。……わたしも、聞きたい。おまえの、話を」

今まではずっと生きることに必死で、こうして落ち着いて話す時間さえなかったのだ。

アレクシアは、いまだ知らない。

ウィルフレッドが、何を望んで生きてきたのか。今の彼が、アレクシアに何を望んでいるのか。

『……ありがとうございます。アレクシアさま』

先ほどより落ち着いた声で、ウィルフレッドは語り出した。

『オレが生まれたのは、このランヒルド王国ではありません。東の海に面したブラジェナ王国。そこが、オレの故郷です』

ブラジェナ王国、とアレクシアは小さく呟く。

良質の魔導鉱石を産出することで有名な、東方の豊かな大国だ。

ランヒルド王国は彼《か》の国と同じく、質のいい魔導鉱石鉱脈を有している。主要産物の取引を行う必要がなかったため、さほど深い親交はなかった。

けれど、魔導武器を持つ者で、たぐいまれなる純度の高さと美しさを誇る、ブラジェナ産の魔導鉱石を知らない者はいない。

ブラジェナは古くから平和主義を標榜《ひょうぼう》する国家である。自衛のための武力こそ保持しているものの、数代前の国王は、その力を国外に向けることは永久にない、と宣言した。

世界で最初に永続的な平和主義を提唱したブラジェナ王国は、諸外国から敬意と賞賛を集めている。

今では国民の幸福度が大陸中で最も高い平和な国として知られており、観光客が後を絶《た》たない。

とはいえ、力を持たぬ者に、自身の主義主張を貫くことなどできはしない。

平和主義を謳っているブラジェナは、魔導鉱石の輸出で得た財力と、それを元にした魔導武器の開発技術を背景に、各国の紛争の調停役としての立場を確立していた。

彼《か》の国が、各国の首脳陣から『黄金の羊《ひつじ》の毛皮をまとった狼《おおかみ》』と評される所以《ゆえん》である。

『ブラジェナ王家に、代々仕える武門の一族がありました。常に王家の剣となり、盾となり——王家がどこまでも美しく輝かしい存在であり続けるよう、血と汚泥《おでい》にまみれても戦い、守る。それが、その一族の誇りでした』

王家が光となって国を導くならば、それを陰から支える者たちがいるのは必然だ。どんなに美しく気高いものでも、きれい事だけでは守れない。

ですが、とウィルフレッドは静かに続ける。

『十数年前、王家は国内の反対勢力をおおむね沈黙させることに成功しました。ですがその後、彼らは次第にその一族を疎んじるようになりました。彼《か》の一族が、王家の暗部を知りすぎていたからです』

王家を守るため、戦いと汚れ仕事を請け負っていた一族だ。内乱に明け暮れた世であれば、何よりも心強い味方であっただろう。

だが、平和と安寧《あんねい》を手に入れた王家にとって、彼らは直視しがたい過去の汚点となっていった。

いつしか王は、彼《か》の一族が自らの地位を脅かすのではと怯えはじめた。疑心暗鬼《ぎしんあんき》は、容易く人の心を侵食《しんしょく》する。

王家と一族の間に生じた亀裂《きれつ》は、あっという間に埋めがたい溝となっていく。

それでもなお一族の長《おさ》は、愚直《ぐちょく》に自らの忠誠を訴え続けたという。いつか再び王家と手を取り合うことができると、信じていたから。

一族はずっと、それだけの忠義を尽くしてきた。

だが——。

『そして七年ほど前、一族は反逆者として、王命により断罪されることとなりました。長とその血を引く者は、すべて死罪。それ以外の者たちは財産をすべて没収のうえ、王都からの追放。……長には、当時十六歳の長男と十五歳の長女、そして十歳の次男がおりました』

当時十歳の子どもだった、長の次男——それが、ウィルフレッドか。

『長は国王の裁可をよしとせず、一族の誇りと総力を結集して王家の愚を正すと宣言しました。しかし、いくら武に優れた一族でも、国そのものを敵に回しては多勢に無勢です。未熟ながらも、すでに一人前の戦士として認められていた長男長女はともかく、ようやく魔導武器の扱いを学びはじめたばかりの子どもなど、足手まといにしかなりません』

ブラジェナ王国のすべてが敵となった中、一族の長は己の右腕でもある妻に、幼い次男を託《たく》した。自らは年長の子どもたちとともに王家に対して派手な抵抗行動を起こして、周囲の注意を引きつけ、密かにふたりを国外へ逃がしたのだという。

ウィルフレッドの声が、震えて掠れた。

『長の妻——オレの母が、ブラジェナ王家の手が届かない場所として選んだのが、国交の乏しいランヒルド王国です。彼女はスウィングラー辺境伯領の小さな神殿《しんでん》にオレを預けると、すぐさま祖国へ戻っていきました。……それから一族がどうなったのか、オレは知りません』

——ブラジェナ王家は今も変わらず彼《か》の国の中心で輝き続けており、ウィルフレッドの家族はいまだに彼を迎えに来ない。

それが、現実だ。

「……ウィル」

アレクシアの呼びかけに、彼が即座に答えないのは、はじめてだった。

後悔しているのだろうか。彼女に、自分の傷を晒したことを。

「おまえの母君は、最後に別れるときに、なんとおっしゃっていたんだ？」

一拍置いて、答えがあった。

『生きろ、と。……幼く無知な子どもひとりであれば、異国の地で生きることを許されるかもしれないから』

ウィルフレッドの母親は、長の妻――一族の母でもある。ブラジェナ王家も、一族の秘密を多く知る彼女だけは、決して見逃さなかったに違いない。

だからこそ、彼女は幼い息子だけを残して、祖国で戦う夫と子どもたちの元へ戻っていったのだ。

おそらく、自分自身の痕跡《こんせき》を、できるだけウィルフレッドのそばに残さないようにしたあとで。

(手放すことでしか……ウィルを、守れなかったのか)

想像するだけで、ひどく胸が痛んだ。

ろくに戦えない幼子を連れて、周囲が敵だらけの中で国境を単独突破するなど、生半可《なまはんか》な覚悟でできることではない。それだけの力を持ちながら、幼いウィルフレッドと別れなければならなかった。

彼の母親の胸中を思うと、ひどくやりきれない気持ちになる。

アレクシアは、静かな声でウィルフレッドに問うた。

「なあ、ウィル。わたしはまだ、おまえの望みを聞いていない。おまえは、これからいったい何をするつもりだ」

母親と別れ、アレクシアに出会うまでの一年間は、きっとウィルフレッドが絶望するのに充分な時間だったのだろう。はじめて会ったときの痩せ細った姿を思えば、彼が劣悪《れつあく》な環境で過ごしていたのは想像に難くない。

すべてを失った少年は、新たな地獄に招かれた。スウィングラー辺境伯家の人形だったアレクシアの従者として、戦う力を手に入れたのだ。

そして、今は——。

「言っただろう。わたしのすべては、おまえのものだ。わたしがそばにいる限り、おまえが傷つくことはない。おまえが何を望んでも、たとえ誰を敵に回すとしても、必ずわたしが守ってみせる。……ウィル。おまえはわたしに、何を望む？」

ウィルフレッドによって、アレクシアは人形から意思を持つ人間になった。彼女が守護している以上、彼は誰よりも自由に空を飛べる。

少しの沈黙のあと、彼は低く押し殺した声で言った。

『……アレクシアさま。オレはたぶん、家族から愛されていたのでしょう。でもオレは、あなたに会うまで、ずっとこう思っていたんです。——ひとりで置いていかれるくらいなら、最期まで家族と一緒に生きて、彼らとともに逝《ゆ》きたかった』

ウィルフレッドの家族が、幼い末子だけでも守りたいと思うのは、当然だ。……けれど、守りたい相手が、守られたいと望むとは限らない。それが、頑是《がんぜ》ない幼子であれば、なおのこと。

『おかしい、でしょう。オレは、命がけで自分を守ってくれた家族に、心から感謝をするべきなのに。ずっと、仲間はずれにされた気分でいたんです。右も左もわからない異国に、自分ひとりを置いていった母を、恨んでさえいました』

自嘲する声に、アレクシアは目を伏せる。

『でも、今ならあのときの母の気持ちが、少しだけわかる気がします。アレクシアさま。あなたが、教えてくれたから』

「……ウィル？」

戸惑う彼女に、ウィルフレッドは告げた。

『あなたが、オレに教えてくれたんです。自分以外の誰かを、自分より大切に思うというのが、どういうことなのか。オレは……あなたが生きて、オレのそばにいてくれればそれでいい』

いつもより、どこか幼い響きの声で、彼が言う。

『……それでも、いいですか？　アレクシアさま』

今、どうしてアレクシアは、ウィルフレッドのそばにいないのだろう。

『オレにとって、命がけで自分を守ってくれた親兄姉の消息は、さほど優先順位が高いものではないんです。あなたが無事で生きていくためならば、オレは簡単に切り捨てられる。……こんな薄《はく》情《じょう》な人間が、これからずっとあなたのそばにいても、いいですか？』

自分を卑下《ひげ》して傷つけるようなことばかり言うウィルフレッドが、もし目の前にいたなら。問答無用で殴り飛ばして「わたしの大事な従者を貶《おとし》めるのもいい加減にしろ、大バカ者が！」と怒鳴りつけてやれたのに。

アレクシアは、小さくため息をついて口を開いた。

「悪いが、ウィル。どうやらわたしは、おまえよりも遙かに強欲らしい。おまえがわたしのそばにいるだけでは、とても満足などできないんだ」

『……そう、ですか』

ウィルフレッドの声が、低く陰る。

「わたしは、おまえが笑っているのがいい。いくらおまえがそばにいてくれても、ずっとうじうじと辛気《しんき》くさい顔をしていられては、鬱陶しくてかなわんからな」

だから、とアレクシアは続けて言った。

「おまえは笑っていろ、ウィル。おまえの心を曇《くも》らせるものがあるのなら、わたしが全力で排除する。――ふむ。大陸の東を支配する大国ブラジェナの国王陛下となれば、相手にとって不足はないか」

『……アレクシアさま？』

彼女の名を呼ぶウィルフレッドの声に、困惑が滲む。アレクシアは、にやりと笑う。

「人生に明確な目標ができるというのは、いいものだな。たった今から、ブラジェナ国王はわたしの敵だ。いつか必ず、ブラジェナ国王の頭を地面に踏みつけ、顔中を泥まみれにしたうえで、おまえに心から詫びさせてやる。楽しみにしていろ」

他者の血を流して高みに立つ者は、常に背後から刺される覚悟をするべきだ。

『な……ぜ、そうなるんですか⁉　オレはっ……、そんなことは望んでない！　あなたが戦争のないこの国で、平和に幸福に生きていくことが、今のオレの願いです！』

声をひっくり返してわめくウィルフレッドに、彼女は言った。

「何を言っている。わたしは、おまえの主だ。おまえの家族がそれほど世話になった相手なら、心を込めて礼のひとつもしなければならんだろう？　――あきらめろ、ウィル。わたしは、自分の大切な従者を泣かされて黙っているほど、腑抜《ふぬ》けではない」

たとえウィルフレッド本人が、絶望の果てに過去に区切りをつけているのだとしても。彼の主を名乗る以上、これはすでにアレクシアの問題だ。

とはいえ、なんの情報もない状態で敵地に突っ込むのは、愚《ぐ》の骨頂《こっちょう》である。

どんな相手であろうと、アレクシアは人を殺すのは好きではない。罪を犯した者は、一生その重さを背負って生きるべきだ。簡単に殺して、永遠の安息など与えてやるものか。

ブラジェナ王国の情報を集め、今後の戦略を検討するには、それなりの時間と労力が必要だろう。

ふむ、とアレクシアは頷いた。

「ひとまず、学園を卒業するまではブラジェナ王国の情報収集に励むこととして……。なあ、ウィル。やはり、一国の国王に喧嘩を売るとなれば、手持ちのカードが多いに越したことはないだろうな」

『……喧嘩を売るのは、すでに決定事項なんですね』

どんよりと肩を落とす姿が、目に浮かぶような声だった。

「安心しろ。わたしは、勝てる喧嘩しか売らない主義だ」

『……はい、アレクシアさま』

それにしても、とアレクシアは思案する。

ウィルフレッドの戦闘能力は、はっきり言って化け物レベルだ。それには、彼の体に流れる一族の血が影響しているのかもしれない。もし彼の家族がウィルフレッドと同等か、それ以上の力を有するのなら——たとえ国家そのものを敵に回したとしても、そう簡単に皆殺しにされてしまうものだろうか。

もちろん、これは希望的観測だ。

本当に彼《か》の一族が全滅してしまったのなら、現在のブラジェナ王国軍は想像以上の化け物集団に違いなかった。

(ブラジェナの良質な魔導鉱石を使い放題なのであれば、さぞ立派な魔導武器が揃っているのだろうしな。対するこちらの戦力は、わたしとウィルのふたりだけ。……うむ。燃えるじゃないか)

アレクシアは、幼い頃から戦場が日常だった少女である。

血と屍《しかばね》の臭《にお》いのしない平和主義など、この世界のどこにもありはしない。

そう考えている彼女にとって、犠牲の上に成り立つ平和主義を、さも穢《けが》れがないもののように掲げているブラジェナ王国は、非常に面《つら》の皮が厚く、逆に好ましいくらいだった。

しかし、どれほど好意的に思っていた相手であろうと、ウィルフレッドの敵なら話は別だ。

命までとるつもりはない。相手にだって、それなりの事情や主張はあるだろう。今のブラジェナ王国で、多くの国民が平和で幸福な生活を享受しているのであれば、それをぶち壊すのは紛れもなく罪だ。

だが、彼らの幸福が、ウィルフレッドの一族の犠牲の上に成り立っているのなら、そんなものに価値はないとも思う。

とはいえ、あまり後味の悪いことはしたくない。

だからこそ、最高責任者であるブラジェナ国王に、代表して咎《とが》を背負ってもらう。せいぜい見苦しく泣きわめいて許しを請う様を、ウィルフレッドに見せてもらおうではないか。

アレクシアは、そっと小さくため息をついた。

ウィルフレッドには、喪《うしな》ったことで深く傷ついてしまうほど、愛しあっている家族がいた。

一族の置かれた状況を思えば、彼らが存命である可能性は、限りなく低い。

けれど、彼らが本当に亡くなったという証拠はないのだ。

もし――もし、ウィルフレッドの家族が、この世界のどこかで生きていたら。

(そのときわたしは、ウィルを手放すことができるだろうか)

どれほどすさまじい戦闘能力を身につけていようと、ウィルフレッドはまだ未成年の子どもだ。生き別れの家族と再会できたなら、保護者の元へ戻すのが筋である。

頭ではそう理解している。けれども、そんな未来が訪れたときに、アレクシアは正しい選択をできる自信がなかった。

ウィルフレッドと別れれば、彼女は本当にひとりぼっちになってしまうから。

（……いやだな）

誰よりもウィルフレッドの幸福を願っているのに。彼が自分のそばからいなくなるのであれば、それを心から喜べない。

そんな自分が、本当に浅ましくていやだった。

シンフィールド学園と聖ゴルトベルガー学園、そしてフレイス女学院の三校合同新入生歓迎会は、おおむね無事に済んだようだ。

これらの三校は、王国の将来を担う少年少女が集う、重要な教育施設だ。今回の合同イベントで何か問題が起これば、おそらく大変な責任問題が生じていただろう。

とはいえ、あちらの二校の学生は基本的に育ちのいいお坊ちゃまお嬢さまの集団である。歓迎会という晴《は》れの場で、わざわざ問題行動を起こすような者はいないはずだ。

一般平民家庭出身が多いシンフィールド学園の生徒たちも、入学式からの様子を見ている限り、みな公の場でのマナーは弁えているようだった。

よほどのことがない限り、おかしなことにはなるまいと思っていたのだが――。

◇　❖　◇

翌日の朝。

「おはよう。昨日の歓迎会は、楽しめたかな」

挨拶をしたアレクシアに、じろりと剣呑《けんのん》な視線が向けられた。相手は、いつもなら朗らかに朝の挨拶を返してくるはずのジョッシュである。

どうかしたのだろうかと首を傾げた彼女に、ジョッシュは不愉快そうな様子を隠しもせずに言う。

「アンタとウィルフレッドが仮病使って歓迎会をサボった理由、めっちゃよくわかったぞ」

「ほう。歓迎会で、何かあったのか？」

彼は言いよどみながら、もそもそと続けた。

「あー、うん。……まぁ、ぶっちゃけるとアンタ――『貴族出身のシンフィールド学園生』ってのが、あっちの連中の興味を引いたみたいでさ。交流会の間中、アンタと同じクラスのおれたちに、いろいろ聞いてくるやつらがいたんだよ」

「ふむ。今のわたしは、なんの身よりもない孤児ではあるが……貴族階級の出身であれば、それなりの教養は身につけていると判断するだろうからな。聖ゴルトベルガー学園の学生の中には、わたしを専属の護衛兼妾《めかけ》にしたいと思う者もいるかもしれん」

腕組みをした彼女が単純な推察を口にすると、ジョッシュが酢《す》を呑んだような顔をした。

アレクシアは、まばたきをして彼に問う。

「なんだ。それともフレイス女学院の学生が、わたしを専属の護衛にしてやりたいとでも言っていたか？　もしそうなら、今後そのご令嬢との交流には充分注意したほうがいいぞ。そういった方々は、落ちぶれた者を自分のそばに置いて優越感《ゆうえつかん》に浸《ひた》りたいタイプか、慈悲《じひ》を垂れる自分の姿に酔《よ》いしれるあまり相手のプライドを傷つける、無神経なタイプの可能性があるからな」

もちろん、純粋な慈悲の精神を持ち合わせているご令嬢であった可能性も、ゼロではない。

しかし、貴族社会において『純粋』という言葉は、ときとして『駆け引きも計算も空気を読むこともできない、ものすごく残念なおバカさん』という意味になる。

そんな人物と深く関わるのは、はっきり言って非常にリスキーだ。

「～っ。だから、アンタはどうしてそう怖いことをズバズバ言うかなあ!?　たしかにあっちの連中は、アンタを護衛にしたいって言ってたけどさー！」

両手を握りしめたジョッシュが、ぎゃあとわめく。

どうやら、アレクシアの推察は、当たらずといえども遠からずといったところか。

「そうか。まあ、しょせんは子どもの戯言《たわごと》だ。そもそも、〈主従契約〉は他人の一生を背負うということだぞ。そんな契約を結ぶことの意味と重さを、はたして彼らは理解しているのかな」

軽く腕組みをして、アレクシアはジョッシュに言う。

「きみもだ、ジョッシュ。思春期における情熱の暴走で、人生を棒《ぼう》に振るような真似をしてみろ。わたしはいずれ、後悔にまみれたきみの情けない顔を指さして、盛大に高笑いしてやるからな」

「……ウン。アンタのそばにいれば、そういうおバカな真似をしないで済むような気がするわ。けどちょっとだけ、ふんぞり返って高笑いするアンタを見てみたいと思う自分もいたりして――ゴフウッ！」

いつの間にか近づいてきていたウィルフレッドが、人差し指と中指を揃え、ジョッシュの脇腹《わきばら》に

め り込ませた。

悶絶《もんぜつ》する相手に、凍てつきそうな眼差しで冷ややかに告げる。

「オレの主で、不埒《ふらち》な妄想をしないでもらおうか」

「い……今の、不埒だったかなあ⁉」

脇腹を押さえたジョッシュが、涙目で言う。アレクシアは、なんだか申し訳なくなった。

「すまんな、ジョッシュ。わたしの見た目は、このとおり人目を引くだろう？　幼い頃からおかしな連中に絡まれることが多かったものだから、ウィルは少々神経質になっているんだ」

「……それはたとえば、どのような？」

おそるおそるといったジョッシュの問いかけに、記憶を辿りながら答える。

「これは、ウィルと出会う前のことなのだが……。当時八歳だったわたしに、ピンヒールの靴を送りつけてきた貴族の言動が、一番気持ち悪くて印象深かったな。なんでも、愛らしい幼女に蔑《さげす》まれながら踏まれると至高の快感を得られるという、かなり特殊な気質の御仁で――」

そこでふと、アレクシアはジョッシュを見た。

「高笑いするわたしを見たいということは、きみもああいった変態の仲間なのか？」

「違います。おれは、幼女に踏まれて興奮する趣味はありません。ただちょっとだけ、アンタには高笑いが似合いそうだと思っただけです」

ジョッシュが真顔かつ丁寧語で即答した。変態貴族と同類扱いされたのが、よほど心外だったようだ。

そうか、とアレクシアは頷く。

「それは、よかった。もしきみが幼女に性的興奮を覚える変質者ならば、わたしは訓練中に手元を滑《すべ》らせ、不慮の事故を起こしていたかもしれない」

「不慮の事故って……いえ、いいです。それ以上聞きたくないです」

すちゃっと片手を上げたジョッシュは、慌てて首を横に振った。

ウィルフレッドが地獄の底から響くような声で言う。

「アレクシアさま。幼いあなたにそのような破廉恥《はれんち》極まりないことを要求したという、救いようのない腐れ外道《げどう》な変態貴族は、いったいどこのゲス野郎ですか？」

まばたきもせずに問うてくるので、ちょっと怖い。

アレクシアは、主の威厳を精一杯奮《ふる》い立たせて答えた。

「安心しろ、ウィル。件の貴族は、すでに後継者の手で謹慎《きんしん》させられたと聞いた。ダメな親を持つ子の苦労は、とても他人事とは思えなかったのでな。よく覚えているぞ」

「そうですか。もしその貴族が今も外の空気を吸っているのなら、二度と太陽を拝《おが》めなくしてやろうと思っていたのですが……。親がダメだと子どもがしっかりするというのは、どこでも同じなのかもしれませんね」

ウィルフレッドがため息交じりに言うのに、アレクシアは心底ほっとした。

もし彼女が下手な受け答えをしていたら、とんでもなく面倒な――もとい、悲劇的な事態を招いていたかもしれない。

そんなふたりを見て何を思ったのか、ジョッシュがへらりと笑った。

「そうだよな、うん。なんか昨日の歓迎会で、アレクシアに興味を持っておれらに声かけてきた連中が、揃いも揃って『上流階級でございます！』って感じのやつらばっかだったからさあ。……おまえらがあんな連中の下につくなんて、ありえねーよな」

アレクシアは、きょとんとまばたきをした。

「当たり前だろう。聖ゴルトベルガーのお坊ちゃまや、フレイス女学院のお嬢さまの下について、わたしたちになんのメリットがあるというんだ？」

不思議に思って問い返すと、ジョッシュは苦笑を浮かべた。

「元貴族のアンタには、わかんねー感覚なんだろうけどさ。おれたちにはやっぱり、貴族階級の人間に憧れる気持ちってのがあるんだよ。なんつーかこう……雲の上の存在だと思ってる相手に声をかけられると、問答無用で嬉しい、みたいな」

「いや……そういった感覚は、わからないでもないのだが。貴族であればどんな人間でも構わない、というのはさすがに想定外だった。平民の子どもというのは、みなそういう感覚を持ち合わせているのか？」

困惑した彼女に、ジョッシュはひどく複雑そうな表情で言う。

「全員が全員、ってわけじゃねーだろうけどな。別に珍しくもなんともないぞ。おれだって、聖ゴルトベルガー学園やフレイス女学院の連中に声をかけられたら、きっと嬉しくなると思ってたんだけどさあ……」

何やら言葉を濁《にご》したジョッシュの代わりに、いつの間にかそばに来ていたキャスリーンが突然口を挟んできた。

こちらの話を聞いていたようで、あはは、と軽やかに笑って言う。

「嬉しくなるー、どころじゃないよねえ。あんた、アレクシアのことを聞こえよがしに『身を落とした』だの『浅ましい』だのって言ってた聖ゴルトベルガー学園の連中に、ばっちり喧嘩売ってたじゃん」

「ば……っ、ちょ、おまえ！　いきなり何言ってくれてんのー⁉」

声をひっくり返したジョッシュににやりと笑い、キャスリーンはアレクシアとウィルフレッドに視線を向けた。

「聞いてよ、ふたりとも。コイツったらね、アレクシアを貶めるようなことを言った連中に『我が国の貴族は、家族に捨てられて必死に生きている女の子を、蔑み貶めることを楽しむ方々だったのですね。おれは、この国の国民であることを、心から恥ずかしく思います』って、堂々と言っちゃったもんだからさあ。もう、空気が凍りついたよねー！」

心底楽しげに言うキャスリーンに、ジョッシュがわめく。

「おっ……、おまえだって！　アレクシアを小バカにしたフレイス女学院の連中に、言い返してたじゃねーか！　『今まで、性格が醜《みにく》いと顔も醜くなるというのは、迷信だと思っていたんです。でもあれは、性格が醜いと顔つきが卑《いや》しくなる、という意味だったんですね。実例を見せてくださって、ありがとうございます』って！」

「うん。正直、めちゃくちゃスカッとした。なんだかちょっと、新しい扉を開いた気がするよ」

キャスリーンが真顔で頷く。その紅茶色の瞳には、はじめて出会ったときのような、貴族に取り立てられたいと焦る、切羽詰《せっぱつ》まった色はない。

ノーメイクでもピカピカな美少女であるキャスリーンは、完璧な化粧をしたうえで歓迎会に赴いていたらしい。そんな彼女に「醜い」と言われたフレイス女学院の女生徒たちは、おそらく心に深い傷を負ったことだろう。

別に同情はしないが、ジョッシュとキャスリーンの今後は心配だ。

アレクシアは、ふたりに問う。

「きみたちは、なぜそんなことを？　聖ゴルトベルガー学園とフレイス女学院の学生に目をつけられたら、面倒なことになるだろうに」

しかし、ジョッシュとキャスリーンは一度顔を見合わせると、明るく言った。

「別に、ちょっとむかついただけー。だいたいおれら、なんも間違ったこと言ってねーし」

「だよねー。これであたしたちに処罰が下ったら、向こうは恥の上塗《うわぬ》りじゃん？　実際、事情を聞いた向こうの監督生《かんとくせい》に、こっちが謝られたくらいだし。大丈夫、大丈夫」

まるでなんでもないことのように言う。

それでもふたりが、アレクシアのために怒ってくれたのはたしかだ。

ジョッシュは『むかついただけ』と言うが、そんなことでわざわざ面倒事を呼び込む理由がわからない。

困惑する彼女に、ウィルフレッドが柔らかな声で言う。

「アレクシアさま。このふたりにとって、あなたは『同じ教室で学ぶ仲間』なんです。そんなあなたを侮辱《ぶじょく》されて、黙っていることはできなかった。そういうことだと思いますよ」

「……仲間？」

そうなのか、とふたりを見やる。途端に、ジョッシュが顔を赤くしてわめいた。

「だから！　どうしておまえは、そういうこっ恥ずかしいことを、平気な顔でツルッと言うかなあ⁉」

「忘れてた……コイツは、アレクシアさま至上主義者なんだった……」

半目になったジョッシュとキャスリーンは、ウィルフレッドに胡乱《うろん》な眼差しを向けた。

しかし、ふたりとも彼の推察は否定しない。ということは――。

（仲間、か。……そうか）

アレクシアの胸の奥が、じんわりと温かくなっていく。それは少し熱いくらいで、でも決していやな熱ではない。

彼女は今まで、運命共同体であるウィルフレッド以外の者と、利害関係を前提としない人間関係を構築した経験がなかった。

他者からの純粋な好意は、どこかむずがゆくて面映《おもは》ゆい。そして、嬉しい。

温かな気持ちのまま、アレクシアはジョッシュとキャスリーンにふわりと笑ってみせた。

「ふたりとも、ありがとう。きみたちがわたしのために勇気ある行動をしてくれたこと、心から嬉

しく思う」

「……オウ」

「……ウン」

はじめての経験に、アレクシアは大変ほこほこした気分になる。

「ヤバい、おれ……今、アレクシアの頭を思い切り撫でくり回したくなった……」

「そう。あたしは、力の限り抱きしめて頬ずりしたくなったよ……」

そのせいか、ジョッシュとキャスリーンが密かにそう言い合っていたことにも、ウィルフレッドがそんなふたりを生温かい眼差しで眺めていたことにも、彼女はまるで気づいていなかった。

第五章　天才と何かは紙一重

王立魔導武器研究開発局。

文字どおり、王家の指揮の下で最新鋭の魔導武器を開発すべく、日夜研究が行われている場所だ。

そこには、ランヒルド王国最高の頭脳を持つ研究者たちが集っており、年に一度の登用試験は、この大陸でも随一《ずいいち》の難関試験だと言われている。

また、試験さえ突破すれば身分の上下を一切問わないという、完全な実力主義社会でもあった。

もっとも、登用試験における出題範囲はあまりに膨大だ。それだけ幅広い知識を身につけられる者となると、必然的に貴族階級の人間が多くなる。

そんな中、平民であるジョッシュの兄――ヒューバートは、なんと十七歳という若さで、その狭《せま》き門をクリアしたという。

ジョッシュが語るところによると、彼の兄は幼い頃から本当に優秀な子どもだったそうだ。

「前もちらっと言ったけど、本当にわけのわからんレベルで記憶力がいいんだよなー。おまけに、ガキの頃は、周りの人間も自分と同じことができて当然だと思ってたらしくてさー。あまりにも親と話が噛みあわなくて、お互い『何言ってんだコイツ？』状態だったみたい」

三校合同新入生歓迎会の興奮も落ち着いた、休息日の朝。

王都の中央駅から出ている魔導列車に乗るなり、ジョッシュがそんなことを口にする。

以前、買い物のために四人で街へ出た際、ウィルフレッドとアレクシア、そしてキャスリーンは、ジョッシュから王立魔導武器研究開発局の見学に誘われていた。

その後、ジョッシュと連絡を取り合ったヒューバートが施設を案内してくれるそうなので、一同は朝から私服で学園を出たのだ。

二人がけのシートを回転させて向かい合わせにし、四人での会話をしやすいようにする。

アレクシアと並んで腰を下ろしたウィルフレッドは、ジョッシュに素朴な疑問を投げた。

「きみのご両親は、教育熱心ってわけじゃないのかい？」

「ああ、全然？　うちはごく普通の、共働き家庭だし。兄貴が生まれたときも、普通に『健康で楽しく育てばそれでよし！』っていう、英才教育？　何ですかそれ？　みたいな育て方だったらしいぞ」

ジョッシュの父は腕のいい建築技師であり、母は近所の食料品店で働いているという。ふたりともよく笑う、おおらかな夫婦であるらしい。

それゆえに、ヒューバートが二歳にして計算問題を解きはじめたときも、五歳で歴代国王の名前をすべて覚えてしまったときも、「おおー。うちの子天才ー！　ドヤ顔可愛いー！」と喜ぶだけだったそうだ。

「まあ、兄貴が欲しがる本はいくらでも買ってやったみたいだし、図書館や博物館に行きたがれば、『そっかー！　ヒューバートは、そういうのが楽しいんだね！』って、ニコニコ連れてってやったんだって」

そんなヒューバートの誕生から十年後にジョッシュが生まれた時も、子育ての方針は変わらなかったそうだ。

「おれは普通におもちゃを欲しがったり、子ども向けの遊戯施設《ゆうぎしせつ》に行きたがったりしたんだ。けどさ、そんときもうちの両親は『おおー！　なんか新鮮！　こういうのも楽しいねえ！』って、全力で子育てを満喫《まんきつ》してたっぽい」

ジョッシュの両親が実に朗らかな夫婦であることは、彼の話からもよくわかる。

まったく違うタイプの兄と弟を区別することなく、それぞれが望むものを尊重し、否定せずともに楽しむ。

簡単なようでいて、なかなかできないことだとウィルフレッドは思う。実に立派だ。

ジョッシュの隣に座っていたキャスリーンが、そっかあ、と笑った。

「いいご両親なんだねえ」

「まあ……うん？　あんまり細かいことを気にしない両親だったから、兄貴も自由に好きな勉強をできたのかなー、とは思う」

頬をポリポリとかき、ジョッシュは苦笑する。

「でもまあ、さすがに兄貴が、歴代最年少で王立魔導武器研究開発局の登用試験に合格してきたときは、親父《おやじ》もおふくろもビックリしすぎて固まってたわ」

アレクシアが不思議そうな顔で問う。

「ご両親は、登用試験受験のサポートをしていたわけではないのか？」

「うん。なんか兄貴、最初はガキの頃からしょっちゅう通ってた図書館の館長から、声をかけられたんだって。で、その人のツテでいろんな学者だの研究者だのを紹介してもらって、また紹介してくれた人たちが面白がって兄貴に知識を教えまくった結果が、最年少合格だったみたい」

ジョッシュはけろりとした顔をしているが、最年少記録の更新は相当な大事件だ。

当時はさぞかし世間を騒がせたのではないだろうか。


そんなことを話しながら到着した、王立魔導武器研究開発局。

王宮のほど近く、各種研究機関が集まる区域に建てられた施設は、ウィルフレッドの想像以上に広大だった。

実験用の森林や湖《みずうみ》などもあるという敷地は、見上げるほど高い隔壁に囲まれている。隔壁から上はドーム型の防御魔導フィールドで覆われており、予期せぬ侵入者を許さない。

さすがの警戒態勢に、ウィルフレッドは口笛を吹きたくなった。とはいえ、真面目に働いている警備兵の前で、それは失礼にあたるというものだろう。

ジョッシュが正門の詰め所で兄との約束がある旨《むね》を伝えると、四人には一日限りの入局許可証として、カードがそれぞれ手渡された。

手のひらサイズの透明なカードには、なんらかの魔術式が付与されているようだ。

係員の案内を聞きながら、一行は正門の内側へ入る。

「カードを建物入り口にある魔導具に通せば、中に入れるようになってるから。帰るときに返却してもらうものだから、くれぐれもなくさないようにね」

了解です、とウィルフレッドたちは頷いた。

子どもたちに頷き返し、詰め所に戻りかけた係員がふと足を止め、少し離れたところにあるひときわ大きな建物を指さす。

「ああ、そうそう。あそこの実験棟には、カードがあっても入れないんだ。もともと、かなり危険な実験をしているから、部外者を入れないところなんだけど……。今年入った新人がまた、しょっちゅうやらかしてくれて――」

何やら疲れた様子の係員が、そう言いかけたときだった。

ドォン、という爆発音とともに、地面が揺れる。

咄嗟にアレクシアを引き寄せたウィルフレッドは、爆発音の発生源――まさに今、係員が指さしていた実験棟の屋根が吹っ飛ぶのを見た。

思わず振り返ると、係員が指をへにょりと曲げる。

「……うん。今日はまた、ひときわ盛大に吹っ飛んだなあ……」

係員が、遠い目をしてぼそっと呟く。

そのとき、腕の中にいたアレクシアが鋭く叫んだ。

「伏せろ‼」

同時に、アレクシアが自身とウィルフレッド、そしてジョッシュとキャスリーンを囲むように、防御魔導フィールドを形成する。

その直後、屋根が吹っ飛んだばかりの実験棟の上空で、太陽がもうひとつ発生したかのような眩い光が弾けた。

人々の悲鳴と、すさまじい勢いで建物が崩壊していく衝撃音。

あちこちで防御魔導フィールドが自動形成されていく。王立魔導武器研究開発局というだけあって、非常時の安全策も完璧らしい。

しばらくして、ようやく衝撃音が落ち着いた。

ざっと見た限り、怪我人は出ていないようだ。

だが、建物の倒壊被害がひどく、まるでちょっとした戦場のような様相である。自己修復魔術が施されているらしく、端から復元されているようだが——まさかこれほどの惨事が、研究開発局の日常なのだろうか。

ウィルフレッドが状況把握に努《つと》めていると、背後から係員のひどく焦った声が聞こえてきた。

「き……きみたち！　大丈夫かい!?　ここの自動防御魔導フィールドは、職員登録されている者に対してしか発動しないから……！　状況が落ち着くまで、近くの非常シェルターに避難していなさい！」

蒼白になって叫ぶ彼は、やはり小さな防御魔導フィールドによって保護されている。そしてどうやら、彼の意思でそのフィールドを解除することはできないようだった。

そこに、どこからか人工的な響きの声が聞こえてくる。

『――非常事態宣言。非常事態宣言。現在、当局の警戒レベルはレベル4となっております。安全宣言がなされるまで、局員はそのままでお待ちください。繰り返します。現在、当局の警戒レベルはレベル4となっております。安全宣言がなされるまで、局員はそのままでお待ちください』

（レベル4……？　よくわからんが、今の爆発はこの研究開発局でもあまり普通じゃないってことか？）

ウィルフレッドが係員に視線を向けると、彼はますます顔色を悪くしていた。

「そんな……レベル4だって？　まずい、自律可動式の対人人型魔導武器《ドール》が出てくる！　きみたち、早く非常シェルターに避難するんだ！　さっきの爆発で、侵入者排除を目的とした、攻撃型セキュリティ機構が誤作動を起こしている！　きみたちは局員登録をしていないから、攻撃対象とされてしまうぞ！」

なんだそれは、とアレクシアが眉をひそめた。

「先ほどいただいた入局許可証では、攻撃対象外に認定されませんの？」

「……っ。侵入者による偽造を想定して、非常事態宣言より過去一時間以内に新規登録された許可証は、登録抹消《まっしょう》されるようになっている！」

ウィルフレッドとアレクシアは、思わず顔を見合わせた。

「なんというか……。我々は、ずいぶん間の悪いときに来てしまったのですね」

「そうですわね。仕方がありませんわ。ひとまず、非常シェルターに避難させていただきましょう」

アレクシアは地面に座り込んで蒼白になっているクラスメートたちを見て、にこりとほほえむ。

「おふたりとも、立てますかしら？　もしご無理でしたら、わたくしとウィルがおふたりを担いで運ばせていただきますけれど……」

彼女の問いかけに、ジョッシュが少しの間のあと小さくため息をついた。

キャスリーンが苦笑いを浮かべる。

「……おう。こんなときでも、普通にお嬢さまモードに切り替えるあんたを見てたら、なんか落ち着いたわ」

「うん。ていうか、この防御魔導フィールドってアレクシアが作ってるの？」

膝を払って立ち上がり、キャスリーンは魔力の光で淡く輝く半球状のフィールドをしげしげと見つめた。

アレクシアが頷く。

「ええ。わたくし、幼い頃から防御系の魔術が得意でしたの。――係員の方？　一番近くにある非常シェルターは、どちらになりますかしら？」

「あ……ああ。今年のシンフィールド学園生は、もう防御魔導フィールドを展開できるのか。すごいな。――いや、それなら少し安心だ。非常シェルターは、そこの建物の入り口から入れる。壁の低い位置に説明が書いてあるから、落ち着いていけば大丈夫だよ」

強ばった笑顔でそう言う係員に、アレクシアは令嬢モードの完璧な笑顔で応じた。

「ありがとうございます。それでは、わたくしたちは非常シェルターに向かわせていただきますわね。あなたも、どうぞお気をつけて」

優雅に一礼し、アレクシアはふわりと踵《きびす》を返した。

今日の彼女は、先日ウィルフレッドがセレクトした白と緑を基調としたワンピースを着ている。揃いのデザインの帽子も愛らしく、どこからどう見ても『お忍びで見学に来た清楚可憐なお嬢さま』だ。

（うん。今日のアレクシアさまもとても可愛い。……可愛いというのは、本当にすごいな。見ているだけで、脳内に幸せ物質が充満するのを感じるぞ）

そんなことを考えながら、ウィルフレッドは非常シェルターに向かう。

ただ、ここのセキュリティ機構は思っていたよりも対応が早かった。

四人が目的の建物に辿り着く前に、人間のような頭部と四肢《しし》を持つ魔導武器に取り囲まれてしまう。

はじめて見る魔導武器だった。

シルエットこそ人間のようではあるが、頭部に目鼻や口はついていない。両目があるべき部分は、目隠しでもするかのようにぐるりと魔力探査装置で覆われている。

足部から魔力を噴射《ふんしゃ》することで、高速移動と跳躍《ちょうやく》を可能にしているようだ。

それらを興味深そうに見つめ、アレクシアがぽつりと呟く。

「これが、先ほど係員の方がおっしゃっていた、ドールという魔導武器なのですね。……破壊してしまうのは、さすがにまずいかしら？」

「そうですね。安全宣言がなされるまでは――」

ドールの両腕にあたる部分は、さまざまな形状に変化する攻撃型魔導武器となっているらしい。

ウィルフレッドが答え終える前に、無数の魔力弾が撃ち込まれてきた。

アレクシアが展開している防御魔導フィールドによって弾かれているが、こちらを蜂《はち》の巣《す》にする勢いだ。

まあ、とアレクシアが感嘆の声を零す。

「これだけの機動力と攻撃力を持たせているということは、この魔導武器にはずいぶん高純度の魔導結晶が使われているのでしょうね」

「ええ。とてもほかでは考えられない贅沢品です」

さすがは、王立魔導武器研究開発局の防衛機構だ。ここの機密を守る最終防衛ラインがこのドールだというなら、もしかすると、一体一体に伝承魔導具に匹敵《ひってき》するほど巨大な魔導結晶が組みこまれているのかもしれない。

（……うん。下手に壊して、弁償《べんしょう》を要求されるのだけは遠慮したいな）

いったいいくらするのか、想像するだけでぞっとしてしまう。ここは、ひたすら防御を決め込むべき場面であろう。

しかし、あまり長い時間この状況が続くとなると、そうも言っていられなくなる。

アレクシアの防御魔導フィールドは、大砲型魔導武器《キャノン》の直撃にも耐えられるほどの強度を誇る。

しかし、それを知らないジョッシュとキャスリーンは蒼白になって固まっていた。

素人《しろうと》の子どもには、かなり恐ろしい事態に違いない。ドールの攻撃が小休止するのを待って、ウィルフレッドはふたりに声をかけた。

「ジョッシュ。キャスリーン。ふたりとも、オレかアレクシアさまがいいと言うまで、目を閉じているといい。アレクシアさまの防御魔導フィールドは、この程度の攻撃では破壊されないから、大丈夫だよ」

完全に血の気《け》の失せた顔で、それでもふたりは気丈に頷いてみせた。どうやら、パニック状態にはなっていないようだとほっとする。

とはいえ、いつかはジョッシュたちの忍耐にも限界が来るだろう。

ウィルフレッドがどうしたものかと思案していると、突然あたりに焦りきった青年の声が響いた。

『ジョッシュ！　無事か⁉　無事だな⁉　すぐにそいつらを止めるから、もう少しだけがんばれ！』

反射的にウィルフレッドがジョッシュのほうを見ると、彼はぽかんとした表情を浮かべていた。

「兄貴……？」

声の主はジョッシュの兄、ヒューバートであるようだ。

どこかの監視魔導具越しに、こちらの状況を見つつ話しているのだろうか。

そうこうしているうちに、再びドールの攻撃が始まる。

『だーもう！　誰だこの術式組んだやつ！　つーか、今日はおまえが来る予定だったから、万が一に備えて、おまえの魔力をあらゆる警備機構の攻撃対象外に登録してたはずなのに！　なんでドールが攻撃してんだよ！』

何か別の作業と並行しているらしく、あたりに響く声が若干揺れている。

ウィルフレッドは、黙ってアレクシアを見た。

「……ええ。現在攻撃を受けているのは、わたくしが防御魔導フィールドを展開してしまったせいでしょうね」

アレクシアの防御魔導フィールドは、大砲型魔導武器《キャノン》の攻撃でも完璧に遮断する。人間が無意識に放出しているレベルの微弱な魔力など、言わずもがなだ。

ここの警備機構がどれほど優秀だろうと、アレクシアの防御魔導フィールドに守られているジョッシュの魔力を感知することは不可能だろう。

すまなそうに眉を下げたアレクシアが、ジョッシュに詫びる。

「申し訳ありません、ジョッシュ。あなたに恐ろしい思いをさせてしまったのは、わたくしのせいですわ」

はっとまばたきをした彼が慌てて答える。

「いや、全然あんたのせいじゃねーし！　つーか、兄貴！　まさかさっきの爆発、兄貴が何かやらかしたわけじゃねーだろうな!?」

『ちっげーし！　可愛い弟からの信頼がゼロで、お兄ちゃん悲しいんですけど!?』

「んなもん、普段の行いのせいだろうがー!!」

……何やら兄弟喧嘩がはじまってしまった。

幸いなことに、ドールの攻撃はそれからすぐに停止した。四肢を折り曲げ、頭部を収納してコンパクトな姿になったそれらは、格納庫に向かって整然と去っていく。

キャスリーンが、深々とため息をついた。

「あー……びっくりしたぁ。って、アレクシア？　防御魔導フィールドは解除しないの？」

「安全宣言がなされるまでは、このまま待機させていただきます。それにしても、あのドールというのは面白いものですわね。王立魔導武器研究開発局の警備機構を、こうして実際に目にすることができるだなんて。とても貴重な経験でしたわ」

にこにことほほえみながら言うアレクシアに、キャスリーンは半目になった。

「あたしは死ぬかと思ったけどね。……って、アレクシアがいなかったら、あたし普通に死んでたよね!?　うわー！　ありがとうアレクシア！　本気で命の恩人だよー！」

「どうでしょうか。その場合は、ジョッシュの同行者としてきちんと防衛システムが発動していたと思いますけれど……。いずれにせよ、今回のことは不運な偶然が重なった事故ですわ。みなさんがご無事で、よかったです」

と、そこに今度は壮年《そうねん》の男性の声が響いた。

『みなさん、お騒がせいたしました。ただいまをもって、王立魔導武器研究開発局内部の安全が確認されたことを宣言いたします。防御魔導フィールドが解除されますので、修復中の建物にいる方々は、速やかに安全な場所へ移動してください。それから——』

男性の声が、いちだんと低くなる。

『今回の爆発を起こした研究チームは、至急局長室へ出頭するように。これより、個別の事情聴取を行ったのち、王室監査チームの到着を待って処分を決定いたします。……本っ当に！　今回ばかりは庇《かば》いきれねーからな、おまえら⁉　民間人を巻き込んじまってんだから、除籍《じょせき》処分になっても文句は言えねえぞ‼　あぁあああ、胃が痛い……』

悲痛なぼやきとともに、放送が切れる。ウィルフレッドは、思わず言った。

「ここは、ずいぶんフリーダムな組織なのですね」

「楽しそうなご様子で、大変結構なことだと思いますわ」

にこにこと応じつつ、アレクシアは防御魔導フィールドを解除した。

ジョッシュとキャスリーンが胡乱な目を向ける。

「今の、楽しそうだったか……？」

「むしろ、中間管理職って大変そうだなー、としか……」

「……おーい、ジョッシュ！　無事かー！」

そんなことを話していると、どこか遠くからジョッシュの名を呼ぶ声が聞こえてきた。通信魔導具を介していない、肉声だ。

ジョッシュに呼びかける声が、どんどん大きくなる。そちらを見てみれば、地面を滑るように移動して近づいてくる者がいた。

（おお……？）

尋常ではないそのスピードに、一同は揃って目を丸くする。

「ああ、無事だ……けど……」

ほんのわずか宙に浮いた円盤型の魔導具に乗ってやってきたのは、ジョッシュと同じ赤銅色の髪に水色の目をした青年だった。

彼は、一同に向かってまっすぐに飛んできたのだが――。

「……おい、兄貴。どこまで行くんだ？」

「ちょっと待ってろー！　これ、試作品で扱いが結構難しいんだ！」

四人のそばをすり抜けて、青年が去っていく。

彼はそれからかなり進んだ先でようやく切り返し、スピードを落としてふよふよと漂《ただよ》うようにやってくる。そうしてようやく、ウィルフレッドたちの前に降り立った。

手の甲で額の汗を軽く拭った青年が、爽《さわ》やかな笑みを浮かべて口を開く。

「はじめまして。俺は、ジョッシュの兄のヒューバート。今日はせっかく見学に来てくれたというのに、大変な目に遭わせてしまって申し訳なかったね」

ヒューバートはジョッシュとよく似た華やかな容姿ながら、かなり線が細い青年だった。中性的、というほどではないけれど、屋内で過ごすことの多い人間らしく色白で、逞《たくま》しさとは無縁の体つきだ。

半目になったジョッシュが言う。

「おい、兄貴。そんな魔導具を使って楽してるから、ますます運動不足になるんだぞ。ただでさえ運動神経が残念なんだから、少しは歩いて体力つけろよ」

「は？　何を言っているんだ、弟よ。俺は、人々がいかに楽をして生きていけるかを探求するために、魔導武器の研究開発をしているんだぞ。最高峰の軍事技術を生活魔導具に転用できれば、一般市民だってものすごく楽な生活を送れるようになるじゃないか」

大真面目な顔で言い切った兄を見て、ジョッシュは死んだ魚のような目になった。

そして、ウィルフレッドたちを振り返る。

「……うん。こういう兄貴だからさ。あんまり細かいことは、気にしないでやってくれ」

深々とため息をついたジョッシュに、アレクシアがくすくすと笑う。

そして、ヒューバートに向けて口を開いた。

「お初にお目にかかります。ヒューバートさま。ジョッシュのクラスメートの、アレクシア・ガーディナーと申します。こちらは、わたくしの従者のウィルフレッド・ガーディナー。このたびはお会いできて光栄ですわ」

「……ガーディナー？」

ヒューバートが、不思議そうな顔をする。

そして、まじまじとアレクシアを見つめ、軽く身をかがめると、内緒話のように小さな声でこっそりと言う。

「きみ、エッカルトのブリュンヒルデさまにそっくりじゃないか。それでアレクシアっていうなら、アレクシア・スウィングラー辺境伯令嬢だろう？　なぜ、偽名なんて使っているんだい？」

（……うわぁ）

ウィルフレッドは思い切り顔を引きつらせた。まさかこんなところで、アレクシアの母親譲りの美貌が仇《あだ》となるとは――。

直後、アレクシアが展開した防御魔導フィールドが、その場にいる全員を包み込む。今回は、認識阻害と音声遮断の効果も付与しているようだ。

しばしの間を置いて、アレクシアが深々とため息をつく。

「……なるほど。ジョッシュに聞いたとおり、驚異的な記憶力だな。ブリュンヒルデさまが最後に公の場に出たのは、もう十年以上も前のはずだぞ。そんなものを記憶している民間人がいるとは、さすがに想定外だった」

「えー？　あんな超絶美女の顔、忘れようったって忘れられないよ？　ていうか、きみの話し方ってそっちが素なのかな？」

のほほんとした様子で問うてくるヒューバートに、アレクシアは苦笑した。

「まあ、そうだな。……しかし、どうしたものか。きみたちにわたしの素性がバレた以上、シンフィールド学園に留まり続けるのは、さすがに危険か」

「アレクシアさま。我々が王立魔導武器研究開発局の人間と個人的に接触したことをデズモンドさまに知られると、少々厄介です。一度、国外へ脱出しますか？」

単なる好奇心でここに来たのは、失敗だった。

――アレクシアがスウィングラー辺境伯家の別邸から姿を消してから、早数ヶ月。

今のところ、周囲に暗殺者の影を感じたことはない。

けれど、デズモンドは有能な人物だ。自分たちがシンフィールド学園に潜伏していることは、すでに把握されていると考えたほうがいいだろう。

それでも、いまだスウィングラー辺境伯家が動きを見せていないのは、半年後にエイドリアンの結婚式を控えているからだ。

今のデズモンドにとっての最優先事項は、エイドリアンと愛人の婚姻を成立させ、スウィングラー辺境伯家の正式な後継者を確保すること。それが無事に済むまでは、余計なトラブルは極力避けたいに違いない。

だがここは、この国最高峰の軍事技術を研究開発している施設である。

学友たちと連れだっての施設見学であれば、シンフィールド学園の生徒の行動としては普通のことだ。

しかし、アレクシアが優秀な研究者と自らの素性を明かすほど懇意《こんい》になったとなれば、さすがに捨て置くことはできないだろう。

生家への反逆の危険性ありと判断されれば、王家の庇護下にある学園の中にいようが、手段を選ばず彼女を処分しに来るかもしれない。

「そうだな。ウィル、すぐにこの場を撤退。シンフィールド学園の拠点は放棄《ほうき》する」

アレクシアの判断の速さは、スウィングラー辺境伯家にいた頃から変わらない。

淡々と告げた彼女に、ヒューバートが素っ頓狂な声を上げた。

「へ!? 待って待って、どういう意味!?」

一瞬、迷う素振りを見せたアレクシアが、ひとつため息をついた。

「――きみの言うとおり、わたしはアレクシア・スウィングラーだ。わたしがここにいるのは、いわゆるお家騒動を警戒してのことでな。数年前から、わたしとウィルは東の国境を守るべく戦場に出ていた。だが、スウィングラー辺境伯家の新たな後継者となる少年は、現在聖ゴルトベルガー学園に通っている」

ヒューバートが、すっと真顔になった。

「なるほど。将来的に、頼りない後継者に不満を持った者たちが、エッカルト王家の血を引くきみこそ正しい後継者だと騒ぎ出すかもしれない。それを避けるために、現当主が人知れずきみを処分しようとする可能性がある、と」

「理解が早くて助かる」

あっさりと応じたアレクシアだったが、ジョッシュとキャスリーンはそういうわけにはいかなかったようだ。ふたりとも、まばたきもせずに固まっている。

ジョッシュが、掠れた声で問うてきた。

「え、何……？　どういう、意味だよ？」

そんな彼に、アレクシアより先にヒューバートが答える。

「この防御魔導フィールドの精度と展開速度を見る限り、彼女が相当の実戦経験を積んでいるのは間違いないよ。そして、スウィングラー辺境伯家の令嬢だった彼女は、エッカルト王家の血を引いている」

ゆっくりと、幼子に言い聞かせるような口調だった。

「一方、近い将来新たにスウィングラー辺境伯家の後継者となる少年の母親は、我が国の男爵家の出身だ。おまけにその少年は、現在荒事とは無縁の学園生活を送っている」

つまり、とヒューバートはジョッシュとキャスリーンを見ながら言った。

「東の国境維持を任とするスウィングラー辺境伯家の後継者として相応しいのは、どう考えてもこちらの彼女だ。だが、彼女は今その継承権を剥奪され、平民の少女としてここにいる。巷間《こうかん》に流れている噂から察するに、おそらくそちらの従者くんとともに生家を追放されたんだろう」

ジョッシュとキャスリーンが、ぱっと弾かれたようにアレクシアを見る。

アレクシアは、苦笑を浮かべた。

「きみたちには以前説明したと思うが、彼の言うとおりだ。――わたしは両親の離縁と再婚をきっかけに、ウィルとともに追放された。しかし、どこの貴族の家にも、血筋にこだわる縁者というのは多いものでな」

困った表情を浮かべ、彼女は続ける。

「残念なことに、スウィングラー辺境伯家の新たな後継者となる少年が、その任をつつがなく果たせる可能性は、非常に低い。後継者の務めを、それなりにこなしていたわたしを担ぎ上げようとする者たちが、いずれ必ず出てくるだろう」

それの何が問題なのかわからない、という顔をしているクラスメートたちに、アレクシアは淡々と告げる。

「今のわたしは『祝福されなかった婚姻により生まれた子ども』という、大変縁起の悪い存在なんだ。何より、エイドリアンさま——わたしの実の父親にとっては、『異国の英雄に奪われた妻が産んだ子ども』という、大変腹立たしい存在でもある」

ジョッシュとキャスリーンの顔が、強張った。

「そんなものを、家の後継者に据えるわけにはいかないだろう？　だったら、将来余計な騒ぎが起こる前に、その火種となりかねないわたしを殺してしまえばいい。わたしのおじいさまは——現スウィングラー辺境伯は、そういう合理的な判断をなさる可能性がある方なんだ。だから、王都に逃げてきた」

合理的、とジョッシュとキャスリーンが同時に呟く。

そうして、アレクシアは呆然と立ちすくんでいるふたりに、少しだけ困った表情を浮かべて言う。

「ふたりとも、短い間だが世話になった。ありがとう」

「は……？」

「ちょっと、待ってよ……」

震える声で言うふたりに構わず、アレクシアは背を向けた。

主のあとを追いながら、ウィルフレッドは静かに告げる。

「……残念だけれどね。今まで、ありがとう。きみたちと過ごした時間は、とても楽しいものだった——」

「あ、スマン！」

そう言った瞬間、寸前までウィルフレッドの頭があった場所を、ヒューバートが乗っていた円盤型の中速移動魔導具が、猛スピードで飛んでいった。

ウィルフレッドはゆっくりと振り返る。

ヒューバートが、気まずそうな顔で立っていた。かなりの重量があるであろうそれを、力いっぱいぶん投げたらしい。

反射的に頭をずらして危険を回避していたウィルフレッドは、半目になった。

「……殺す気ですか？」

「いや、そんなつもりは。咄嗟に引き留めようと思って、きみの背中あたりを狙ったんだけど……。うっかりすっぽ抜けて、頭に向かって飛んでいったんだよねえ。ごめん、ごめん」

この至近距離で、どうすれば狙いを外せるというのだろう。

それ以前に、直撃すれば重傷は免《まぬが》れないレベルの重量物を、殺害する気のない相手に向けて、全力でぶん投げてはいけない。

「まあ、それはそれとして。きみたち、若い身空で生き急ぐのはよくない！」

ビシッと人差し指を立てて、ヒューバートが言った。

少し考えるようにしてから、彼におかしなものを見る目を向けるアレクシアとウィルフレッドを、順に見る。

「うん。つまり、俺が不用意にきみたちの隠し事を暴《あば》いたのがいけなかったんだね。すまなかった。でも、今ならまだ大丈夫！」

明るく笑って、ヒューバートは続けた。

「ここの監視魔導具が拾える音声は、人間の通常の話し声程度。さっきの内緒話くらいの音量だと、まず拾えていないよ。だからこのことを知っているのは、俺たちだけだ。つまり、俺たちさえ口をつぐんでいれば、きみたちは今までどおりシンフィールド学園で過ごすことができる。違うかい？」

「我々の素性を、秘密にすると？　だが、人の口に戸は立てられんだろう」

当然のように即答するアレクシアに、ジョッシュとキャスリーンが傷ついた表情を浮かべる。

ちらりとその様子を見たヒューバートが、よし、と頷く。

「これは、俺のうっかりのせいなわけだし、弟の命の恩人に迷惑をかけるわけにはいかないからねえ。――ジョッシュと、そっちのきれいなお嬢さん。ちょっとこっちに来い来い来い」

「え……うん」

「あ、はい……」

ふわふわと覚束《おぼつか》ない足取りでふたりがやってくると、ヒューバートはどこからか小さな魔導結晶を取り出した。

それを手のひらに載せる。

そして、まるで世間話でもするかのように口を開いた。

「――アレクシア・スウィングラーとその従者の素性について、本人たちの許可なくして一切他者に伝えないことを〈誓約《せいやく》〉する。この〈誓約〉の解除条件は、アレクシア・スウィングラー並びにその従者の魔力消失とする」

（は？）

ウィルフレッドが止める間もなかった。

眩い輝きを放って魔導結晶が砕け散り、ヒューバートとジョッシュ、そしてキャスリーンの体にまとわりつくようにして消えていった。

ウィルフレッドの聞き間違いでなければ、これは〈誓約〉の魔術だ。

アレクシアとウィルフレッドを繋ぐ〈主従契約〉に準ずる強制力を持つ、非常に強力な魔術。少なくとも、こんなふうに気軽に――しかも、〈誓約〉をかけられる当事者の同意なく発動させていいものではない。

しかし、ヒューバートは『これで問題ないだろう』と言わんばかりだ。にこにことアレクシアに笑いかける。

「これで俺たちは、きみたちの素性を話すことはできなくなった。少なくとも、俺たち三人の口にはしっかりと鍵がかけられたわけだ。きみたちはこれからも安心して、シンフィールド学園で楽しい学園生活を送れるよ」

「……きさまの判断の速さは、驚嘆に値《あたい》する。が、自由意志を侵害する〈誓約〉など、ジョッシュとキャスリーンの許諾《きょだく》も得ないまま、発動していいような魔術ではなかろうが！　この、大バカ者が!!」

珍しく、アレクシアがキレた。

彼女は〈主従契約〉や〈誓約〉の魔術といった、他者の精神的自由に干渉《かんしょう》する魔術を忌避《きひ》している。おそらく、幼い頃にウィルフレッドと〈主従契約〉をするよう強要されたトラウマがあるのだろう。

しかも、ヒューバートが〈誓約〉の解除条件としたのは、ウィルフレッドたちの魔力消失のみ。つまり、アレクシアとウィルフレッドが死なない限り、三人にかけられた〈誓約〉は解除されない。

スウィングラー辺境伯家の兵士なら即座に平伏したであろう彼女の怒号にも、ヒューバートはけろりとしたものである。

「何も、そんなに怒らなくても。そりゃあ、ジョッシュたちに無断で〈誓約〉したのはちょっと悪かったような気がしなくもないけど、別にふたりとも気にしていないと思うぞ？　なー？」

軽く首を傾げ、ヒューバートが問いかけた。

ハッと我に返り、ジョッシュとキャスリーンがぶんぶんと頷く。

「お、おう！　別に、かけられて困るような〈誓約〉でもなかったし！」

「うんうん！　これでアレクシアたちがどこにも行かなくて済むなら、むしろ、『ジョッシュのお兄さん、ありがとう』って感じー！」

そんなふたりの様子に唖然としたアレクシアが、戸惑った顔でウィルフレッドを見上げる。

「ウィル……？」

「はい。通常であれば、他人の精神の自由を奪う〈誓約〉を無断で発動するなど、決して許されない所業ではありますね。ええ、人として本当にどうかと思います。……ですがまあ、〈誓約〉をかけられた当人たちが是としているなら、さほど問題はないのではないでしょうか」

危険な重量物をぶん投げられた恨みをこめてそう言えば、アレクシアは額を押さえた。

「……理解ができん」

「何も難しく考える必要はありませんよ。彼らは、我々の秘密を外部に漏らさないことを〈誓約〉という形で確約してくれた。そのおかげで、我々は今後もシンフィールド学園で過ごすことが可能になった。それだけのことです」

正直なところを言うなら、ヒューバートがこの状況で〈誓約〉という手段を、即座に選択、実行してくるとは思わなかった。おそらくこれは、アレクシアが唯一、シンフィールド学園に留まる決断をできるであろう解決策だ。

彼の記憶力のすさまじさは、ジョッシュからの伝聞である程度想像していたし、実際に会ってすぐにそれはいやというほど理解した。そのうえ、多少合理的すぎるきらいはあるものの、判断力と決断力も常人の域《いき》を遥かに超えているとは——。

(うん。ヒューバートどのは間違いなく、敵に回さないほうがいいタイプの人間なんだが……。なぜだろう。この、やたらとのほほんとした態度の彼を見ていると、背後から尻を蹴飛ばしてやりたくなるのは)

ウィルフレッドは、わりとしょうもないことを思案した。

そこで、とことこと近寄ってきたキャスリーンが、アレクシアの頬を両手でむにっと摘む。

目を丸くしているアレクシアに、彼女は盛大に顔をしかめて言う。

「あのね、アレクシア。ジョッシュのお兄さんが〈誓約〉をかけてくれなかったとしても、あたしはあんたの素性を誰かに——家族にだって、言いふらすつもりなんてなかったよ?」

そうそう、と同じく近づいてきたジョッシュが頷く。

「まあ……おまえらが、今までおれたちが考えていたよりずっと、大変な思いをしてきたんだろうな、ってことは……うん。想像するのもちょっと難しいけど、それでもさ。少しは、わかるよ。おまえらが、ここに来るまでものすごくがんばってきたんだろうな、ってことくらいは」

キャスリーンの手が、アレクシアの頬から離れる。

「うん。あんたたちが、お互いのことをすごく大事にしてるのも、理由がわかってみればそりゃそうなるかーって感じだし。ただ……あたしもまだよくわかってないけど、たぶん、この世界って、ふたりだけじゃ生きていけないよ。簡単に、お互い以外を切り捨てたりしないでよ。……そんなの、すごくさびしいよ」

「……わからない。なぜ、我々を引き留める？　我々がきみたちの前から消えたところで、迷惑がかかるわけでもないはずだ」

ひどく困惑した様子のアレクシアを見て、ジョッシュがわざとらしくため息をついた。

「だったら、キャスリーンの言うことがわかるようになるまで、あんたはシンフィールド学園でいろいろ勉強するんだな！　平民社会では、これくらいのことがわかっていないと生きてけねーぞ？」

「そういう……ものなのか？」

揺れる瞳で、アレクシアがこちらを見上げてくる。ウィルフレッドはほほえんだ。

「あなたご自身は、どう思われているのですか？　アレクシアさま。これからもシンフィールド学園で、彼らとともに過ごしたいとは思いませんか？」

その問いかけに、アレクシアはなかなか答えなかった。

目を伏せ、何度か迷うようにしたあと、彼女は掠れた声で言う。

「許される、ものなら……。もう少しだけ、シンフィールド学園で過ごしたい、と思ってはいる」

「はい。でしたら、シンフィールド学園の拠点を放棄するのは、しばし延期といたしましょう。これからは、なるべく学園に残る方針で考えていく、ということでよろしいですか？」

柔らかな声で告げれば、アレクシアは滅多に浮かべることのない不安げな表情を見せた。

「本当に、いいのか？　ウィル。……よく、わからないんだ。自分が、ひどく感情的になっている自覚がある。本当ならすぐにでも――」

「アレクシアさま。大丈夫です。……大丈夫ですよ。どんな選択をされようと、オレは必ずあなたのそばにいます。たとえそれが、最善の道ではなかったとしても」

そうでしょう？　と、ウィルフレッドはアレクシアの目をまっすぐに見た。

「あなたはもう、自由なんです。もう二度と、デズモンドさまの顔色を窺って生きる必要などないのですから」

アレクシアの喉《のど》が、ひゅっと鳴った。その顔から、きれいに表情が抜け落ちる。

そんな彼女から目をそらさず、ウィルフレッドは右手の手袋を抜き取った。

手の甲に刻まれた〈主従契約〉の紋章を晒し、アレクシアの頬にそっと触れる。

「アレクシアさま。……いつか、〈主従契約〉を破棄しても、オレがあなたのそばにいることを信じられる日が来たら。そのときは、この紋章を消してください」

「……ウィ、ル」

アレクシアが、今にも泣き出しそうな顔になる。ウィルフレッドは、笑って続けた。

「そんな顔をなさらないでください。本当は、どちらでもいいんですよ。こんな紋章などあってもなくても、オレがあなたのそばにいることは変わらないのですから」

己の内の恋情を隠し、卑怯《ひきょう》なことをしていると思う。

それでも、これだけは譲れない。アレクシアにとって一番大きな存在が、ウィルフレッド以外になることだけは許せないから。

「……すまない、ウィル」

「いいえ。こちらこそ、わがままを言って申し訳ありません」

俯くアレクシアをそっと抱き寄せれば、彼女は素直に腕の中に収まった。

華奢な背中をとんとんと優しく叩いていると、背後でぼそぼそとヒューバートが呟く。

「うわー……。〈主従契約〉の紋章なんて、はじめて見たぞ。え、どんな条件づけなんだろ。頼んだら、見せてくれないかな」

「……兄貴。頼むから、おとなしく黙っててくれ」

ウィルフレッドは手早く手袋をはめ直した。

この紋章は、彼女がはじめてウィルフレッドにくれたものだ。赤の他人に、興味本位で覗かれていいようなものではないのである。

ヒューバートの案内による王立魔導武器研究開発局の見学は、別日に延期されることになった。

さきほど流れた放送がたしかなら、今回の事故の原因を調査しに王室監査チームもやってくるだろうし、部外者がいつまでも居座っているわけにはいかない。

アレクシアが使った防御魔導フィールドなどについては、ヒューバートがうまくごまかしておいてくれるとのことだ。

学園への帰路に就きながら、ウィルフレッドは主と友人たちを眺め、これからの学園生活に思いを馳せた。

◇❖◇

『――お館さま。本日のアレクシアさまとウィルフレッドは、王立魔導武器研究開発局を訪れました。そこで発生した大規模爆発に巻きこまれたようですが、ふたりとも無傷でシンフィールド学園に戻った旨、ご報告いたします』

スウィングラー辺境伯家の本邸執務室。

代々の当主が受け継ぐそこで、デズモンドは通信魔導具越しに配下から報告を受けた。書類から目を上げないまま、そうか、と応じる。

「大規模爆発の原因は?」

『現在、王室監査チームが調査中ですが、事態を引き起こした研究チームのメンバーに、これといって不審な点はありません。アレクシアさまが巻きこまれたのは、不運な偶然によるものと考えてよろしいかと』

スウィングラー辺境伯家が抱える密偵の質は、王家のそれにも劣らない。アレクシアたちが王都に入ってからの動向を、デズモンドはほぼリアルタイムで把握している。

彼は、苦々しく息を吐いた。

民間人——しかも子どもの見学者がいるときに、そのような爆発事故を起こすとは、王立魔導武器研究開発局の安全管理基準は、いったいどうなっているのか。まったく、嘆かわしいことこのうえない。

これは、辺境伯家当主として国王に奏上《そうじょう》すべき案件だろうか。頭の隅でそう思案しつつ、通信魔導具の向こうにいる配下に告げる。

「わかった。おまえたちは、引き続き任務を継続。今後もこちらから指示があるまで手出しは無用だ」

『了解しました。……デズモンドさま』

一拍置いて、デズモンドが家を継ぐ前から苦楽をともにしてきた配下が言う。

『本当に、よろしいのですか？　アレクシアさまに何もお伝えせず……』

ひどく曖昧な問いかけに、デズモンドは軽く眉根を寄せた。

「何度も言わせるな。あの娘は、この家には決して戻さぬ」

『……了解、しました。引き続き、任務に戻ります』

通話の切れた通信魔導具を一瞥《いちべつ》し、あの冬の日から――たったひとりの孫娘をこの屋敷から追放した日から、季節がひとつ変わった窓の外を見る。

あの日の決断を、後悔したことはない。

エッカルト王家から息子夫婦の離縁を打診されたとき、これが最初で最後の機会かもしれぬと体が震えた。

アレクシアを追放し、エイドリアンが愛人との間にもうけた少年を、スウィングラー辺境伯家の新たな後継者とする。

その目論見《もくろみ》が叶う日は、もうすぐそこだ。

(このまま、あのバカ息子の婚儀が無事に済めば……)

そう思いながらも、デズモンドは嫌な胸騒ぎを感じていた。

シンフィールド学園で学ぶアレクシアとウィルフレッドに、今のところ反逆の意思はないようだ。

実際、あのふたりは非常に賢い子どもたちだ。こちらから手出しをしなければ、余計な騒ぎを起こすまい。

そんなことは充分すぎるほどわかっているのに、どうにも落ち着かない。

近い将来、このスウィングラー辺境伯領を中心に、長く激しい嵐《あらし》が吹き荒れるような――そんな、嫌な予感がした。

第六章　王太子殿下がやってきました

王立魔導武器研究開発局での予期せぬ騒動から、数日後の放課後。

アレクシアは新たなトラブルに見舞われていた。

「やあ、美しいお嬢さん。僕は、ローレンス・アーサー・ランヒルディア。この国の王太子だ。シンフィールド学園の新入生の中に、貴族出身の女の子がいると聞いて興味が湧いてね。学園側に少々無理を言って、きみと密かに面会する機会を作ってもらったんだ。このことは、双方の学園長とここにいる者たちしか知らないから、安心してほしい」

「もったいないお言葉ですわ、王太子殿下。わたくしは、アレクシア・ガーディナーと申します。このような姿でお恥ずかしゅうございますが、思いがけずこうしてお目にかかれて、心より光栄に存じます」

特大の猫かぶりをしたアレクシアは、「ちょっといいか」の一言で、自分をこの応接室に連れてきた担任教師――エリックの足の甲を、靴の踵《かかと》で思い切り踏みつけてやりたくなった。

ウィルフレッドは、ここにはいない。ソファに腰かけたアレクシアの斜め後ろに立っているのは、保護者面をしたエリックだ。まったくもって、心許《こころもと》ないことこのうえなかった。

学園長からの――王太子からの要請では断りようがなかったのだろうが、こちらの都合も少しは考えていただきたいものだ。あとで、やつあたりの膝かっくんでもしてやろう。

一方、優雅に椅子に腰かけるローレンスの背後には、見覚えのある彼の従者が直立不動で控えている。隙のない立ち姿からして、かなりデキる青年だ。おそらく、実戦用の魔導武器も携帯している。

アレクシアは、内心でチッと舌打ちをした。

(わたしの存在が、三校合同新入生歓迎会で噂になったせいか……。だからといって、たかが新入生ひとりのために、王太子自らホイホイ出てこなくてもいいだろうに。こいつは、そんなに暇なのか?)

まさか「噂を聞いて興味が湧いたから」などという軽々しい理由で、一国の王太子が訪ねてくるとは思わなかった。

にこやかにほほえみながら、アレクシアはローレンスの言葉を待つ。こちらを見る透き通ったゴールドアンバーの瞳が、興味津々といった様子で輝いている。

どうやらローレンスは、シンフィールド学園の制服を着た彼女を、かつて挨拶を交わしたことがある『スウィングラー辺境伯家の後継者』だとは気づいていないようだ。彼にとって、アレクシアは山のように挨拶に来る貴族の子どもたちのひとりにすぎなかったのだから、当然といえば当然か。

とはいえ、面倒なことになったのには変わりがない。

うんざりした気持ちを決して顔に出さないのは、淑女教育の基本のキだ。

それでも、以前と変わらぬ能天気な様子の王太子を前にして、ため息を噛み殺すのにアレクシアは多大なる気力を要した。

ローレンスは、まだ学生の身である。スウィングラー辺境伯家の一件について、彼の意思が関わっていたということは、まずないだろう。

未成年の彼に対し、アレクシアが恨み言をぶつけるつもりはない。

彼女は物心ついた頃から、『王家を守る』という貴族の矜持を叩きこまれてきた。何事もなければ、今も東の辺境で、そのために戦っていたはずだ。

アレクシアからその矜持を奪ったのは、ほかならぬ王家とスウィングラー辺境伯家。ローレンス個人に恨みはなくとも、白けた気分になるのは仕方がないことだと思う。

望むと望まざるとにかかわらず、ローレンスは王家の一員なのだから。

やさぐれた内心を、社交用の笑みの下にきれいに隠す。そんな彼女に、不思議そうな顔をしたローレンスが問う。

「素朴な疑問なんだが、なぜきみはシンフィールド学園に入学したんだい？　きみほど美しく魅力的なご令嬢なら、社交界にデビューすればすぐに求婚者が列をなしただろうに」

（ふむ。学園間の情報伝達速度はそれなりのものだが、やはり精度はかなり落ちるようだな）

どうやらローレンスは、彼女の入学理由をまるでご存じないようだ。

アレクシアは、指先で頬に触れて小首を傾げた。

「はい。お恥ずかしい話なのですけれど、父の再婚が決まった途端に、わたくしは使用人がひとりもいない、山奥の別邸へ移るよう命じられてしまいましたの。ですが、当時はまだ冬の最中でしたし、食料の備蓄《びちく》もほとんどなかったものですから、とてもそこでは生きていけなかったのです。それで従者とふたり、王都の孤児院でお世話になっていたのですけれど……」

一度言葉を区切り、さらに続ける。

「ずっと孤児院で甘え続けるわけにはまいりませんでしょう？　わたくし、修道院に入って大切な従者と離ればなれになってしまうのは、いやでしたの。シンフィールド学園ならば手に職がつきますし、月々の生活費もいただけるとのことでしたので、こちらで学ばせていただいております」

彼女の話によほど驚いたらしい。ローレンスだけでなく、常に冷ややかな無表情を崩さない彼の従者までが、顔を強ばらせた。

「つまりきみは、生家を追放されたということか？　そのような非道な真似をする貴族が、我が国にいると……？」

ローレンスの言う『非道な真似』を許容しているのは、ほかでもない彼の父親である国王なのだが、それは言っても仕方あるまい。

声を震わせるローレンスに、アレクシアは儚げにほほえんでみせる。

「わたくしは、あの家で不用な存在になった。それだけのことです」

そうして、スウィングラー辺境伯家から捨てられた彼女を、ウィルフレッドが拾ったのだ。

かつてアレクシアが絶望の中から拾い上げ、地獄に引きずり込んで育てた少年は、彼女に生きる理由をくれた。

あの日以来、ウィルフレッドは世間知らずのアレクシアを常に守り導いてくれている。彼は以前に比べると、格段に表情が豊かになった。スウィングラー領にいた頃、彼女がずっと見てみたいと思っていた笑顔を、当たり前のように見せてくれるようになったのだ。

（ふっふっふ……王太子よ。おまえの従者がどれほど優秀なのかは知らないが、うちのウィルのほうが絶対可愛いからな。この件について、断じて異論は認めない）

内心でふんぞり返りながら、アレクシアはどこまでも穏やかに続ける。

「わたくしはすでに、平民の娘として新たな名をいただきました。そして、この学び舎で新たな人生を歩んでおります。王太子殿下におかれましては、どうかわたくしのような者のことはお忘れになり、今までどおりつつがなくお過ごしくださいませ」

つまらない好奇心で、他人の人生にズカズカ踏み込んでこないでもらいたい。こちらとしては、ひたすらうんざりするだけなのだ。ローレンスには、大人になっていただきたいものである。

あくまでもふんわりと柔らかな微笑を浮かべて告げると、彼はぐっと手を握りしめた。

「……ガーディナー嬢。きみの、以前の家名を教えていただけないだろうか」

「申し訳ございません、王太子殿下。わたくしはすでに、あの家と縁を切りました。もう二度と、かつての家族と関わり合いになりたくないのです」

王太子の口から、スウィングラー辺境伯家にアレクシアの動向が筒抜けになっては、ますます面倒なことになる。

にこりとほほえみ、彼女は言う。

「王太子殿下。あなたさまのなすべきことは、この国を守り、よりよき道へ導くことでございましょう。たかが娘ひとりのために費やしていい時間などないはずです。このようなお戯《たわむ》れはもう二度となさいませんよう、ランヒルド王国の一国民として、切にお願い申し上げます」

「だが……っ、きみは、ここがどんなところか本当にわかっているのか!? きみのような可憐な少女が、シンフィールド学園の厳しい訓練についていけるわけがない！」

背後でエリックが、「……んぐぬっ」と奇妙な声を零した。王太子の前であるため、アレクシアの身体能力を知っていても発言を控えているようだが、詰めの甘い男である。

これは膝かっくんに加えて、脇腹くすぐりの刑も加えてやるべきだろうか。

そんなことを考えていたアレクシアに、ローレンスは言いつのる。

「シンフィールド学園に入学できたということは、きみは魔力があるのだろう。ならば、どこかの貴族の家に養子に入るというのはどうだ？ 僕にだって、それくらいの手配をする力はある。きみが学ぶべきは、シンフィールド学園ではない。フレイス女学院だ」

アレクシアは、久しぶりに心の底からイラッとした。この能天気なお坊ちゃまは、いったい何を考えているのだろうか。

「王太子殿下。お戯れはお控えくださいと、申し上げたばかりではありませんか」

「戯れなどではない。僕は、本気で言っている」

ゴールドアンバーの瞳が、若々しい正義感に燃えてアレクシアを見ている。

「きみは、ここにいるべき人間ではない。ガーディナー嬢」

アレクシアは、半目になりそうなのを必死に堪えた。

「わたくしのことを何もご存じないのに、そのようなことを軽々しくおっしゃるものではございません。もしわたくしが、貴族の生まれと偽って周囲を欺《あざむ》き、王家に仇なす者であったらいったいどうなさるおつもりです」

精一杯のいやみだったのだが、ローレンスはそれを笑って受け流した。

「残念ながら、僕は今まで、きみほど所作の美しい令嬢と出会ったことがほとんどないんだ。もしきみが貴族を騙《かた》っているのなら、一国をひっくり返せるほどの詐欺師《さぎし》になれるよ」

「……さようでございますか」

この能天気な王太子は、大変考えなしのうえに、独特な感性をしているようだ。少なくとも、『詐欺師になれる』というのは、女性に対して笑顔で言うべき言葉ではないと思う。

ため息を噛み殺しそこねて、アレクシアは俯いた。そんな彼女の様子を見てどう思ったのか、彼はますます勢いづく。

「僕は、きみを救いたい。ガーディナー嬢。どうか、僕を信じてくれないか？」

（……なんだと？）

その瞬間、アレクシアの中で何かがひび割れる音がした。

ひび割れの奥から、どろりとした不快な熱がマグマのように広がってくる。

（ふざけるなよ、王太子）

この世界で彼女に『信じろ』と言っていいのは、ウィルフレッドひとりだけだ。

断じて、彼女からすべてを奪った王家の人間が、その場の思いつきで口にしていいことではない。

はらわたが煮えくり返りそうな心地がしたが、ぐっと堪えて静かに応じる。

「わたくしは、自分の意思でここにおります。王太子殿下のご厚意はありがたく存じますが、お申し出はご遠慮させてくださいませ」

淡々と告げると、ローレンスの顔が歪んだ。

「……っ、きみはまだ何も知らないから、そんなことが言えるんだ！　ここの訓練は、貴族のお嬢さま育ちのきみが、耐えられるようなものではないんだぞ！」

まったく、しつこい。あまりの鬱陶しさに、アレクシアは天を仰ぎたくなる。

（薄っぺらい正義感に燃え上がった青少年ほど、他人の意見を受け入れない者はない、ということか……）

数瞬の葛藤ののち、彼女は潔く現状突破をあきらめ、戦術を変更することにした。

このまま令嬢モードで押し問答を続けても、少々思い込みの激しいところがあるらしいこの王子さまは、決してあきらめてくれなさそうだ。

――少々賭《か》けにはなるが、勝算はある。

ひとつため息をつき、アレクシアはそれまで被っていた『淑女』の皮を脱ぎ捨てた。向ける視線の冷ややかさに、ローレンスがひるんで息を呑む。

彼女は構わず、口を開く。

「何も知らないのはきさまのほうだ、ローレンス・アーサー・ランヒルディア。この国の王太子を名乗るのであれば、きちんと状況と相手を見てから、ものを言え」

「…………は？」

限界まで目を見開いたローレンスを前に、アレクシアはゆったりと足を組んだ。

そして、にやりと笑って言う。

「お久しゅうございます、王太子殿下。先ほどのご質問に、お答えいたしましょう。――わたしのかつての名は、アレクシア・スウィングラー。このたび、エッカルトの英雄のお声がけにより両親が離縁したため、スウィングラー辺境伯家後継の座を追われた娘です」

「スウィングラー……？」

ローレンスと彼の従者、そしてエリックが、彼女の以前の家名を呆然と口にした。

どうやら彼らにとって、アレクシアの素性は完全に想定外だったようだ。

ああ、と頷き、彼女は続ける。

「世間では、愉快な噂話が流れているそうだな。両親の離縁に反対したわたしが、領地の別邸に引きこもった。それがスウィングラー辺境伯の逆鱗《げきりん》に触れ、継承権を剥奪された――だったかな？」

くすくすと、アレクシアは軽やかに笑って言う。

「まったく、バカバカしい話だ。女好きで無責任なろくでなしの父と、肖像画《しょうぞうが》でしか顔を知らない母が離縁しようと、わたしの知ったことではない」

笑みをおさめた彼女は、すっと眼差しを鋭くした。

「わたしは生まれたときから十五の歳まで、スウィングラー辺境伯家で最高の淑女教育と苛烈な兵士教育を施されてきた。自分で言うのもなんだがな、そのせいでずいぶん歪んだ子どもに育ったと思うぞ。おかげで今は、平民の暮らしになかなかなじめず苦労している」

ひとつため息をつき、アレクシアは膝の上で両手を組み合わせた。

「さて、王太子殿下。エッカルト王国との友好関係を維持するために、王家とスウィングラー辺境伯家が進めた、わたしの両親の離縁と再婚についてなのだが」

にこりとほほえみ、アレクシアはローレンスに告げる。

「その結果、わたしは『祝福されなかった婚姻によって生まれた娘』という大変縁起の悪いレッテルを貼られている。おまけに、腹違いの姉弟――将来のスウィングラー辺境伯を脅かす存在となっては困るという理由で、実の祖父に追放されたわけだ。王家の一員として、この件について何か思うことはあるか？」

顔を強ばらせたローレンスは、黙ったままだ。

「まあ、いい。わたしとて、未成年のきみに責任があるとは思っていない。ただ、これはあくまでもわたしの個人的な感情なのだが――」

一度言葉を切り、再びにこりと笑って彼女は言う。

「わたしは、自分を切り捨てた王家やスウィングラー辺境伯家に、もはやなんの興味も抱いていない。王家の一員であるきみの言葉など、わたしにとってなんの価値もないのだよ。……理解できたか？　理解できたなら、二度とわたしに対して上から目線で情けをかけるな。虫唾《むしず》が走る」

「……っ」

今まで、年下の少女からこんな無礼な物言いをされたことなどないのだろう。ローレンスのゴールドアンバーの瞳に、誇りを傷つけられた怒りが閃《ひらめ》く。

そんな彼に、アレクシアは歌うような口調で告げる。

「ああ。それから、わたしの従者は、とても優秀なんだ。わたしが命じれば、きみの首くらいいつでも簡単にとってくれる。――ほら、こんなふうに」

風が、走った。

次の瞬間、ウィルフレッドが音もなく応接セットのテーブルの上に立っていた。学園の備品である刃を潰した片手剣を持ち、その切っ先をローレンスの首筋に突きつけている。

ちらりと横目にアレクシアを見て、ウィルフレッドが低い声で静かに口を開く。

「アレクシアさま。これが、この国の王太子ですか？　いくらなんでも、無防備にもほどがあると思いますが……」

王太子への対応を変えてすぐ、アレクシアは遠隔通話の魔術でウィルフレッドを呼び寄せていた。彼は人払いのために張られていた魔導障壁をあっさりと破り、応接室の扉の外で待機していたのだ。中での会話も、ウィルフレッドとはすべて共有している。

ローレンスの従者が懐から短銃型魔導武器《ハンドガン》を取り出し、突きつけた。

「殿下から離れろ、下郎《げろう》！」

ウィルフレッドは微動だにしない。アレクシアは、軽く肩をすくめた。

「そう言うな、ウィル。殿下が遭遇したことがあるのは、せいぜい暗殺者の襲撃くらいのものだろう。彼には、おまえが突然目の前に現れたように見えたはずだぞ。驚いてしまうのも仕方あるまい」

なるほど、とウィルフレッドが頷く。そして、青ざめた顔で硬直しているローレンスを一瞥した。

両手で短銃型魔導武器《ハンドガン》を構えている従者に、淡々と告げる。

「この状況でオレを撃って、主が無事だと思うのか？」

「……っ」

そんなことをすれば、ウィルフレッドの剣が必ずローレンスを傷つけるだろう。刃を潰してあるといっても、彼の魔力をまとわせたそれは立派な武器だ。

屈辱《くつじょく》に震える従者に、アレクシアは言った。

「そもそも、その程度の魔導武器では、ウィルには傷ひとつつけられないがな。――なあ、王太子殿下」

彼女のマリンブルーの瞳が、一瞬淡い光を帯びる。

「きみは、本当に幸せな子どもだ。この平和な王都で、周りから愛され、守られながら生きている。……まあ、もしかしたら、それも大変なことなのかもしれないな。王太子である以上、きみは幸福であることを強いられる。美しく穢れなく、何ひとつ不満のない人生を生きている幸福な王子。それが、この国の正妃の第一子として生まれたきみに与えられた役割だ」

ローレンスが、小さく息を呑んだ。

「きみはきみである限り、幸福でないことなど許されない。なぜなら、国民がそれを望むから。いずれ自分たちが戴《いただ》く王となる子どもは、この国に生きる誰よりも幸福であるべきだ。勤勉で礼儀正しく、道を外れることなど断じてあってはならない。自分たちが誇れる未来の王である限り、おまえを敬《うやま》い、支持してやろう――。きみは、そんな声に囲まれて生きてきた」

「……僕、は」

相手が何か言いかけるのを無視して、アレクシアは続ける。

「それが不満なら、王室を出ろ。だが、そうしないのなら、甘えるな。きみの体と、きみの時間はすべて、国民の血と税金でできている。そろそろ、自覚してもいい頃だ。きみは、この国で最も幸福で、最も不自由な子どもなのだと。そうでなければ、いずれまたこんなバカげた行動をするだろう」

一段声を低め、彼女は告げた。

「――わたしは、そう寛大ではないのだよ。忠告は、一度だけだ。二度目はない」

彼女の視線を受けたウィルフレッドが剣を引き、テーブルを下りる。

すかさず、ローレンスの従者が主の前に体を割り込ませた。そして射殺すような視線を向けてくる。

「きさまら……！　こんなことをして、どうなるかわかっているのだろうな⁉」

「主のひとりも守れない犬は、黙っていろ。きゃんきゃん吠《ほ》えるな、鬱陶しい」

絶句した従者が、ぐっと唇を噛みしめる。

さて、とアレクシアはローレンスに甘くほほえむ。

「きみはどうする？　王太子殿下。わたしの存在を明らかにして、きみに刃を向けた罪を公にするかね？」

わずかな沈黙ののち、ローレンスがのろりと首を横に振る。

「……できない。そんなことは」

「だろうな。わたしが――アレクシア・スウィングラーが捕縛されれば、王室とスウィングラー辺境伯家が描いた美談がご破算になる。そうなれば、エッカルトとの友好関係も危うくなるだろう」

笑みを深め、アレクシアは続けて言う。

「きみは、何も知らないままでいたまえ。ここにいるのは、アレクシア・ガーディナー。元貴族であるというだけの、ごく平凡で一般的な平民の娘だ」

「……平凡で一般的？」

ローレンスが、胡乱な眼差しで彼女を見た。

「いくらなんでも、それはないだろう」

「問題ない。そうなれるよう、鋭意努力中だからな」

えっへんと胸を張った彼女に、ローレンスがじっとりと半目を向ける。

「僕はそれを、『無駄な努力』というのだと思う」

「失敬《しっけい》なやつだな。いずれ人の上に立つ者が、他人の努力をバカにするものではないぞ」

アレクシアはむっとした。

しかし、一度大きく息を吐いた王太子は顔をしかめる。

「アレクシア嬢。きみはずいぶん、好き勝手に言ってくれたけれどね。自分が平凡で一般的な人間になれると思っているなら、きみのほうがよほど世間知らずだ」

「わたしは、自分が世間知らずであることなど知っている。だからこそ、ここで学んでいるんじゃないか」

彼女の主張に、ローレンスが軽く顎を上げて、はっと笑う。

能天気な愛され少年が、こんな他人を小バカにした表情をできるとは。少々意外だ。

「バカも休み休み言うんだね。きみの尊大で偉そうで歯に衣着《きぬき》せない不遜《ふそん》な態度が、シンフィールド学園で学んだくらいで改まるものか」

アレクシアは、ウィルフレッドを見た。

「なあ、ウィル。わたしの態度は、尊大で偉そうで歯に衣着せない不遜なものなのか？」

目を瞠ったウィルフレッドが、一拍置いてにこりと笑う。

「アレクシアさま。オレはそんなあなたを、心から敬愛しておりますよ」

「そうか……」

まったく否定してもらえなかった。ちょっと、悲しい。

とはいえ、アレクシアの『王太子に素性をバラしたうえで、相手がそれを口外できない事情を理解させて黙らせちゃえ』作戦は、どうやら成功したようだ。

ローレンスが手振りで従者を背後に下げた。一度気まずそうに視線を落としたあと、彼は再びアレクシアを見る。

「……きみにとって、僕の言葉は無価値だと言ったね。ならば、僕の謝罪なども不要なのだろう」

「そうだな。自分の気持ちを楽にするための謝罪など、されたところで不快なだけだ」

さらりと返すと、ローレンスがぐっと詰まる。それから彼は、眉根を寄せてウィルフレッドに視線を向けた。

「そちらの彼は、きみの従者だということだが……いったい、何者なんだ？　なぜ、魔術で人払いをしてあるこの部屋に、簡単に入ってこられたんだい？」

アレクシアは、ふふんと笑う。

「言っただろう。わたしの従者は、とても優秀なんだと」

「……教える気はない、ということか」

ため息交じりにローレンスがぼやく。そこで、ふと何かに気づいたように顔を上げた。

「きみは彼を、ウィルと呼んだね。スウィングラー辺境伯家の、ウィル……ウィルフレッド・オブライエン？　いや、まさかな」

おや、とアレクシアは目を瞠った。

「なんだ。わたしの従者は、王太子殿下にも名を知られているほど有名なのか？」

ウィルフレッドの優秀さを、デズモンドがあちこちで吹聴《ふいちょう》していたことは知っている。近隣の領地を統べる家の子弟に挨拶すると、アレクシアの護衛をしている彼を、うらやましそうに見られたものだ。

だがまさか、遠い王都にまで噂が届いているとは思わなかった。

首を傾げていると、絶句したローレンスの背後で彼の従者がよろめく。

ぱく、と口を開閉させた従者は、ウィルフレッドを凝視した。そして、掠れた声で言う。

「魔眼の、守護者……!?」

アレクシアは、半目になった。

「おい。なんだ？　そのこっぱずかしい二つ名《ふたな》は」

彼女がぼやくと、ローレンスが血相を変えて声を上げげる。

「ちょっと待ってくれ、アレクシア嬢！　彼が本当に、ウィルフレッド・オブライエンなのか!?」

相手の剣幕に、アレクシアは首を傾げた。

「だったら、なんだというのかな。ウィルはわたしが育てた、わたしの可愛い従者だ。いくら彼が非常に優秀かつ可愛くて、ものすごく賢くて可愛くて、とても気が利く可愛い従者でも、誰にもやらんぞ」

「……アレクシアさま。オレの評価にいちいち『可愛い』は不要ですよ」

ため息交じりのウィルフレッドの主張に、アレクシアはキリッと真顔で応じる。

「何を言うんだ、ウィル。おまえは世界一可愛いわたしの従者だぞ。可愛いものを可愛いと言って、何が悪い」

「いえ……その、お気持ちは大変ありがたいのですが。オレももうすぐ十七歳になりますし、『可愛い』という褒め言葉は少々気恥ずかしく思うのです」

来月の誕生日を迎えれば、ウィルフレッドは十七歳だ。

なるほど、とアレクシアは頷いた。

「おまえも、主から『可愛い』と褒められて喜ぶ年ではなくなったということか……。成長したな、ウィル」

「しみじみと言わないでください。そもそも、とうの昔に成人男性の平均身長よりも背が高くなったオレをつかまえて『可愛い』などとおっしゃるのは、アレクシアさまくらいのものです」

そんなことを言われても、痩せっぽちの貧相な孤児だったウィルフレッドを、ここまで立派に育てたのはアレクシアなのだ。

たとえ自分よりも遥かに大きくなろうとも、可愛いものは可愛いのである。

しかし、本人から『可愛い』と評されるのはいやだと言われては、仕方がない。今後は、彼が聞いているところで『可愛い』と口にするのは控えよう。

アレクシアがガッカリしながら頷いたとき、ローレンスが据わった目つきで口を開いた。

「おい、アレクシア嬢。僕がスウィングラー辺境伯から聞いているウィルフレッド・オブライエンは、彼の領地で最も優秀な魔導兵士だ。東の国境を侵犯してくる異国の者たちを、幾度となく単独で撃破してみせるほどの凄腕ということなのだが……。そこの彼は、まだ十七歳にもなっていないといったね。件の彼とは、同姓同名の別人なのか？」

「ああ、王都では十八歳の徴兵年齢がきちんと守られているのだったな。残念ながら、スウィングラー領ではそうではないんだ。ウィルは、十三歳のときから前線に出ている。あの土地に、彼より優秀な兵士など、どこにもいないぞ」

えっへん、とアレクシアは胸を張る。

そんな彼女に、心底不快そうに顔を歪め、ローレンスが言う。

「十三歳、だと……？　なんて、ひどいことを。きみは、自分の従者だと言いながら、彼を戦場に出すことを許容していたのか？」

「ウィルには、悪いことをしたと思っている。だが、そうしなければ、リベラ平原に被害を出さずに東の国境を守り切るのは難しかった」

彼女の答えに、ローレンスは納得しがたいという様子で顔をしかめた。

再び彼が口を開こうとしたとき、ウィルフレッドが冷ややかに告げる。

「王太子。アレクシアさまがはじめて前線に出られたのは、九歳のときだ。何か勘違いしているようだが、子どもを実戦投入した咎を責められるべきは、そう決断した現スウィングラー辺境伯だ。断じて、当主の指示に従っていただけのアレクシアさまではない」

「な……っ」

再び絶句したローレンスに、アレクシアは眉根を寄せた。

「ウィルを兵士として一人前になるまで育てたのは、このわたしだぞ。これでも、ウィルが十四歳になるまでは、近接戦闘でもいい勝負ができていたんだがな」

ウィルフレッドの十四歳の誕生日に、はじめて彼に負けたときのことを、今でもはっきりと覚えている。

今となっては勝負する気にならないが、それまでは一応、育てる側のプライドを守れていたのだ。

違う、とローレンスが呆然と首を横に振る。

「まさか、きみが……そんな、前線に出ていたなんて……」

「……きみが知っているのは、蝶よ花よと育てられた深窓《しんそう》のお嬢さまであるわたしだったからな。そう思うのも無理はないが、わたしはウィルをひとりで戦場に出したことはないぞ」

たとえデズモンドの指示であろうと、ウィルフレッドに戦えと命じたのはアレクシアだ。ならば、彼女にはその戦いを見届ける義務がある。

そこで、ふとアレクシアはローレンスに問うた。

「王太子殿下。辺境伯がウィルについてそこまで詳しくきみに語っていたということは、だ。ひょっとして、将来的に彼をわたしの兄弟の補佐につける、という話でも出ていたのか？」

彼女の兄弟は、聖ゴルトベルガー学園に在籍する文官志望の少年だ。そんな彼を、国境の守護が任務の辺境伯家の後継にするのは、王家にとってはなはだ不安なことだろう。兄弟が後継者として立つことに、難色を示したかもしれない。

何しろ、王家にとってアレクシアは『家つき財産つき見た目よしのハイスペックな令嬢』だったのだ。デズモンドは、東の国境守護の実務は男性に任せたいと考えていたようだし、あのまま彼女がスウィングラー辺境伯家にいれば、さぞ立派で優秀な婿をあてがってくれたに違いない。東の国境について、何も憂うる必要はなかったはずだ。

その不安を覆《くつがえ》す安心材料として、スウィングラー辺境伯家でもっとも優秀な兵士であるウィルフレッドを、兄弟の補佐とする案をデズモンドが出した可能性は大いにある。

アレクシアの問いかけに、ローレンスがぎこちなく頷く。

「ああ。スウィングラー辺境伯が提示した、彼の……ウィルフレッド・オブライエンの戦闘実績は、こちらが求める水準を完全にクリアしていたから。陛下も、それならばと納得したご様子だった」

アレクシアは首を傾げる。

「そうなると、何もない冬山の別邸に、ウィルを放り出すというのは解《げ》せないな。もしウィルの身に何かあったら、どうする気なんだ？」

訝しんでいると、ウィルフレッドが声をかけてきた。

「アレクシアさま。……オレたちが前線に出たときのことを、あなたは辺境伯にご報告していたと思うのですが。その際、あなた自身の働きのことは、きちんと報告書に記載されていましたか？」

「していないぞ。わたしの前線任務の評価と報告は、随伴の検分役の仕事で――おぉ？」

アレクシアは、ぱちりとまばたきをする。

「そういえば、おまえがわたしについてこられるようになってからは、ほとんどふたりだけで動いていたのだったな」

「……ええ。そうなると、辺境伯家ではオレたちふたりの戦果を、すべてオレひとりの功績だと考えていた可能性が高いです。戦闘訓練を積んだアレクシアさまに、本来の実力よりさらに評価されたオレ。風雪をしのげる拠点があれば、ある程度ふたりで生き延びると思っていたのではないでしょうか。もともと、定期的に管理人が来ていたようですしね」

推察を口にしたウィルフレッドが、ため息をつく。

「なるほど。だから辺境伯家は、簡単にあなたを切り捨てる決断をしたのですね。オレの戦績がアレクシアさまの助力があってこそだと正しく知っていれば、あなたの存在がスウィングラー辺境伯家にとっての不安要素になろうとも、そう易々《やすやす》と手放すはずがない」

彼はそう言うが、アレクシアは首を横に振った。

「いや。どちらにせよ、わたしはおじいさまに排除されていたと思うぞ。追い出されたわたしが、唯一の味方であるおまえを兄弟に譲るとは、絶対に思っていなかっただろうからな。新たな後継者となる少年の立場を守るためには、その邪魔にしかならないわたしは捨てるべきだ」

ウィルフレッドの目が、すっと細くなる。

「オレの主は、生涯あなただけですよ。——アレクシアさま。忘れないでください。あなたのいない世界など、オレにとってなんの価値もないんです」

「……ふむ。大丈夫だ。おまえがきちんと独《ひと》り立ちできるようになるまでは、わたしが命に代えても守ってやるから、安心しろ」

もうすぐ十七歳だなどと言えども、こうして主に依存しがちなところは、まだまだ子どもだ。

アレクシアは、ぽんぽんとウィルフレッドの腕を軽く叩いてやる。

そんなふたりの様子を眺めていたローレンスが、ぼそりと呟く。

「僕たちは、いったい何を見せられているんだ……？」

彼の従者は平坦な声で返す。

「情報量が多すぎて、自分も若干混乱しておりますが……。殿下。とりあえず、そこに転がっている教師をどうにかした方がよろしいかと」

その言葉に振り返れば、アレクシアとウィルフレッドの担任――エリックが床に転がっていた。うつぶせの状態で、すこー、すこー、とやたらと健康そうな寝息を立てている。どうりで、今までの話にまったく口を挟まないはずだ。

よく見れば、彼の背中にはくっきりと足形がついていた。

アレクシアは、ウィルフレッドを見上げた。

「蹴ったのか？」

「……この部屋の扉を開けた際に、ちょうど邪魔なところに立っていたもので」

そうか、とアレクシアは頷き、精一杯しかつめらしい顔をした。

「ウィル。どれほど急いでいても、教師を足蹴にしてはいけないぞ」

「申し訳ありません、アレクシアさま。以後、気をつけます」

幸いなことに、エリックはただ気絶しているだけだった。

呼吸をしやすいように仰向けにしてやり、自然に目覚めるのを待つことにする。

アレクシアは、ローレンスに向き直った。

「さて、王太子殿下。めでたくスウィングラー辺境伯家の欺瞞《ぎまん》が露呈《ろてい》したわけだが、きみはこれからどうするのかな。言っておくが、ウィルはわたしの従者だ。兄弟にもきみにも断じてやらんぞ」

スウィングラー辺境伯家が、ウィルフレッドの存在を前提に今回の話を進めたのなら、彼が出奔している現状は完全に約定違反だ。辺境伯家はまさかアレクシアが、デズモンドの命令に反して冬山の別邸から逃げるとは思ってもいなかったのだろうが、王家に不手際を責められても仕方がない場面である。

とはいえ、スウィングラー辺境伯家を出たアレクシアにはもはや関係のないことだ。ウィルフレッドさえそばにいるなら、それでいい。

ローレンスがため息をつく。

「きみの素性を明かせない以上、僕からは何も言えないよ。スウィングラー辺境伯家に対するカードが確保できただけで充分だ。それに……」

一度口ごもってから、彼は続けた。

「アレクシア嬢。きみは、きみの腹違いの姉弟について、どれほど知っているのかな？」

「わたしが知っているのは、姉のほうが自分より一歳年上だということだけだ。彼女の弟については、わたしの兄にあたるのか弟にあたるのかも知らん」

なるほど、とローレンスが苦笑する。

「きみの姉は、ダイアナという名だ。彼女の弟は、ベネディクト。たぶん、きみの弟にあたるのだと思う。彼は年度末が誕生日で、まだ十五歳になったばかりだと言っていたから」

それならば、たしかに彼の言うとおりだ。再来月の頭にある誕生日で、アレクシアは十六歳になる。

ローレンスが、軽く目を伏せて口を開く。

「ベネディクトは……なんというのかな。スウィングラー辺境伯家の血を引くだけあって、魔力の保有量は相当のものだし、驚くほど頭もいい。自分自身の適性を踏まえて、きちんと将来を見据えることもできる。ただ、その頭のよさを『いかに楽をして生きるか』という方向に、全力で使っている少年なんだ」

「うん……？」

アレクシアは首を傾げた。なんだか今、想定外な言葉を聞いた気がする。

「彼が聖ゴルトベルガー学園に入学したのは、安定して給料を支給され、どこよりも安全な職場である王宮で働いて、老後に悠々自適《ゆうゆうじてき》の年金生活を送るためだったらしい。はじめて会ったとき、本人がそう言っていた。それが突然、国境警備を担う辺境伯家の後継者に指名されたものだから、まるで死んだ魚のような目をしていたよ」

「……ほほう」

初対面の王太子にそこまで言うとは。今回の件で、彼女の弟はよほど心が折れまくっているようだ。気の毒に。

「弟とは逆に、ダイアナ嬢のほうはとても楽観的な性格のようだね。『ある日突然、高貴で裕福な辺境伯家の令嬢になることになった、この国で一番幸運な自分』に酔っている、夢見がちな少女そのものだ。一度挨拶をしたんだが、尋ねてもいないのに自分のことをぺらぺらと教えてくれたよ。あれでは、いずれ正式に社交界デビューしたときに、周囲の人間がさぞ苦労するだろうね」

冷め切った口調で言うローレンスに、アレクシアは苦笑する。

彼の言葉が真実なら、彼女の姉の非常識さは相当のものだ。

エイドリアンと彼の愛人は、まだ婚約しただけの段階である。ふたりの結婚がいまだ成立していない以上、現在のダイアナの立場は男爵家の養子にすぎない。そんな彼女が、王家の人間に対して許可なく自分語りをするなど、少しでも貴族社会のルールを学んでいれば絶対にしないはずである。

とはいえ、寛容さを美徳として学んでいるだろうローレンスが、これほど皮肉っぽく指摘するとは思わなかった。

「どうしたんだ？　王太子殿下。先ほどまでの、能天気で思い込みが激しいきみとも思えない。ずいぶんと冷静で辛辣《しんらつ》な物言いじゃないか」

「貴族社会に限って言えば、きみよりも遥かによく知っているというだけのことだよ。きみにいろいろと言われたおかげで、少々吹っ切れてね」

深々とひとつ息をついてから、ローレンスはまっすぐに彼女を見た。

「僕は、きみとは違う。今さら別の生き方など選べない。いずれ僕は、この国の王になる。――そして、アレクシア嬢。僕はきみを、決して敵に回してはいけない人間だと判断した」

「……ほう？」

アレクシアは、口元だけで小さく笑った。

「これはまた、面白いことを言うものだ。今のわたしは、平民の娘にすぎないのだぞ」

「面白くない冗談だね、アレクシア嬢。きみが真実を明らかにするだけで、王家とスウィングラー辺境伯家の権威は失墜《しっつい》する。エッカルトとの国交問題だけじゃない。徴兵年齢に遠く及ばないきみたちを実戦投入していたことが諸外国に知られたら、我が国はとんでもない非人道的国家として糾《きゅう》弾《だん》されてしまうだろう」

真顔で告げられ、彼女は首を傾げる。

「未成年の実戦投入などどこの国でもやっている。そんなことで、いちいち糾弾などされるものか？」

「きみが本当に平民の子どもであれば、みな、自分の腹を探られるのを嫌って、見て見ぬふりをするだろう。だがきみは、諸外国の貴族階級にも名と顔を知られている、スウィングラー辺境伯家の令嬢だ」

アレクシアから目をそらさず、ローレンスは続ける。

「年若い貴族子弟の中には、美しく可憐な令嬢たるきみに恋焦がれている者も多いはずだ。そんなきみが、十歳にもならない頃から前線に出されていたと知られたなら――抗議と非難の声がスウィングラー辺境伯家に殺到するのは、間違いないだろうね」

ローレンスの推察を、彼の従者が補足した。

「国内の貴族家も同様です。特に、アレクシア嬢の婚約者候補となり得る少年を抱えていた家は、さぞ激怒することかと。代わりに姉君との縁談を、と言われたところで、あの令嬢がお相手ではとても納得できるものではないでしょうね」

滅多なことでは、女性に対する非難を口にしないはずの王太子とその従者が、揃ってうんざりした様子で言うとは――アレクシアの姉とやらは、それほど残念な少女なのだろうか。

他人事ながら、なんだか面白くなってきた。少しばかりわくわくして尋ねる。

「なあ、王太子殿下。わたしの姉はいったい何をやらかしたんだ？」

「……そうだね。きみに、最もわかりやすい言い方をするなら——」

ローレンスはなぜかひどく逡巡する様子を見せた。

やがて、微妙にアレクシアから目をそらしてぼそぼそと言う。

「ダイアナ嬢は、異性との接し方が父親にそっくりなんだ」

その瞬間、アレクシアは生まれてはじめて、他人の前で笑顔が引きつるという経験をした。

言葉を失った彼女の代わりに、ウィルフレッドが口を開く。

「王太子。その——ダイアナ嬢は、外見もエイドリアンさまに似ているのか？」

エイドリアンは、流し目ひとつであまたの美女を容易く陥落《かんらく》させると言われるほどの、妖艶《ようえん》な美中年である。

そういった現場を目撃するたび、アレクシアは『子どもの前で何をしていやがる、このうらなりカボチャがーっ!!』と父親の後頭部に回し蹴りを叩き込みたくなったものだ。

ローレンスが、首を横に振った。

「いや。外見は、慎《つつ》ましやかな母親に似たようだ。目を奪われるほどの美しさはないが、小柄なこともあって、無邪気で可愛らしい印象の少女だ、と多くの者が思うのではないかな」

アレクシアは、思わずうめいた。

「……おい、王太子殿下。それはわたしの姉が、素朴な可愛らしさを感じさせる容貌で、実年齢よりも幼く、無垢《むく》に見える娘だということか？」

「おお。すごいな、アレクシア嬢。そうだね、まさにそんな感じの令嬢だよ」

感心したようにローレンスが頷く。アレクシアは頭痛を覚え、指先で軽く額に触れた。

「最悪だな。美女や美少女と話すのに気後《きおく》れする青少年が、一番引っかかりやすいタイプじゃないか」

「まったく、そうなんだ。僕が把握しているだけでも、『こんなに自分のことを理解してくれる令嬢がいるなんて』と宣っている貴族の子弟が、片手では足りないほどにいる」

アレクシアの頭痛が、ますますひどくなった。

「せめて、たぶらかすターゲットはひとりに絞れと言いたいところだが……。エイドリアンさまの娘なら、異性に対するおかしな吸引力を持っていてもおかしくないか」

「ああ。……きみの前で言うべきことではないけれど、僕も血は争えないなと思ったものだよ」

真顔のまましみじみと応じるローレンスに、アレクシアは改めて視線を向ける。

「王太子殿下。きみが、ダイアナ嬢の手管《てくだ》に引っかからずにいてくれてよかった。ありがとう」

「王家の後継者が、幼い頃からどれほど高度なハニートラップ対策教育を受けさせられるか、知っているかい？　おかげで僕は、女性というものに夢も希望も持っていないんだ」

ふふふ、とローレンスが虚《うつ》ろな笑みを零した。アレクシアは首を傾げる。

「そのわりに、『元貴族令嬢のシンフィールド学園生』であるわたしに、ずいぶん夢を見ていたように感じたが？」

「何を言っているんだい、アレクシア嬢。きみはたしかにとても美しいけれど、十五歳はまだ子どもじゃないか。女性というには、早すぎるだろう」

ひどく心外そうに言うローレンスは、本気でそう思っているようだった。

応接室で顔を合わせたときから、彼女に対して女性に向ける賛辞を大盤振る舞いしていたから、てっきりこちらを一人前のレディ扱いしているのだろうと考えていたが——。

「……王太子殿下。きみは、ひょっとして子ども好きなのか？」

「子ども？　ああ、そうだね。弟と王宮で遊ぶ時間が、僕にとって一番の安らぎなんだ。あの子やほかの子どもたちが幸せに暮らせるよう、僕はきちんと国を導ける王にならなければならないと思っているよ」

年の離れた弟王子のことを思い出しているのか、ひどく幸せそうな顔で言う。

そんなローレンスから、アレクシアはそっと目をそらした。

（そうか。きみはわたしのことを、弟君のように守られるべき子どもだと思っていたから、ああしてしつこく『救いたい』と言ってきていたのだな。……さっきは、ちくちくいじめて、悪かった）

彼女が胸の内で謝罪していると、ローレンスがすっと表情を消した。

「だからかな。未成年の子どもの分際で、周囲の男たちを手玉に取っているダイアナ嬢を見ると、捕まえて尻を叩いて叱ってやりたい衝動に駆られるんだよね」

「……ほほう」

気持ちはわかるが、実行に移すのはやめておいたほうがいいだろう。主に、彼の背後で蒼白になっている従者の胃のために。

少し考え、彼女は問うた。

「王太子殿下。きみはなぜ、わたしの腹違いの姉弟についてわざわざ語ったのかな。彼らの情報が、わたしにとってなんらかの価値があるとでも思ったか？」

アレクシアと姉弟は、エイドリアンとブリュンヒルデの離縁によって人生をひっくり返されたという意味では、同じ境遇だ。片親とはいえ血が繋がっている相手でもあるし、興味がないと言えば嘘になる。

とはいえ、彼らはいずれスウィングラー辺境伯家の一員となるのだ。アレクシアにとって、できれば関わり合いになりたくない相手である。

思いがけずふたりの情報を得られて、多少は好奇心を満たされたけれど、それだけだ。特段、ありがたいと思うようなことではない。

首を傾げた彼女に、ローレンスが応じる。

「いいや。ただ、世間話の種くらいにはなっただろう？」

「……きみは暇なのかね」

アレクシアが胡乱な眼差しを向けると、彼は小さく苦笑した。

「先ほども言ったけれど、僕はきみを敵に回したくはない。——アレクシア嬢。僕と、取引をしてくれないだろうか」

視線だけで続きを促す彼女に、ローレンスが言う。

「きみだって、これからずっと自分の素性を隠しおおせるとは思っていないだろう。エイドリアン殿の婚儀が済めば、スウィングラー辺境伯もベネディクトの補佐として、きみの従者を呼び戻す算段を始めるはずだ」

　アレクシアは皮肉げな笑みを浮かべた。

「辺境伯は、我々のことをたかが子どもふたり、と油断してくださるような方ではない。本気で我々を確保しようと思うなら、一個大隊規模の人員を投入してくるだろうな」

「ああ。辺境伯は総力を挙げて、きみたちを――ウィルフレッド・オブライエンの身柄を確保しようとしてくるだろう」

　頼る当てもない子どもが無事に生きられる術は、さほど多くない。孤児院の門を叩くのは、その中で最も選びやすい手段だ。

　そしてよりよい生活環境を求め、ふたりが王都に出るところまでは容易く想像できるだろう。

　問題は、その先だ。アレクシアは、くくっと肩を揺らす。

「だが、我々はここにいる。王家の庇護下にある、シンフィールド学園だ。王家との約定を考えれば、陛下に我々のことを知られるのもまずい。辺境伯も、さぞ困ることだろうな。想像するだけで、実に愉快だ」

　デズモンドがこちらに表だって手出しをしにくい理由が、ウィルフレッドに関する王家との約定にあったとは、なかなか皮肉が効いている。

　ローレンスが、表情を歪めた。

「きみは、王家とスウィングラー辺境伯家が相争うことを狙っているのかい？」

「まさか。言っただろう？　わたしは、王家にもスウィングラー辺境伯家にも興味はないと。わたしはただ、ウィルとふたりで生きていたいだけだよ」

そのために利用できるのであれば、かつて忠誠を捧《ささ》げた王家だろうと利用する。

にこりとほほえみ、アレクシアは言う。

「甘やかされて育った子どもが、そう粋がるものではない。ローレンス・アーサー・ランヒルディア。取引などと言ったところで、きみがわたしに確約できるものなどないだろう。きみはただ、我々の存在など知らないふりをして、今までどおりに過ごしていればいい。わたしとて、これ以上の面倒事はごめんだ。わざわざ王家に喧嘩を売るような真似はしないから、安心したまえ」

ぐっと唇を噛んだローレンスに、柔らかな口調で彼女は告げた。

「覚えておくといい。取引というのは、信義を通せる相手とのみ交わすものなのだよ」

アレクシアはもう二度と、王家もスウィングラー辺境伯家も信じるつもりはない。

言外にそう伝えた彼女に、ローレンスが低く押し殺した声で言う。

「……僕がきみの立場なら、王家もスウィングラー辺境伯家も憎んでいるだろう。だから、きみが王家に牙《きば》を向けないという言葉を信じられない」

「ほう？　わたしに憎まれるだけのことをした自覚はあるわけか。そのうえで取引を申し出てくるとは、なかなか厚かましくて素晴らしいな。為政者《いせいしゃ》として、将来有望だぞ」

からかうと、ゴールドアンバーの瞳がきつく睨みつけてくる。アレクシアは、笑みを深めた。

「わたしは慈悲や寛容といった美徳には縁遠い人間だが、物事の優先順位を誤るほど愚かではない。そもそも、王家に復讐《ふくしゅう》をしたいのであれば、わたしは先ほどきみの首をもらっていた。きみが今生きていることが、わたしに復讐の意思がないことの証拠だよ」

ローレンスが、唇を噛みしめる。そんな彼を見てどう思ったのか、ウィルフレッドが発言の許可を求めてきた。

「アレクシアさま。少々、よろしいでしょうか？」

「ああ、構わんぞ」

ありがとうございます、と頷いたウィルフレッドが、冷ややかな眼差しでローレンスを見る。

「思い上がるのもいい加減にしろ、王太子。王家にもスウィングラー辺境伯家にも、アレクシアさまが憎むほどの価値はない」

辛辣な物言いに、ローレンスとその従者が顔を強ばらせた。そんな彼らに、ウィルフレッドは淡々と続ける。

「おまえの勝手な理屈と価値観を、アレクシアさまに押しつけるな。オレは、おまえたちのそういう傲慢《ごうまん》さが大嫌いだ」

ほんのわずか、ウィルフレッドがいつも完璧に抑えている魔力が乱れた。それだけで、ローレンスたちが蒼白になって硬直する。

なあ、とウィルフレッドが小さく笑う。

「目の前で、人間がどんどんただの肉塊《にくかい》になっていって、いつ自分がその仲間入りをするかわからない恐怖がどんなものか、おまえたちにわかるか？」

ローレンスたちが、息を呑む。

「おまえたちには、一生わからない。権力者の理論で生きているおまえたちに、使い捨てられる兵士の恐怖は理解できない」

冷めきった光をフォレストグリーンの瞳に浮かべて、ウィルフレッドは言う。

「そんなくだらないものを、おまえたちが理解する必要はないんだろう？　未来の国王陛下。おまえがアレクシアさまのお気持ちを理解できないのは、当たり前だ。理解できないものに対する恐怖を、アレクシアさまに抱くのも当然だ。だが、その恐怖を払拭する役目まで、アレクシアさまに押しつけるな。そんなものは、おまえ自身でどうにかしろ」

低く吐き捨てたウィルフレッドが、自分のために怒ってくれているのだとわかり、アレクシアはじーんとする。

（うむ。わたしの育て方は、間違っていなかったのだな、ウィル。おまえが優しい子に育ってくれていて、わたしはとても嬉しいぞ……！）

密かに感涙《かんるい》していたとき、「ぐむぅ」という間の抜けた声がした。

振り返ると、アレクシアたちの担任教師が、朦朧《もうろう》とした様子で目を開いている。

アレクシアは、彼の傍らにしゃがんで声をかけた。

「おい、エリック・タウンゼント。ここがどこだかわかるか？」

「……学園の、応接室」

ぼんやりとまばたきをした彼の口から、思いのほかはっきりとした答えが返る。アレクシアは、重ねて問うた。

「ここにいるのは、誰だ？」

「王太子殿下、と……」

それまで曖昧だったエリックの瞳が、不意に強い光を帯びる。腹筋だけで勢いよく上体を起こした彼が、反射的にのけぞったアレクシアを見つめたまま口を開く。

「アレクシア……スウィングラー辺境伯、令嬢……？」

今まで気絶していたエリックは、彼女の素性について、いまだに新鮮な驚きを保持しているようだ。その視線の強さに苦笑しつつ、彼女は応じる。

「元、な。今のわたしは、平民のアレクシア・ガーディナーだ。王太子殿下も、そのように納得してくださった。おまえも、これまでどおりの対応を頼む。くれぐれも他言無用だ」

王家からの圧力が加わるとなれば、エリックは必ず他言無用を守ってくれるはずだ。何しろ、公務員たる彼の給料を握っているのは、王家である。

エリックは、何度か口を開閉させたあと、掠れた声で呻いた。

「……胃が痛い」

「そうか。わたしの素性が外部に漏れた場合、エッカルト王国との友好関係にひびが入る可能性が高い。おまえの口の固さに、この国の人々の幸福と平和がかかっていると思え」

アレクシアの忠告に、エリックはものすごく情けない顔をした。がっくりと肩を落とす。

「なあ、ガーディナー。ここまで重い秘密をバラすなら、俺のいないところでしてほしかったよ……」

「正直、すまないと思っている」

王太子の言動にイラつくあまり、エリックの存在をすっかり忘れていたのである。申し訳ない。

どんよりと肩を落とすエリックから、アレクシアはローレンスに視線を移す。

「王太子殿下。我々のことを国王に報告する際には、こう伝えてくれ。——わたしは、争い事を望まない。そちらが余計な干渉をしてこない限り、沈黙を守ると約束しよう。ただし、ウィルフレッド・オブライエンのことはあきらめろ。彼は、わたしが育てたわたしの従者だ。王家にもスウィングラー辺境伯家にも、断じて渡さん」

彼女は、軽く目を細めて続ける。

「もしそちらが力ずくでわたしを排し、彼を手に入れようというのであれば、かつてスウィングラー辺境伯家後継として、東の国境を維持したわたしの全力でお相手させていただく。わたしは自分の身を守る際、王家の都合を忖度《そんたく》するつもりはないし、また周囲の安全に配慮する余裕もないだろう。この学園を戦場にするのであれば、敷地のすべてが灰燼《かいじん》に帰《き》することを覚悟したまえ」

淡々と告げたアレクシアに、ローレンスが頬を引きつらせた。

「この学園の生徒を、人質にするというのかい？」

「いいや。わたしの望みは、ここで平凡で平和な学園生活を送ることだからな。——王家の庇護下にあるこの学園は、平民が過ごす場としては、ほかのどこよりも安全なのだろう？」

最後はにこりと笑って言ってやると、相手の顔がますます強ばる。

「きみは……最初から、そのつもりでシンフィールド学園に入学したのか？　いざというときは、ここの生徒たちを利用するために……？」

「何度も同じことを言わせるな。彼らをわたしの盾とするか否かは、そちらが決めることだ。生徒たちの安全を確保する責任があるのは王家であって、わたしではない」

「だが……っ」

声を荒らげて何か言いかけたローレンスを、アレクシアは片手を上げて制した。

「我々を退学処分にするというなら、おとなしく従おう。だがその場合、我々がどこへ向かい何をするつもりなのか――まさか、きみたちに報告してから出ていくとは思っていないだろうな？」

「……っ」

ローレンスが、きつく唇を噛む。そんな彼に、アレクシアは社交用の愛らしい笑みを浮かべて告げる。

「そちらが余計な干渉をしない限り、我々はここでおとなしく学園生活を送ると言っているんだ。騒動の火種は、迂闊に外へ出すものではない。適当な監視役を置いて、我々をここで飼っておくのが最善だと思うがね」

彼女の言葉をどう受け止めたのかはわからないが、ローレンスが黙り込んだ。

国王がスウィングラー辺境伯家と同調しているのなら、アレクシアを処分対象と断じるのは自然な流れである。とはいえ、今の国王が最優先で検討すべきは、ウィルフレッドを失ったスウィングラー辺境伯家に、東の国境を維持できるか否かだ。

こちらの意思は、明確に示した。ローレンスが今日の出来事を正しく報告すれば、アレクシアを

殺したところでウィルフレッドが国防の任に就く可能性は、限りなくゼロに近いと知るだろう。国王にはせいぜい、東の国境を守るために、ありとあらゆる手を尽くしてもらいたいものだ。

アレクシアは、華やかな笑顔でローレンスに別れを告げる。

「それでは、ごきげんよう。王太子殿下。再びこのような形でお目にかかる日が来ないことを、心より願っております」

これ以上、彼と話すことは何もない。

そんなアレクシアの意図を察したのか、ローレンスは定型的な挨拶だけを残して去っていった。

王太子と彼の従者が応接室を出ていくと、扉をじっと眺めていたエリックが、苦虫を噛み潰したような顔で口を開く。

「俺にも、今日の件を学園長へ報告する義務があるんだけどな……」

ふむ、とアレクシアは小首を傾げた。

「報告したいのなら、しても構わんぞ。国王がどのような判断をするにせよ、いずれ学園長にはなんらかの指示がいくのだろうしな」

「……そうか。俺は今、はじめて学園長に親近感を抱いたぞ」

胃のあたりを押さえながらぼやく彼に、アレクシアは苦笑する。

「王太子にはああ言ったが、心配するな。我々は、学園に迷惑をかけるつもりはない。それに、王宮側もこの学園を戦場にする気はないだろう。それこそ、王家の威信に傷がつく」

「王家の威信、か。――なあ、ガーディナー」

ふと、彼女を見るエリックの声が、一段低くなった。少しの間、何かを迷うようにしてから、思い切った様子で口を開く。

「正直、おまえらの……その、なんだ。政治的な問題については、俺がおまえらの力になってやれることはねえ。だが、この学園にいる限り、おまえらは俺の生徒だ」

だから、と彼はひどく真剣な眼差しで言う。

「教師の俺にできることがあれば、なんでも遠慮なく言ってこい。いいな」

一度まばたきをしたアレクシアは、小さく笑った。

「明らかに王家と対立している我々に、ただ『生徒だから』という理由で助力を申し出るとはな。おまえは、王家を敵に回すことが恐ろしくはないのか？」

「……そうだなあ」

エリックが、軽く天を仰ぐようにしてから答える。

「そりゃあ、全然怖くねえって言ったら、嘘になるけどよ。俺は――どんな理由があるんだとしても、国王陛下がおまえを処分しろなんて言うようなら、この国は長くないと思う。自国のガキを殺さなきゃ守れねえ国なんて、絶対にあっちゃならないんだ」

そう言って、彼はアレクシアとウィルフレッドを順に見た。

「おまえらが平民のガキとして、ここの生徒であることを選ぶなら、教師の俺はおまえらを守る義務がある。たしかに俺は王家から給料をもらっちゃいるが、だからといって自分のプライドまで売った覚えはねえ」

それに、とエリックが軽く肩をすくめて笑う。

「平民には、平民なりのやり方ってもんがある。おまえらを守るために、自分の人生を捨てるつもりはねぇから、安心しろや」

「……おお」

アレクシアは、感動して目を見開いた。

「わたしが学びたいのは、まさにそういった平民ならではの処世術だ。エリック・タウンゼント、おまえのようなアニキが我々の担任教師であったのは、素晴らしい幸運だったのだな。今後とも、よろしく頼むぞ」

キリッと片手を上げた彼女に、エリックが半目になって言う。

「おい、ガーディナー。おまえ今、ナチュラルに人をアニキ呼ばわりしなかったか？」

「気にするな、うっかり心の声が漏れただけだ」

ため息をついたエリックに苦笑したウィルフレッドが、アレクシアに問うてくる。

「アレクシアさま。あなたの腹違いの姉弟についてなのですが……。聖ゴルトベルガー学園とフレイス女学院との交流が今後もある以上、今のうちにふたりに関する情報を確認いたしますか？」

アレクシアが命じれば、ウィルフレッドは彼らについて可能な限りの調査をしてくれるだろう。

少し考え、彼女はゆるりと首を横に振った。

「いや。おまえの容姿は、無駄に目立つ。下手に動いて、やぶ蛇はつまらんからな。この件については、極力あちらの学生たちと距離を置くことで対応する」

「……あなたには言われたくありませんが、了解しました」

半目になって頷いたウィルフレッドは、親バカならぬ、主バカの欲目を差し引いても、とても端整な顔立ちをしている。いまだ幼さが残る線の細さは否めないが、身長はすでに充分すぎるほどに高く、非常に将来有望な少年なのは間違いない。

王都で大事に大事に育てられたお坊ちゃま方の、きらびやかで繊細な美麗さとはまったく別種の、磨き抜かれた刃のような硬質的な美しさ。いまだ戦場を知らない無邪気な子どもたちの間では、銀の針《はり》のように鋭い輝きを放つだろう。

アレクシアは、なんだか不安になった。

「おい、ウィル。本当に気をつけるんだぞ？　どこぞのお坊ちゃまが、王都で一番の花街で歌姫や舞姫を世話してくれると言っても、ホイホイついていったりするなよ。女遊びは、惚《ほ》れた女を身請《みう》けできるだけの甲斐性《かいしょう》を身につけてからにしておけ。いいな？」

「～っ、アレクシアさま！　未成年の女性が、そういうことを口にされてはいけません！　というか！　いったい、どこでそんな知識を覚えていらしたんですか!?」

途端に真っ赤になったウィルフレッドに、彼女はきょとんとまばたきをした。思わず首を傾げる。

「スウィングラーの新兵たちは、よく上官から女遊びを教わっていたじゃないか。花街で親交を深めるのが、男同士の主従のあり方ではないのか？」

スウィングラーの兵士たちは、花街に繰り出しての夜遊びを『上官と部下の交流』と称して楽しんでいたはずだ。アレクシアがそういった話題を振られることはなかったが、何度かそんな話をしている場面を見かけたことはある。

そう言うと、ウィルフレッドが片手で顔を覆い、俯いてしまった。

いったいどうしたのだろう、と不思議に思っていると、エリックが咳払いをしてから口を開く。

「あー……。あのな、ガーディナー。ああ、女子のほうな」

「ウィルとの呼び分けが難しいなら、わたしのことはアレクシアで構わんぞ」

ウィルフレッドと同じガーディナー姓《せい》は、彼と家族になれたようで嬉しい。だが、こういうときには少し不便だ。

そうか、と頷いたエリックが、改めて彼女を見る。

「それじゃあ、アレクシア。いいか？　覚えておけ。――老若男女《ろうにゃくなんにょ》問わず、人前で花街や女遊びの話を出すのはタブーだ。一般的なマナーとしてもそうだし、女たちがものすごく拒否反応を示す話題のひとつだからな。今後、平民に交じって生きていくなら、周囲に『なんだコイツ』と思われる話題は、極力避けたほうがいいんじゃねえか」

アレクシアは、さぁっと青ざめた。ぎこちなく頷き、エリックに礼を言う。

「そ……そうなのか。忠告、感謝する。こういった話題は、できる限り口にしないほうがいいのだな」

「おうよ。普段から話していることは、つい口から出てくることがあるからな。男子のガーディナー……面倒くせえな、おまえはウィルフレッドでいいか？」

最後はウィルフレッドに向けての問いかけに、顔を上げた彼がこくこくと素直に頷く。

そちらに頷き返し、エリックは重々しい口調でアレクシアに言った。

「いくら従者でも、今後はウィルフレッドに対して女遊びの話を振るのはやめてやれ。どれだけ親しい間柄でも、踏み込んじゃいけねえ一線ってもんがある。こいつも気まずいだろうし、そういうことが続くと、信頼関係が壊れる原因にもなりかねねえからな」

「……あまり怖いことを言わないでくれ、エリック・タウンゼント。想像しただけで、心が折れそうになったじゃないか」

しょんぼりと肩を落とした彼女の頭を、エリックがぽんぽんと軽く叩く。

「おまえは、本当に平民社会の常識……というか、一般常識で、恐ろしく欠けている分野があるんだな。いろいろと苦労するだろうが、何事も経験だ。ウィルフレッドのためにも、がんばれよ」

「うむ。がんばる」

決意を新たに、アレクシアはぐっと拳を固めた。

ウィルフレッドがフォレストグリーンの瞳を輝かせ、エリックを見つめる。

「ミスター・タウンゼント……。ありがとうございます。これからあなたのことを、アニキと呼ばせていただいてもいいですか？」

「やめんか、バカタレ」

残念ながら、ここが学び舎で、エリックが教師である以上、アニキ呼びは不可能だろう。

仕方がないので、アレクシアとウィルフレッドは、彼のことを心の中でアニキとして慕うことにした。

（……む？）

そのとき、王太子がシンフィールド学園の外へ出たのか、応接室を中心に展開されていた人払いの魔術が解除された。同時に、今まで魔術の影響で感知しにくかった、室外の気配が明確になる。

少し離れたところから、まっすぐこちらに近づいてくる者たちがいた。

アレクシアが扉を開くのとほぼ同時に、ジョッシュとキャスリーンがやってくる。

何やら肩で息をしているふたりに、アレクシアは首を傾げて問いかけた。

「どうした、ふたりとも。何かあったか？」

「何か……って、あったのは、そっちじゃねーの？」

額に汗を浮かべ、息を弾ませながら問い返してくるジョッシュに、キャスリーンが続く。

「ウィルフレッドと教室で喋ってたら、いきなりどっかにすっ飛んでったから……。絶対、アレクシアに、何かあったと思って……」

（……おお）

どうやらふたりは、アレクシアの元へ駆けつけたウィルフレッドの様子を見て、こちらの心配をしてくれたようだ。人払いの魔術がされている校舎内を、ずいぶんと走り回って捜してくれたらしい。

胸の奥がじんわりと温かくなって、アレクシアは自然と笑みを浮かべた。

「そうだな。問題というほどのことではないが——ああ、少々待ってくれ」

アレクシアは手早くその場に防音フィールドを展開し、改めてふたりに告げる。

「非常に不本意な結果ではあるが……たった今、この国の王太子殿下に、わたしたちの素性がバレた」

「…………へ？」

「…………は？」

同じように目を丸くしたふたりに、アレクシアは軽く腕組みをして頷く。

「先日の歓迎会でわたしの噂を聞いたらしい殿下が、いきなり訪ねてきてな。まあ、あちらも他言しないと約束してくれたし、問題はあるまい。それから、同席していたエリック・タウンゼントも、必然的にわたしの素性を知ることになった。今のところ、この学園内で我々の素性を知るのはきみたちだけだが……」

そこでアレクシアは、エリックを振り返った。

「エリック・タウンゼント。もし今後、王室からわたしたちの交友関係について問い合わせがあったときには、こう伝えてくれるか？『我々が親しくしている生徒に余計な干渉をした場合、わたしはスウィングラー辺境伯家後継であった頃に知った、有力貴族たちの恥ずかしい秘密を公表することになるだろう』、と」

「は……恥ずかしい秘密？」

目を瞠って復唱した彼に、アレクシアは真顔で頷く。

「将来、他家との交渉事に役立てるために、後継者教育の中でそういったこともいろいろ教えられていてな。趣味や性癖など、個人の自由だとは思うんだが……」

ふう、とため息をつき、遠くを見ながらアレクシアは言った。

「ナイスミドルで知られている中年貴族の女装癖や、威厳溢れる老貴族が若い頃に書いた『最高にカッコいい僕による僕のためのカッコいいポエム』シリーズはともかく、世間に知られると社会的に死ぬしかないものも数多くあったのでな。まあ、そこそこの抑止力にはなるんじゃないか」

「ちょっと待てアレクシア、おっさんの女装癖もじじいのアイタタな青春ポエムも、ものによっては社会的評判が死ぬやつだぞ？」

顔を引きつらせて言うエリックに、アレクシアはにこりとほほえむ。

「そうかもしれん。わたしとて、女装癖の証拠を見せられたときは、これは自分が見てよかったものなのかと、かなり複雑な心境になったし……。ポエムを暗記させられた日の晩は、恥ずかしさのあまり一晩中眠ることができなかった。この国の者たちを不眠症にしないためにも、そういった事態にはならんといいな」

「……暗記……させられたのか……」

ものすごく可哀相なものを見る目で見られてしまったが、仕方がない。

蘇《よみがえ》りかけた他人の痛々しい記憶にはひとまず蓋をして、アレクシアは改めてジョッシュとキャスリーンに向き直る。

「まあ、そういうことだ。きみたちには極力迷惑がかからないよう努めるが、万が一のときはすぐに我々に知らせてくれ。すぐに対処する」

そう言うと、ジョッシュが何やら考えるように腕組みをして首を傾げた。

「なあ、アレクシア。うちの兄貴に頼んだら、その恥ずかしいポエム？　を、エンドレスで朗読《ろうどく》する魔導具とか、普通に作ってもらえると思うぞ？　いざってときはブチまけてやろうぜ」

おお、とキャスリーンが笑顔で両手を合わせる。

「それ、いいね！　その魔導具を王都の中央広場で稼働させたら、たくさんの人たちに聞いてもらえるかも！」

そんなふたりに、青ざめたエリックがひどく慌てて言う。

「おまえたちー！　いい笑顔で、えげつないことを提案するんじゃありません！」

たしかに、なんの罪もない大勢を不眠症にするのは、よくないことだ。

しかしそこで、黙っていたウィルフレッドがにこやかに口を開いた。

「大丈夫ですよ、ミスター・タウンゼント。そのポエムが一般市民に公表されたところで、運悪くそれを聞いた者たちが不眠症になるだけで、王家のダメージになりません。——キャスリーン。無関係な一般市民に迷惑をかけるわけにはいかないからね。その案を実行するのは、やめておこう」

理性的なツッコミに、ジョッシュとキャスリーンが残念そうな顔になり、エリックがほっと息を吐く。

だが、ウィルフレッドの意見はまだ続いていた。

「ここはやはり、脅迫する当事者のみを、ピンポイントで狙うべきでしょうね。たとえば、外出するたびにどこからともなく、自分が書いた恥ずかしいポエムが延々と聞こえてくる——とでもなれば、相当恐ろしいはずです。有力貴族の一角が崩れれば、王宮にもそれなりのダメージはあるでしょう」

「……ウン……ソウダネ……」

エリックが、死んだ魚のような目をして黙り込む。

一方、ジョッシュとキャスリーンはなるほど！　と目を輝かせた。

「そうだよなー！　ポエムを聞いて一番ダメージを受けるのは、それを書いた本人だもんな！」

「うーん……。でもそのおじいさん貴族って、悪いことをしたわけじゃないんでしょ？　やっぱり、ちょっと可哀相な気も……」

心優しいキャスリーンは、ふと老人に対する哀れみの心を思い出したらしい。

アレクシアは片手を挙げ、口を開く。

「いや。その老貴族であれば問題ない。彼は、稀少な薬物や美術品の違法売買に手を染めているようだが、状況証拠ばかりで物証がなくてな。いまだ王宮への告発はできずにいるが、何かあったときには迷わず潰してよし、と言われていた人物だ。この手の対応の際には、まず後ろ暗いところがある人物の手札から切るつもりだから、案ずるな」

ジョッシュとキャスリーンの顔が、ぱっと明るくなる。

「おおー！　なんだ、めちゃくちゃ潰し甲斐があるじじいなんじゃーん！」

「そういうことなら、遠慮は無用ってことだね！」

そんなふたりとウィルフレッド、そしてアレクシアを順に見たエリックがぼそりと呟く。

「え……何？　類は友を呼ぶって、ウチのじいさんが言ってた迷信じゃなかったのか……？」

アレクシアは、小首を傾げた。

「民間の伝承については、詳しくないのでよくわからんが……。わたしは、この国の王家が自分の身近な人間に迷惑をかけることを、一切許容しない。それだけは、覚えておいてくれ」

「……わかった」

どこか達観した様子でエリックが頷く。それを見て、アレクシアはそっと息を吐いた。

（今までの、自分たちの安全だけ考えていればよかった状況というのは、とても楽なものだったのだな……）

自分とウィルフレッドだけならば、いざというときは互い以外のすべてを捨てて、逃げてしまえばよかった。

しかし、これからもこのシンフィールド学園で過ごすと決めた以上、自分自身のせいで周囲の人々へ迷惑をかけるわけにはいかないのだ。

自らそう選択したとはいえ、いざ対処するべき事態となれば、面倒に感じるはずだと思っていたのに――なぜだろう。ジョッシュとキャスリーンの無邪気な笑顔を見ていると、この笑顔を曇らせたくないと願う自分がいる。それが、とても貴重なもののように感じられるのだ。

アレクシアは、不思議な気持ちのままウィルフレッドを見上げた。

「どうかなさいましたか？　アレクシアさま」

にこりとほほえむ彼の顔をじっと見つめ、アレクシアは厳かに頷く。

「うむ。おまえの可愛さ――じゃない、ええとなんだ、いい感じさ？　を形容するのに、最も相応しい言葉はなんだろうと考えていたんだが……。なかなか、難しいものだな」

ウィルフレッドに対し、『可愛い』という表現を使えなくなってしまったのは、本当にとても残念だ。

ジョッシュとキャスリーンの笑顔も、可愛らしいとは思う。

けれど、やはりアレクシアにとって一番可愛くて胸の奥がほこほこするのは、ウィルフレッドの笑顔なのである。

彼女は困ったな、と首を捻った。一拍置いて、ウィルフレッドが口を開く。

「……そう急ぐことではございませんので、どうぞゆっくりとお考えになってください」

「ああ。どんなに悩んだとしても、どこぞの老貴族が書いたポエムのような表現にだけはならんようにするから、安心してくれ」

アレクシアはキリッと頷き、再びあれこれと思案する。

そんな彼女に、ジョッシュとキャスリーン、エリックが、残念なものを見る目を向けていたのだが――当の本人は、まるで気がついていないのであった。

いずれ最強の錬金術師？
SOMEDAY WILL I BE THE GREATEST ALCHEMIST?
1~16
小狐丸
KOGITSUNEMARU
シリーズ累計（電子含む）120万部！
TVアニメ
2025年1月より
TOKYO MX・BS11にて放送開始！
dアニメストアほかにて配信予定！
コミックス
1～7巻
好評発売中！
1～16巻
好評発売中！
勇者召喚に巻き込まれ、異世界に転生した僕、タクミ。不憫な僕を哀れんで、女神様が特別なスキルをくれることになったので、地味な生産系スキルをお願いした。そして与えられたのは、錬金術という珍しいスキル。まだよくわからないけど、このスキル、すごい可能性を秘めていそう……!? 最強錬金術師を目指す僕の旅が、いま始まる!
◉16巻 定価:1430円(10%税込)
1~15巻 各定価:1320円(10%税込)
◉Illustration:人米
◉7巻 定価:770円(10%税込)
1~6巻 各定価:748円(10%税込)
◉漫画:ささかまたろう B6判

この作品に対する皆様のご意見・ご感想をお待ちしております。

おハガキ・お手紙は以下の宛先にお送りください。

【宛先】

〒150-6019 東京都渋谷区恵比寿4-20-3 恵比寿ｶﾞｰﾃﾞﾝﾌﾟﾚｲｽﾀﾜｰ 19F
（株）アルファポリス　書籍感想係

メールフォームでのご意見・ご感想は右のＱＲコードから、
あるいは以下のワードで検索をかけてください。

アルファポリス　書籍の感想　検索

ご感想はこちらから

本書はWebサイト「アルファポリス」（https://www.alphapolis.co.jp/）に投稿されたものを、改題・改稿・加筆のうえ、書籍化したものです。

追放《ついほう》された最強《さいきょう》令嬢《れいじょう》は、新《あら》たな人生《じんせい》を自由《じゆう》に生《い》きる

灯乃（とうの）

2024年 11月30日初版発行

編集－勝又琴音・今井太一・宮田可南子
編集長－太田鉄平
発行者－梶本雄介
発行所－株式会社アルファポリス
〒150-6019 東京都渋谷区恵比寿4-20-3 恵比寿ｶﾞｰﾃﾞﾝﾌﾟﾚｲｽﾀﾜｰ19F
TEL 03-6277-1601（営業）　03-6277-1602（編集）
URL https://www.alphapolis.co.jp/
発売元－株式会社星雲社（共同出版社・流通責任出版社）
〒112-0005 東京都文京区水道1-3-30
TEL 03-3868-3275
装丁・本文イラスト－深破 鳴
装丁デザイン－AFTERGLOW
印刷－中央精版印刷株式会社

価格はカバーに表示されてあります。

落丁乱丁の場合はアルファポリスまでご連絡ください。

送料は小社負担でお取り替えします。


ISBN978-4-434-34860-0　C0093